在文藝思想與文化政策中

徐訏文集

評論卷

導言　徬徨覺醒：徐訏的文學道路

陳智德

「個人的苦悶不安，徬徨無依之感，正如在大海狂濤中的小舟。」[1]

——徐訏〈新個性主義文藝與大眾文藝〉

在二十世紀四、五十年代之交，度過戰亂，再處身國共內戰意識形態對立夾縫之間的作家，應自覺到一個時代的轉折在等候著，尤其在當時主流的左翼文壇以外，被視為「自由主義作家」或「小資產階級作家」的一群，包括沈從文、蕭乾、梁實秋、張愛玲、徐訏等等，一整代人在政治旋渦以至個人處境的去與留之間徘徊，最終作出各種自願或不由自主的抉擇。

1 徐訏〈新個性主義文藝與大眾文藝〉，收錄於《現代中國文學過眼錄》，台北：時報文化，一九九一。

一

一九四六年八月，徐訏結束接近兩年間《掃蕩報》駐美特派員的工作，從美國返回中國，直至一九五〇年中離開上海奔赴香港，在這接近四年的歲月中，他雖然沒有寫出像《鬼戀》和《風蕭蕭》這樣轟動一時的作品，卻是他整理和再版個人著作的豐收期，他首先把《風蕭蕭》交給由劉以鬯及其兄長新近創辦起來的懷正文化社出版，據劉以鬯回憶，該書出版後，「相當暢銷，不足一年，（從一九四六年十月一日到一九四七年九月一日），印了三版」[2]，其後再由懷正文化社或夜窗書屋初版或再版了《阿剌伯海的女神》（一九四六年初版）、《烟圈》（一九四六年初版）、《蛇衣集》（一九四八年初版）、《幻覺》（一九四八年初版）、《四十詩綜》（一九四八年初版）、《兄弟》（一九四七年再版）、《母親的肖像》（一九四七年再版）、《生與死》（一九四七年再版）、《春韮集》（一九四七年再版）、《一家》（一九四七年再版）、《海外的鱗爪》（一九四七年再版）、《舊神》（一九四七年再版）、《成人的童話》（一九四七年再版）、《西流集》（一九四七年再版）、潮來的時候（一九四八年再版）、《黃浦江頭的夜月》（一九

[2] 劉以鬯〈憶徐訏〉，收錄於《徐訏紀念文集》，香港：香港浸會學院中國語文學會，一九八一。

四八年再版）、《吉布賽的誘惑》（一九四九再版）、《婚事》（一九四九年再版），[3]粗略統計從一九四六年至一九四九年這三年間，徐訏在上海出版和再版的著作達三十多種，成果可算豐盛。

《風蕭蕭》早於一九四三年在重慶《掃蕩報》連載時已深受讀者歡迎，一九四六年首次結集成單行本出版，沈寂的回憶提及當時讀者對這書的期待：「這部長篇在內地早已是暢銷一時的名著，可是淪陷區的讀者還是難得一見，也是早已企盼的文學作品」[4]，當劉以鬯及其兄長創辦懷正文化社，就以《風蕭蕭》為首部出版物，十分重視這書，該社創辦時發給同業的信上，即頗為詳細地介紹《風蕭蕭》，作為重點出版物。徐訏有一段時期寄住在懷正文化社的宿舍，與社內職員及其他作家過從甚密，直至一九四八年間，國共內戰愈轉劇烈，幣值急跌，金融陷於崩潰，不單懷正文化社結束業務，其他出版社也無法生存，徐訏這階段整理和再版個人著作的工作，無法避免遭遇現實上的挫折。

然而更內在的打擊是一九四八至四九年間，主流左翼文論對被視為「自由主義作家」或「小資產階級作家」的批判，一九四八年三月，郭沫若在香港出版的《大眾文藝叢刊》

3 以上各書之初版及再版年份資料是據賈植芳、俞元桂主編《中國現代文學總書目》、北京圖書館編《民國時期總書目，一九一一－一九四九》。

4 沈寂〈百年人生風雨路——記徐訏〉，收錄於《徐訏先生誕辰100週年紀念文選》，上海：上海社會科學院出版社，二〇〇八。

第一輯發表〈斥反動文藝〉，把他心目中的「反動作家」分為「紅黃藍白黑」五種逐一批判，點名批評了沈從文、蕭乾和朱光潛。該刊同期另有邵荃麟〈對於當前文藝運動的意見——檢討·批判·和今後的方向〉一文重申對知識份子更嚴厲的要求，包括「思想改造」。雖然徐訏不像沈從文般受到即時的打擊，但也逐漸意識到主流文壇已難以容納他，如沈寂所言：「自後，上海一些左傾的報紙開始對他批評。他無動於衷，直至解放，輿論對他公開指責。稱《風蕭蕭》歌頌特務。他也不辯論，知道自己不可能再在上海逗留，上海也不會再允許他曾從事一輩子的寫作，就捨別妻女，離開上海到香港。」[5] 一九四九年五月二十七日，解放軍攻克上海，中共成立新的上海市人民政府，徐訏仍留在上海，差不多一年後，終於不得不結束這階段的工作，在不自願的情況下離開，從此一去不返。

二

一九五〇年的五、六月間，徐訏離開上海來到香港。由於內地政局的變化，其時香港聚集了大批從內地到港的作家，他們最初都以香港為暫居地，但隨著兩岸局勢進一步變

[5] 沈寂〈百年人生風雨路——記徐訏〉，收錄於《徐訏先生誕辰100週年紀念文選》，上海：上海社會科學院出版社，二〇〇八。

化，他們大部份最終定居香港。另一方面，美蘇兩大陣營冷戰局勢下的意識形態對壘，造就五十年代香港文化刊物興盛的局面，內地作家亦得以繼續在香港發表作品。徐訏的寫作以小說和新詩為主，來港後亦寫作了大量雜文和文藝評論，五十年代中期，他以「東方既白」為筆名，在香港《祖國月刊》及台灣《自由中國》等雜誌發表〈從毛澤東的沁園春說起〉、〈新個性主義文藝與大眾文藝〉、〈在陰黯矛盾中演變的大陸文藝〉等評論文章，部份收錄於《在文藝思想與文化政策中》、《回到個人主義與自由主義》及《現代中國文學過眼錄》等書中。

徐訏在這系列文章中，回顧也提出左翼文論的不足，特別對左翼文論的「黨性」提出質疑，也不同意左翼文論要求知識份子作思想改造。這系列文章在某程度上，可說回應了一九四八、四九年間中國大陸左翼文論的泛政治化觀點，更重要的，是徐訏在多篇文章中，以自由主義文藝的觀念為基礎，提出「新個性主義文藝」作為他所期許的文學理念，他說：「新個性主義文藝必須在文藝絕對自由中提倡，要作家看重自己的工作，對自己的人格尊嚴有覺醒而不願為任何力量做奴隸的意識中生長。」[6]徐訏文藝生命的本質是小說家、詩人，理論鋪陳本不是他強項，然而經歷時代的洗禮，他也竭力整理各種思想，最終

[6] 徐訏〈新個性主義文藝與大眾文藝〉，收錄於《現代中國文學過眼錄》，台北：時報文化，一九九一。

仍見頗為完整而具體地，提出獨立的文學理念，尤其把這系列文章放諸冷戰時期左右翼意識形態對立、作家的獨立尊嚴飽受侵蝕的時代，更見徐訏提出的「新個性主義文藝」所倡導的獨立、自主和覺醒的可貴，以及其得來不易。

《現代中國文學過眼錄》一書除了選錄五十年代中期發表的文藝評論，包括《在文藝思想與文化政策中》和《回到個人主義與自由主義》二書中的文章，也收錄一輯相信是他七十年代寫成的回顧五四運動以來新文學發展的文章，集中在思想方面提出討論，題為「現代中國文學的課題」，多篇文章的論述重心，正如王宏志所論，是「否定政治對文學的干預」[7]，而當中表面上是「非政治」的文學史論述，「實質上具備了非常重大的政治意義：它們否定了大陸的文學史論述」[8]，徐訏所針對的是五十年代至文革期間中國大陸所出版的文學史當中的泛政治論述，動輒以「反動」、「唯心」、「毒草」、「逆流」等字眼來形容不符合政治要求的作家；所以王宏志最後提出《現代中國文學過眼錄》一書的「非政治論述」，實際上「包括了多麼強烈的政治含義」。這政治含義，其實也就是徐訏對時代主潮的回應，以「新個性主義文藝」所倡導的獨立、自主和覺醒，抗衡時代主潮對

---

7 王宏志〈心造的幻影——談徐訏的《現代中國文學的課題》〉，收錄於《歷史的偶然：從香港看中國現代文學史》，香港：牛津大學出版社，一九九七。

8 同前註。

作家的矮化和宰制。

《現代中國文學過眼錄》一書顯出徐訏獨立的知識份子品格，然而正由於徐訏對政治和文藝的清醒，使他不願附和於任何潮流和風尚，難免於孤寂苦悶，亦使我們從另一角度了解徐訏文學作品中常常流露的落寞之情，並不僅是一種文人性質的愁思，而更由於他的清醒和拒絕附和。一九五七年，徐訏在香港《祖國月刊》發表〈自由主義與文藝的自由〉一文，除了文藝評論上的觀點，文中亦表達了一點個人感受：「個人的苦悶不安，徬徨無依之感，正如在大海狂濤中的小舟。」[9] 放諸五十年代的文化環境而觀，這不單是一種「個人的苦悶」，更是五十年代一輩南來香港者的集體處境，一種時代的苦悶。

三

徐訏到香港後繼續創作，從五十至七十年代末，他在香港的《星島日報》、《星島週報》、《祖國月刊》、《今日世界》、《文藝新潮》、《熱風》、《筆端》、《七藝》、《新生晚報》、《明報月刊》等刊物發表大量作品，包括新詩、小說、散文隨筆和評論，並先後結集為單行本，著者如《江湖行》、《盲戀》、《時與光》、《悲慘的世紀》等。

[9] 徐訏〈自由主義與文藝的自由〉，收錄於《個人的覺醒與民主自由》，台北：傳記文學出版社，一九七九。

香港時期的徐訏也有多部小說改編為電影，包括《風蕭蕭》（屠光啟導演、編劇，香港：邵氏公司，一九五四）、《傳統》（唐煌導演、徐訏編劇，香港：亞洲影業有限公司，一九五五）、《痴心井》（唐煌導演、王植波編劇，香港：邵氏公司，一九五五）、《鬼戀》（屠光啟導演、編劇，香港：麗都影片公司，一九五六）、《盲戀》（易文導演、徐訏編劇，香港：新華影業公司，一九五六）、《後門》（李翰祥導演、王月汀編劇，香港：邵氏公司，一九六〇）、《江湖行》（張曾澤導演、倪匡編劇，香港：邵氏公司，一九七三）、《人約黃昏》（改編自《鬼戀》，陳逸飛導演、王仲儒編劇，香港：思遠影業公司，一九九六）等。

徐訏早期作品富浪漫傳奇色彩，善於刻劃人物心理，如〈鬼戀〉、〈吉布賽的誘惑〉、〈精神病患者的悲歌〉等，五十年代以後的香港時期作品，部份延續上海時期風格，如《江湖行》、《後門》、《盲戀》，貫徹他早年的風格，另一部份作品則表達歷經離散的南來者的鄉愁和文化差異，如小說《過客》、詩集《時間的去處》和《原野的呼聲》等。

從徐訏香港時期的作品不難讀出，徐訏的苦悶除了性格上的孤高，更在於內地文化特質的堅守，拒絕被「香港化」。在《鳥語》、《過客》和《癡心井》等小說的南來者角色眼中，香港不單是一塊異質的土地，也是一片理想的墓場、一切失意的觸媒。一九五〇年的《鳥語》以「失語」道出一個流落香港的上海文化人的「雙重失落」，而在《癡心井》的終末則提出香港作為上海的重像，形似卻已毫無意義。徐訏拒絕被「香港化」的心志更具體見於一九五八年的《過客》，自我關閉的王逸心以選擇性的「失語」保存他的上海性，一種不見容於當世的孤高，既使他與現實格格不入，卻是他保存自我不失的唯一途徑。[10]

徐訏寫於一九五三年的〈原野的理想〉一詩，寫青年時代對理想的追尋，以及五十年代從上海「流落」到香港後的理想幻滅之感：

多年來我各處漂泊，
唯願把血汗化為愛情，
遍灑在貧瘠的大地，
孕育出燦爛的生命。

但如今我流落在污穢的鬧市，

10 參陳智德《解體我城：香港文學1950-2005》，香港：花千樹出版有限公司，二〇〇九。

陽光裡飛揚著灰塵，
垃圾混合著純潔的泥土，
花不再鮮豔，草不再青。

海水裡漂浮著死屍，
山谷中蕩漾著酒肉的臭腥，
潺潺的溪流都是怨艾，
多少的鳥語也不帶歡欣。

茶座上是庸俗的笑語，
市上傳聞著漲落的黃金，
戲院裡都是低級的影片，
街頭擁擠著廉價的愛情。

此地已無原野的理想，
醉城裡我為何獨醒，

三更後萬家的燈火已滅，
何人在留意月兒的光明。

「原野的理想」代表過去在內地的文化價值，在作者如今流落的「污穢的鬧市」中完全落空，面對的不單是現實上的困局，更是觀念上的困局。這首詩不單純是一種個人抒情，更哀悼一代人的理想失落，筆調沉重。〈原野的理想〉一詩寫於一九五三年，其時徐訏從上海到香港三年，由於上海和香港的文化差距，使他無法適應，但正如同時代大量從內地到香港的人一樣，他從暫居而最終定居香港，終生未再踏足家鄉。

四

司馬長風在《中國新文學史》中指徐訏的詩「與新月派極為接近」，並以此而得到司馬長風的正面評價，[11] 徐訏早年的詩歌，包括結集為《四十詩綜》的五部詩集，形式大多是四句一節，隔句押韻，一九五八年出版的《時間的去處》，收錄他移居香港後的詩作，形式上變化不大，仍然大多是四句一節，隔句押韻，大概延續新月派的格律化形式，使徐

[11] 司馬長風《中國新文學史（下卷）》，香港：昭明出版社，一九七八。

訏能與消逝的歲月多一分聯繫，該形式與他所懷念的故鄉，同樣作為記憶的一部份，而不忍割捨。

在形式以外，《時間的去處》更可觀的，是詩集中〈原野的理想〉、〈記憶裡的過去〉、〈時間的去處〉等詩流露對香港的厭倦、對理想的幻滅、對時局的憤怒，很能代表五十年代一輩南來者的心境，當中的關鍵在於徐訏寫出時空錯置的矛盾。對現實疏離，形同放棄，皆因被投放於錯誤的時空，卻造就出《時間的去處》這樣近乎形而上地談論著厭倦和幻滅的詩集。

六七十年代以後，徐訏的詩歌形式部份仍舊，卻有更多轉用自由詩的形式，不再四句一節，隔句押韻，這是否表示他從懷鄉的情結走出？相比他早年作品，徐訏六七十年代以後的詩作更精細地表現哲思，如《原野的理想》中的〈久坐〉、〈等待〉和〈觀望中的迷失〉、〈變幻中的蛻變〉等詩，嘗試思考超越的課題，亦由此引向詩歌本身所造就的超越。另一種哲思，則思考社會和時局的幻變，《原野的理想》中的〈小島〉、〈擁擠著的群像〉以及一九七九年以「任子楚」為筆名發表的〈無題的問句〉，時而抽離、時而質問，以至向自我的內在挖掘，尋求回應外在世界的方向，尋求時代的真象，因清醒而絕望，卻不放棄掙扎，最終引向的也是詩歌本身所造就的超越。

最後，我想再次引用徐訏在《現代中國文學過眼錄》中的一段：「新個性主義文藝必須在文藝絕對自由中提倡，要作家看重自己的工作，對自己的人格尊嚴有覺醒而不願為任何力量做奴隸的意識中生長。」[12]時代的轉折教徐訏身不由己地流離，歷經苦思、掙扎和持續的創作，最終以倡導獨立自主和覺醒的呼聲，回應也抗衡時代主潮對作家的矮化和宰制，可說從時代的轉折中尋回自主的位置，其所達致的超越，與〈變幻中的蛻變〉、〈小島〉、〈無題的問句〉等詩歌的高度同等。

＊陳智德：筆名陳滅，一九六九年香港出生，台灣東海大學中文系畢業，香港嶺南大學哲學碩士及博士，現任香港教育學院文學及文化學系助理教授，著有《解體我城：香港文學1950-2005》、《地文誌——追憶香港地方與文學》、《抗世詩話》以及詩集《市場，去死吧》、《低保真》等。

---

12 徐訏〈新個性主義文藝與大眾文藝〉，收錄於《現代中國文學過眼錄》，台北：時報文化，一九九一。

目次

導言　徬徨覺醒：徐訏的文學道路／陳智德　I

在文藝思想與文化政策中

從毛澤東的沁園春說起　003
作為武器的唯物辯證法　019
帽子主義與幽靈　035
「人性」與「愛」　047
巫女文學的內容　059
牌位祭師的統治　075
文藝的永久性與普遍性　087
文藝的大衆化與大衆化的文藝　113

階級文藝與特務文藝 133
新個性主義文藝與大衆文藝 157
自由主義與八股的概念把戲 181
人性文學與黨性文學 227
普及與提高 249
〈在文藝思想與文化政策中〉再版版記／徐訏 301

在文藝思想與文化政策中

從毛澤東的沁園春說起

沁園春〈詠雪〉

北國風光，千里冰封，萬里雪飄。看長城內外，唯餘莽莽；大河上下，儘是滔滔；山舞銀蛇，原馳臘象，欲與天公共比高。須晴日，看紅粧素裹，分外妖嬈；山河如此多嬌，引無數英雄盡折腰。惜秦皇漢武，略輸文彩，唐宗宋祖，稍遜風騷；一代天驕，成吉思汗，只識彎弓射大鵰。俱往矣！數風流人物，還看今朝。

毛澤東先生這首詞，現在已是全國都熟識了。以詞論詞，這在詞林裡，當然還不夠稱為第一流的作品，然其聲氣縱橫，吐抒豪邁，如果以文藝為文藝的觀點說，當然還不失為一首浪漫派的抒情作品。以形式論，詞的形式原是為教坊歌伎酒肉筵席上所唱，作為裝新酒的舊皮囊，也已經很不合式；現在有新酒不怕沒有新囊；唯作者有相倣於舊酒之新釀，願作此借屍還魂之舉，這當然也不必反對。從內容講，作者所欲表現的不過是個人之感慨與抱負，而所想所望者是一些專制時代的帝皇，而這些帝皇不過是以暴虐專制，以武功見稱的人物；作者在「數風流人物，還看今朝」二語中，英雄本色，凜然透紙而出，是極其有力的結尾。然而這只是一個封建性舊式的內容，這些內容的文學在中國歷史上已經表現得太多了。在意識講，作者對「千里冰封，萬裡雪飄」的「北國風光」，想到的不是「墾植」、「工業化」、「電氣化」，與所謂社會主義的建設，而只是把它看作了帝皇的象徵：「看長城內外」、「大河上下」，只覺得是「莽莽滔滔」，口吻誠是英雄，而離現代的「英雄」又何其遠？作者竟始終沒想到在此冰封雪飄的土地上，有多少人在「被壓迫」中受凍受飢，有多少無產階級在失業流連，有多少農民在無田可耕呢？如果作者想到了這些，作者對於「山舞銀蛇，原馳臘象」就會想像到「在被壓迫下的群眾，被侵略中的民族」，而所謂「銀蛇」、「臘象」該被看作帝國主義與侵略者或者是地主階級的象徵了。

在這裡我不想批評毛澤東先生的作品，而是覺得一切文藝的形式，一定是因為作者所感所想的內容，恰好宜於用這個形式來表現時，很自然的來採用它的，所以只有舊的內容或與舊內容相倣的新內容，可以被舊形式所裝得下的，才會用這個形式。這正如我們不會用破了的紙盒來裝我們的酒，也不會用馬桶來裝我們的飯；我們也不會把微滴的香水裝在龐大的水缸裡，把大量的麵粉裝在小巧的藥瓶裡。把新內容裝在舊形式中，一定是在量在質方面都是可裝的，否則作者決不會檢出這個形式來用的。至於意識——所謂反映作者個人的階級或立場的意識——則在新舊內容與形式中都是反映得很自然的。不過我所謂意識是心理學中的意識，是作者的觀點立場所及的聯想與想像：譬如看到一個亮晶晶的東西，有人說：「星一般亮」，但也有人愛說：「金鋼鑽一般的亮」。在農村裡，我們說一樣東西跑得快，都愛說：「比馬還快」，但在都市裡我們都說：「比汽車還快」，我想一個科學家就很容易說出：「比光還快」了。意識是可以勉強透過理智來喬裝的，但是在不留意之中，就不免要露出原形。你可以準備一篇冠冕堂皇的演講而喬裝你是為國為人民的話，但在日常談話之中，你就不免有時會透露你自私的意識。我記得在美國有一個文化團體介紹一個阿拉伯回教的博士作宗教的演講。他在介紹時候講到四海一家，尊敬各種宗教一類的話，但在回教的博士演講完畢以後，介紹人說了謝辭，不知怎麼忽然帶出一句「落後的宗教」的話，這就很自然反映了他自大的種族與信仰的意識。

在文字上，文學當然是容易透露真意識的，文學中詩歌尤其是不容易掩飾自己的意識，特別是抒情詩，喬裝掩飾做作的往往不是好詩，好詩常常直接反映了他的意識。

胡適之的白話詩作裡有一首是寫洋車夫的詩。他當時很想抒寫一點洋車夫的辛苦，但是坐在洋車上面的胡適，在那首詩裡不但沒有寫出洋車夫的辛苦，反而把自己表現得非常可笑。這在當時文壇上已成為一個很有趣的故事。

作者如果有更深的同情與真正的體驗，同時又有熟練的表現技巧，當然不一定是身歷其境才會跳出自己的意識。這在杜甫、普希金……等許多大詩人中都曾有許多名作使我們看到這個境界。即以白居易的〈琵琶行〉來說，作者用記敘的手法，很坦白說出自己是江州司馬，但寫一個流浪中老去的女人，仍使我們對她淒涼的身世有身歷其境的同感。

胡適之在白話詩的運動上，永遠想寫點別人未寫的東西，但對於所寫的題材沒有深的同情與真的體驗，所以像詠洋車夫一樣的可笑的詩作很多。兼之新詩剛剛在初創之時，文字技術表現方法並不能使作者有真正自由的運用。當舊形式已經打破之時，許多作者往往就無從發揮他的自由，而許多對於舊形式習慣的人，最後還是套一個圈子鑽進原來的桎梏中去，如周作人，如魯迅，如郁達夫，如郭沫若，都不免走這一條路。胡適之在現如果要寫詩，恐怕也會覺得舊詩是比較自由的形式吧？

當我講到白居易的〈琵琶行〉時，我想到兩年前蘇聯已經把他的全集譯成俄文，而所謂無產階級的首席作家法捷耶夫在北京已把白居易稱為中國的平民詩人了。雖然，去年香港大公報上仍有偏差的作家在罵白居易、杜甫為「稀爛的嫖客」之士大夫作家。

現在且不管白居易是否是「稀爛的嫖客」，然其不屬於平民階級是真的，而其能用淺顯的詩句抒寫平民的情感與體驗，傳達於我們有如同感的印象，他被稱平民詩人，則是當之無愧的。

唯其對於白居易這樣的士大夫可以寫出平民的情感與體驗，我們除在他表現技巧上看到他的藝術外，我們不難看出他對於普通人的感情有更深的同情與體驗，這在〈琵琶行〉這個例子中已經是很明顯了。作為詩人的毛澤東，就以這一首〈沁園春〉而論，因為是非常真切的抒寫他自己的感興，而這個感興恰巧合於這個舊形式的表現，所以它成為一個很成熟的作品。從文學的派別來說，因為這首詩所憑的是想像的奔放與作者情感一洩如注的流露，當然是被稱為浪漫派的。

至於意識，當現在要把作者意識一定要劃分到階級的時候，我們是不得不將一切所謂階級的名稱來試作探討。那麼它是表現地主階級的意識嗎？地主階級，可能因為「千里冰封」想到「今年的收租困難」了；這裡當然並無此種表現。如果說是農民階級，他也許會悲苦地憂念明年的收成與種植；這裡當然也沒有此種表現。說是資產階級，他看到「銀蛇臘象」，如果不想到收買棉花，剝削農民，舉辦紗廠，剝削工人，也當會想到辦一點霜淇淋的企業了；這裡也沒有接近於這一類的想像。如果是小資產知識階級的作品吧，我們相信作者一定會因雪而感傷地聯想到遠隔千里的愛人，以及對於春花秋月的懷念，悲歡聚別的呻吟；這在這裡也是沒有。這是一首壯氣淩雲的詞，作者叱吒風雲，藐視長城大江，點古來帝皇，一一請其折腰，昂然獨立今朝，而「欲與天公共比高」。這意識是屬於什麼階級呢？至少也是統治階級的意識吧。

具有這意識的作品，是只有一個人可以寫，也只有一個人所寫的可以存在，再由一個人來寫，那無疑就是「反動派」了。

當毛澤東說：「……一切文化或文藝都屬一定的階級，一定的黨，即一定的政治路線的。」說：「……在有階級有黨的社會裡，藝術既然服從階級，服從黨，當然服從階級與黨的政治要求……」時，其意義表現在詩人毛澤東的作品裡，是不是就是說，文化或文藝或藝術應跟從統治階級，服從統治人民的黨，服從這個階級與黨的政治要求呢？

這當然是對的。雖然詩人毛澤東的作品中，以及反映在作品中的意識中，對「多嬌的山河」，所感興的所想像的沒有一字一句涉及雪山地下的礦工，沒有涉及原野中的農民，而毛澤東在別的文章中，說到他自己是代表無產階級的。

但是這只是一句話，一塊鑲在皇冠上的招牌，無產階級所領導的人民專政，實際上是寫〈沁園春〉的詩人毛澤東在領導的。而可悲的是「無產階級」在毛澤東的作品中原是「天」字，「天公」、「天驕」。從帝皇稱謂「天子」以來，「天」是一切中國搶天下的英雄想比擬、想形容、想承襲、想代表的概念。

「天」的概念是玄學上極其唯心的概念，而代以「無產階級」，也還是玄學上唯心的概念。

無產階級所以為無產階級，他必是資本主義社會下沒有生產手段，只有把自己的勞力出賣給資本家們才能生存的人。這當然是根據馬克思的說法。但這人是具體的人，是一個一個的人，這些人的利益是一致的，生活條件是一致的，所以他們意識可以一致，成為無產階級的意識。如果其中有一個人成了資本家，這在馬克思說法中當然是不可能的，但是譬如中了彩票馬票而自己辦廠的話，這個人當然不是無產階級，他的意識也就脫離了無產階級的意識。

所以階級意識必須在馬克思所假定的，當資本主義發展到獨占的形式，工人階級變成無能，也無法脫離這個階級的時候才可以成立。如果說是一個不屬於這個階級的人，他不是非依賴出賣勞力才能生存，自己有私產，或可以作為私產的財富，雖然一面去做工人，他不會有無產階級的意識。如果一個工人，隨時可以改行做政治家，做資本家，做律師，做醫生而生活，他的意識也決不會是無產階級的意識。在十九世紀的歐洲，馬克思、恩格斯目睹工業資本家之興盛，工人階級之貧苦與他們在污穢飢餓之生存線上掙扎，於是預言到無產階級的革命，而這個革命必是在最先進的資本主義國家發生。但是馬克思的預言並沒有證實，雖然確認中共為歷史的前進發展而到香港來研究歷史掌故的教授還在相信馬克思的預言；而事實上，馬克思所預期的德國、法國的無產階級的革命並未到來。

那麼俄國與中國的革命是不是無產階級的革命呢？這就是要問到現在所謂無產階級與

人民的專政，是不是可以代表無產階級了。雖然在革命的條件講，這兩個國家談不到具有馬克思所說的資本主義最高的形式，因此是不可能有無產階級的革命。可是如果這專政真是無產階級在領導，當然還是一種無產階級的專政。然而毛澤東及其黨徒，竟與無產階級沒有關係。且不用說毛澤東在抒情詩裡抒不出無產階級的情感，在他的演講辭中，他所喬裝的無產階級也是很可笑的。他說：

……我是個學校裡學生出身的人，在學校裡養成一個習慣：在一群肩不能挑手不能提的學生面前做點勞動的事——比如自己挑行李吧——也覺得不像樣子，那時我覺得世界上乾淨的只有知識分子，工農兵總比較髒的。知識分子的衣服，別人的我可以穿，以為是乾淨的，工農兵的衣服，我就不願意穿，以為是髒的。革命了，同農工兵在一起了，我逐漸熟悉他們，他們也逐漸熟悉我，這時，只是在這時，我才根本變化了資產階級學校所教給我的那種資產階級與小資產階級的感情。這時，拿未曾改造過的知識分子與農工兵比較，就覺得知識分子不但精神上有很多不乾淨處，就是身體也不乾淨，最乾淨的還是工人農民，儘管他們手是黑的，腳上有牛屎，還是比大小資產階級都乾淨。這就叫做感情起了變化，由一個階級到另一個階級。

如果這是毛澤東從資產階級到無產階級的過程，其感情只是在覺得工農兵的乾淨，那麼，我相信在毛澤東以後的資產階級學校裡教育中出來的學生，都已經從一個階級到一個階級的無產階級了；不但如此，即在美國這樣資本主義的社會中，可說是沒有一個青年以為工農兵是不乾淨的，而他們用不著經過革命，用不著同工農兵在一起就已經改變了階級。

而如果說文藝是反映意識的話，除了極少數的以外，古今中外，任何偉大的作品從來沒有一個作為知識階級的作家輕視工農兵有如學生時代之毛澤東者。毛澤東經過革命，經過工農兵在一起以後，其覺悟的程度不過是曹雪芹在《紅樓夢》借焦大的口吻說大觀園中小姐與少爺不乾淨罷了。

但是事實上，對於骯髒的感覺則是人性的，工人農民並不是以骯髒貧窮為光榮，他也覺得學生子少爺們的衣服乾淨，這所以他要求改進，要求革命，如果無產階級不以為乾淨為乾淨，富有為富有，那麼就沒有了馬克思所說的無產階級革命的意義。

在歷史上，我們知道拿破崙大帝對兵士永遠像自己的兄弟，在泥濘的戰地上，血肉模糊的傷兵前，他常會親自去看顧安慰，他並沒有覺得兵士們是髒的；但是如果一個福特車廠的工人到中國的礦場來看，他倒也許以為這是髒得不能接近的。我們當然不能說拿破崙有無產階級感情，而近代資本主義社會的工人，倒沒有無產階級的情感。所以所謂階級的變化改造，毛澤東所說的是非常幼稚。

但是事實上，不是無產階級出身的人也可以是同情無產階級的，正如馬克思、恩格斯之產生革命理論，詩人白居易、杜甫、普希金可以同情平民，資本主義社會中的政治家與學者也可以有這種同情，而產生了禁止童工，加強所得稅、遺產稅，改良工人生活等等的措施。

在俄國，在中國，紀律嚴明的黨徒的獲得政權，原是腐敗無能的政府倒敗時必然的結果；至其所扯的旗幟，所謂「無產階級的代表」不過是「替天行道」一樣的招牌，與無產階級是毫無關係的。

馬克思沒有預料到無產階級可以不革命，而他的學說竟做了爭取政權的剝削階級的工具，這正如孔子的學說在過去帝皇時代，作為維護帝權的工具一樣的。

馬克思根據辯證法否定之否定與正反合矛盾統一的原則，說「現在應當遭受剝削的，已非自己經營獨立生產的工人，而是剝削大批工人的資本家了。」「跟著這一集中，許多資本家被少數資本家的剝奪並進地發展著範圍日益廣大的勞動過程合作形式……」「掠奪和壟斷這個生產過程底一切利益的資本巨頭底數目日益減少，貧乏、壓迫、奴役、頹廢、剝削等等現象就隨之而日益增長，但同時工人階級底反抗也跟著增強起來，這一階級是資本主義生產方式本身底機構作用把它訓練團結和組織起來的。資本底壟斷變成了這一生產方式底枷鎖。生產手段底集中和勞動的社會化達到了跟他們底資本主義的外殼不相容的地

步時，那個外殼就爆裂了。資本主義私有財產制的末日到了，那就要剝削剝削者……」（《資本論》卷一）

這是一個被認為科學的預言，但是否定的否定，與矛盾的統一竟不照他所想的路線發展，資本主義的社會在矛盾衝突中兩個對立的階級竟隨時隨地在讓步、遷就、改良中求得統一。自馬克思以後，資本主義社會中，工人的環境與待遇以及生活都改觀了。這也可以解作資本家要緩和革命的趨勢而這樣做的。心理學所啟示的是一個人在優裕生活下的工作效率，遠超於過度疲勞與貧苦下的工作效率。為生產而講，叫一個人十小時工作而毫無休息，不如七小時工作而有娛樂、休息的調劑為多。那麼作為剝削工人的資本家何樂而不為呢？但是掛起無產階級的招牌在無產者尚不能成階級的土地上，的確「跟著這一集中許多資本家被少數資本家的剝奪並進地發展著範圍日益廣大的勞動過剩合作形式……」而「掠奪和壟斷這個生產過程底一切利益的資本巨頭日益減少」。在俄國、中國成唯一的資本家的就是黨。於是「貧乏、壓迫、奴役、頹廢、剝削等等現象就隨之而生……」。這個獨占資本的發展，在重讀馬克思的《資本論》時，感到他的預言竟落在以他的學說為招牌的共產黨上，這是很滑稽的事情。至於他所說的這個資本的壟斷變成這一生產方式的枷鎖，以及與它外殼不相容的地步的爆裂，如果馬克思的預言可相信，那麼這當然也是遲早的事情了。

所謂資本的壟斷變成生產方式的枷鎖，那當然就是生產力與生產關係的矛盾。以馬克思的觀點，資本主義社會因這個矛盾的發展而到了獨占資本的階段，這是漸變，到了「貧乏、壓迫、奴役、頹廢、剝削……隨之而生」，才由漸變而到突變，這就是資本主義外殼，即生產關係的爆裂，而成為無產階級的革命。但二十世紀的歷史竟不被馬克思寫盡，一方面資本主義國家的矛盾，則在漸變中演化，或緩進地走向社會主義，或民主地求調節分配將矛盾消弭；而另一方面，不是資本主義或低微的資本主義的國家則有了突變，成了所謂掛著共產階級革命的招牌，而把落後的資本主義，集中為獨占的資本主義，成為黨的資本主義。它不但占據了經濟的資本，還獨占了政治的權力，很快的在統治下的世界中產生了馬克思所說的「貧乏、壓迫、奴役、頹廢、剝削……等等的現象」。這現象，如果知道一點鐵幕後的實際情形，你很容易就看到它的出現正是隨著共產黨的政權而起的。

那麼，像中國這樣落後的國家，並沒有資本社會的特徵，為什麼共產黨一來，並沒有發展什麼工業，而馬上產生了馬克思所謂資本主義發展到最高階段的罪惡呢？這因為共產黨獨占了資本同時獨占了政治，他把整個的國家的一切生產手段都霸佔了。馬克思所以說工人是真正無產階級，原是因為工人沒有生產工具，沒有土地，沒有私有財產。說農民比較落後，就因為農民有土地的欲望，有簡單的生產工具。至於知識階級，那是屬於小資產階級的，小資產階級有動搖性，因為它有上爬的可能與希望，他不一定要求革命。現在在共產黨的統治下，雖說農民獲得了土地的分配，但是它沒有買賣的自由，生產工具也已經登記，他的田作的收穫完全被統治著，不但沒有買賣的自由，而且隨時可以被徵收。在這樣的情形之下，他的生存與所謂被剝削的工人沒有兩樣；其他小資產階級、知識階級，無論醫生、教員、工程師……他們被限於一個崗位中工作，其生存方式完全同工人沒有分別，即馬克思所說的，無法脫離被剝削生活而謀存在的情形了。這情形，換句話說就是共產黨所統治的國家，他已經把整個國家的機構變成一個工廠，而所有的人民都是無產階級的工人了。在初期的時候，農民或許還以為分得的田地是私有的財產，小資產階級或許還以為可以有自由的爬升，但是日子一多，每天生活都被限制固定，脫離了被規定的機構就無法生存時，他們馬上就發覺這正是馬克思所想像的資本主義最高形式下的工人生活了。馬克思預料在獨占資本主義形式下工人的生活除了固定工作中每天被剝削以外是無法生存的，他因為工作的專業化，無法改行，因為老闆的獨占資本，被辭退了就無人雇用，而生產工具又不是手工業時代的小規模的工具可以由累積而得，所以他就變成了真正的無產階級。而現在共產黨治下的人民，對於他們工作所屬機構的身分，就完全是馬克思所想像這類的工人了。

列寧說：「現實中並沒有土地屬於這樣的獨立生存者的事實……那些生產關係表現如下：大地主們中間分配土地，和地主將這種土地賜給農民，以便實行對農民剝削，這樣土地就成為了自然工資。土地給農民以必需的生產物，使得他能夠給地主產生剩餘生產品，它是農民替地主執行賦役的中心對象。」（《列寧文集》卷一，一一三頁）

列寧所說的是由封建社會地主土地所有權轉到資本主義地主土地所有權時，農民的地位就逐漸地形成無產階級的話，用來說明共產黨對於農民分配土地是非常清楚的，這土地已成為列寧所說的自然工資，而唯一的大地主就是共產黨了。

至於其他的技術人員，公務人員、醫生、工程師、作家、藝術家，如果失去了自由變動與發展，在規定的機構與組織中被剝削而生存，那麼他們正如農民失去土地與收獲物買賣的自由一樣，他們也就成為真正的無產階級了。

一個龐大的無產階級——全國人民，如果有所謂共產階級的意識，那麼根據馬克思的學說，他們的敵人當然是統治階級。這個統治階級是大地主，大資本家，同時也就是官僚階級。為了要統治這樣龐大——馬克思所未曾想到的龐大，所未曾想到由突變而產生的突然龐大——的無產階級，統治階級是必須有一個龐大的組織，運用一切可怕殘忍的手段來統治的。而這個，中國的統治者已經是不斷的在發揮了。

中國的政權，毛澤東所規定的名稱為人民民主專政。那麼所謂民主專政是什麼呢？毛澤東說：「是少數服從多數，下級服從上級。」「民主」與「專政」是矛盾的名詞，「少數服從多數」與「下級服從上級」也是矛盾的命題，根據辯證法對立命題的統一，那麼這二者將是怎麼樣統一呢？倘若是根據少數服從多數的，那麼統治階級就要服從被統治階級的人民，如果是下級服從上級，那麼最高的上級只有一個人，全國四萬萬四千九百九十九萬九千九百九十九個人就是服從一個主席。這個，發明這個矛盾的政權者沒有說明，可是在統治者的實踐上，我們看出了，他是說在政權的掌握與政策的規定上，完全是根據下級服從上級的。憑上級的一紙命令而下級是必須服從的。至如何實現與滿足上級的命令與要求，則是由每級人員們會議而完成。比方上級命令派銷五萬萬份公債，派到某一市，比方說是五百萬份；這一市級會議中就討論如何分配，如何發動，如何說服，如何實現的辦法；於是再派到下級的各機構去，各機構又派到各一小組。這是下級服從上級，到最後作為小組的人員身上，當然是些已成無產階級的人民，他們開會的討論只是如何踴躍地認購公債或推銷公債以滿足上級的要求了。作為人民，是無權過問是否應該發行公債，或發行這公債是作什麼用的，除了發行公債外是否還有別的辦法，等等的問題。交給人民的是如何完成或如何犧牲自己來完成所指派的公債。政府的口號是為人民犧牲，為人民服務。那麼，這裡所表現的到底是人民在為統治者服務呢？還是統治者在為人民服務呢？為人民服務，至誠至意為人民服務，這是政府對於人民的號召，但是被服務的人民在那裡呢？一個人民的父母夫妻子女親友都是應該拋棄的「包袱」，每個人民都有父母夫妻子女親友，但對每個人說這些都是「包袱」，那麼真正的人民在那裡呢？在工廠？在田野？在商店？在軍隊？在學校？而那裡，每個人都被號召在不惜任何犧牲，無條件的在為人民服務，他們每個人都拋棄了家庭，自己節衣縮食，流汗流血，每個人都被指定在為人民服務，那麼究竟誰在接受這個服務呢？不用說是為一個剝削者，為一個統治者，為一個大資本家也是一個大地主在服務。人民的招牌正如無產階級的招牌一樣，它變成一個唯心的幽靈似的鑽石掛在統治者的皇冠上。一切的奉獻與服務，只是維持了統治者下級服從上級的嚴密的機構的加強統治而已。

如果歷史真是根據馬克思所預言的發展，那麼這正是到馬克思在〈共產黨宣言〉所呼喚的時期，全中國的有血有肉的無產階級應該起來，向掛無產階級招牌而生存的大資本家、大地主、大獨裁者革命了。全中國的被壓迫的有血有肉的人民應當起來，向借人民的虛幌而生存的大資本家、大地主、大獨裁者革命了。

作為武器的唯物辯證法

作為思維法則的方法論，原是因為思維上有如此這般的條理，才被哲學家發現研究整理而成為方法論；並不是因哲學家先有方法論，而後人類才根據這個方法來思維的。這原也是唯物論者所承認的事。如果說是先有方法論，而後有人類思維的條理，那麼沒有方法論修養與訓練的人，就無法瞭解一切現實生活的推理，人類的意見彼此也無法傳達了。

到底是先有理則而後有存在，還是先有存在而後有理則；是因理而有物，還是因物而有理；這是唯物論、唯心論、經驗論、唯理論等等爭論的焦點，我在這裡不擬作這方面的探討。這裡只是從人類思維的事實，看到人與人之間之可以交換意見，可以爭執、可以說服、可以彼此瞭解，就因為我們的思維有一個共同的理則，辯證法就是這個共同理則形態之一種，它之為我們人類思維上共有的理則，正如演繹法、歸納法為我們人類思維上共有的理則一樣的。

比方在一個年年春季下雨的地方，所有那地方的人都有歸納法的實踐上的瞭解的，寫到形式上就是：

「這裡一九二三春季雨下得很多，
這裡一九二四春季雨下得很多，
這裡一九二五春季雨下得很多，
………
這裡年年春季雨都會下得很多。」

同時也就會有演繹法的瞭解，那就是：

「這裡年年春季雨下得很多，
現在是春季，
所以雨也會下得很多。」

而知道這些的人不一定學過演繹法與歸納法。

恩格斯所舉有名的例子，是農夫把穀種播種在田地裡，它轉變為它的對立物——稻桿，稻桿又生長出穀子，這穀子在數量上遠大於播種的穀子。說這就是辯證法上否定的否定法則。

但是農夫雖然沒有聽見過這個法則，但在實踐上一定是知道了把穀子播種到田裡可以產生更多的穀子，所以才去播種的。他們的行為就是根據對於穀子發展的瞭解而來的。

當穀種變成稻稈之時，他們如果不瞭解這是穀種正常的發展，他們決不會去愛護這個稻稈的。但是他們獲得這個知識並不是根據恩格斯的法則，他們是從經驗中來的，這經驗還是有歸納法的實踐，這就是：

「看到一粒穀子變為稻桿，稻稈變為更多的穀子。看到第二粒穀子變為稻稈，稻桿變為更多的穀子。所有穀子變為稻桿，稻桿可變為更多的穀子。」

同時也有演繹法的理解，即：

「所有我們播種的穀子變為稻桿後，可產生更多的穀，現在我們播種的穀子變成稻桿，我們可以有更多的穀子。」

所以，所謂思維的法則，原是自從人類的思維以來，我們都是這樣的在理解世界上的事物；不過可以成為研究對象的方法論，則是哲學家所提煉的罷了。

亞里斯多德奠定論理學時，他特別看到演繹法。後來培根發現了歸納法，他認為演繹法只是從舊的原則推理出來，永沒有新的發現，認為歸納法是科學的方法。到黑格爾，他特別提出辯證法，認為形式邏輯只能在死的固定的事物上適用，在動的發展的過程上就不能把握。

這種批評都有他部分的真理，到了馬克思、列寧，以為所謂辯證法是同形式邏輯對立的，這就很可笑了。我們在馬恩的著作中，可以發現所有的論斷、說明、記述都脫不了演繹法的推理，隨便舉一個例子，譬如：

商業在一般的依存性內部依從自身的法則——存在於這個新要素本性中的——而運動。這運動（商業的）有它自身的情勢。所以商業對生產運動也可能給以反作用的影響。（《馬恩書簡》三〇七——三〇八頁）

這當然根本就是三段論法的推理。又如，恩格斯在《自然辯證法》中，他在論述許多經驗論對付見靈論的例子後，他寫道：

因此，經驗論不能用經驗的實驗去對付見靈論者的強辯，他們迫不得已要用理論的考察去克服見靈論者……

他用的就是歸納法的結論。

人類的思維經驗，原是先從歸納而來，見到東邊樹葉在春天是綠的，西邊的樹葉在春天是綠的，我們說這裡的樹葉到春天都是綠的。見到某甲死去，某乙死去，我們說人都要死的。這是歸納法。

肯定了這裡春天的樹葉都是綠的，現在說這裡正是春天，因而推得這裡樹葉都是綠的。這是演繹法。肯定了說人都要死的，現在說某甲是人，某甲也要死的，這是演繹法。

黑格爾見到這個發展是辯證的，那個發展是辯證的，於是說一切發展都是辯證的，這是歸納法。恩格斯寫《自然辯證法》，他看到這一切現象是辯證的發展，那個現象也是辯證的發展，於是說一切自然現象都是辯證的發展，這根本就是歸納法。說因為有這樣的辯證法，而推定某種自然或社會現象的發展也是這樣辯證的發展，那自然是演繹法。

所以在這裡，可以見到一切人所規定的方法，只是因為人類是這樣在思維，也可以說人類有這樣的思維的存在。這原是馬克思、恩格斯所非常強調的。即是存在決定意識，不是意識決定存在。但是恩格斯在《自然辯證法》裡又說：

> 所有我們的理論思維，都被下列一事實以絕對的力量統治著：我們的主觀的思維和客觀的世界都為一法則所支配，因此在它們終極的結果上，他們不會互相衝突而必然互相調和的。這一事實是我們的理論思維底無意識和無條件的前提。（恩格斯

《自然辯證法》俄文版，頁七十五）

但是為什麼？是不是說支配我們主觀的思維與客觀的世界的法則，是早於我們的存在呢？恩格斯要把它作為「無意識和無條件的前提」，顯然他是戴著他一生所咒罵唯心論的帽子出現了。

所謂究竟統治這自然界與人類的是否有一個法則，這就是唯心論與唯物論交界的地方。馬克思、恩格斯承認法則不過是物的反映，但何以又有支配我們主觀的思維與客觀的世界的共同法則呢？

但是這原不是馬克思、恩格斯所想到的問題。馬克思、恩格斯始終沒有從這個問題深入，到底這個絕對力量的事實是從何來呢？是不是是鬼或神的安排的呢？為什麼要這樣安排呢？

現在既然承認人類的思維有法則的事實，這法則現在可以歸納有演繹、歸納與辯證三種。這三種中，演繹與歸納是相反的，但在人類實踐上，正是相成；說是這兩種是形式邏輯，與辯證法是相反的，但在人類實踐上也正是相反的。這只要在農夫種穀的實例上，他不是已經運用了，而且很自然的實踐了這三個法則了麼？

第一，他必須先知道穀有辯證的發展，即種一粒穀否定了，可以產生更多的穀，才去種穀。

第二，他必是很多次，看見過、聽到過、種穀可以產穀，穀可充食物，才有只要種穀，才能有糧的瞭解。

第三，他必是先有種穀可以產糧的一般概念，才知道拿特殊的一粒一粒穀去播種，而推理到這是穀，所以會產糧。

這在我們日常生活中或簡單或複雜地對每件事情都是這樣在把握與實踐。而且這三種法則常常混和協調得使我無從意識到孰先孰後。

把辯證法強調為唯一的法則，認為是一種武器，忽略了與演繹法、歸納法和諧的意義，那就把辯證法從真實的世界與人生上抽出來，供到皇座上去了。

如果把辯證法放到真實的事物上，我們馬上發現馬克思與恩格斯、列寧對於辯證法的瞭解，是怎麼形成了一種非常獨斷的論證。

馬克思、恩格斯、列寧都推崇希臘哲學家赫拉克列脫斯（Heraclitus）的辯證觀。在中國，我們古代的思想家也都有辯證的觀點，莊子說：

「自其異者視之，肝膽楚越也；自其同者視之，萬物皆一也。」

這就是說，天下萬物，在同的方面看，最不同的東西有相同的地方；在不同方面看，最相同的東西也有很大的差別。世界一切的發展也是一樣，在同的方面看，萬物都是從生長到滅亡，可是在不同的方面看，每件事物的過程都不一樣，這在辯證法上叫做對立物的統一。

對立物的統一是一個法則，至於如何統一，在馬克思、恩格斯的理論中，並沒有死板的規定，但在列寧時代，因為有考茨基（Karl Kautsky），普列哈諾夫（Georgi Plekhanov）等不同的理解，列寧為政治上的便利，要對異見作無情的打擊，於是就說馬克思主義的唯物辯證法是反對調和論與折衷論的，而考茨基與普列哈諾夫都有這兩種色彩。

實則在世界上自然或社會的現象中，對立物的統一在實踐上是呈現千變萬化的種類的。調和折衷當然統一的一個種類。比方把黑色與白色統一起來，就可以變成灰色。陰與陽的對立體則被吸結在一起。男性與女性則可結為夫妻而作為繁殖種族的基礎。列寧說：

> 平常的概念中包括著差異和矛盾，但不包括由此到彼的轉變，可是這卻是最重要的。辯證法這種學說是討論對立體如何能統一，在何種條件下它們成為統一，由此轉變為彼，為什麼人底理智不應把這些對立物看成死的固定的而要把它們看成活的，有條件的運動的和由此轉變到彼的。（《列寧文集》，卷九）

列寧知道辯證法討論對立體如何能統一，但是他不願意承認統一的轉變的情形是千差萬別的。他以為只是由此轉變為彼，但是這是列寧的曲解，而不是人的理智。比方說生與死這所謂對立體，在生中就包括著死亡，在死亡中也包括著新生，但變化是各有不同的。是有許多蠕蟲，則在自身分裂中得到新生；有許多動物則一經過生育自身就死亡，高級動物則常有多次的生育自身才趨死亡。不久以前，蘇聯正在鬧米邱林（Ivan Michurin）的學說，米邱林把熱帶的植物與寒帶的植物接種，使熱帶的植物可以在寒帶開花結果，熱帶的植物與寒帶的植物是對立體，但是可以使其調和而產生了新種。它並不是只是一種「由此轉變到彼（對立方）的」的轉變。男女的結合也是同樣的例子，對立體的異性，結合則是在矛盾中求得調和而產生新的事物。

列寧「承認一切自然（精神和社會也在內）現象和過程中的矛盾的互相排斥的對立傾向。」（《列寧文集》，卷十二）而強調它們的矛盾，互相排斥的對立傾向，因此他無法看到世界的與認識世界中的和諧，如莊子的對於同與不同的看法了。

我們的認識，在列寧，已經因他的政治野心而歪曲。可是平心靜氣，在真正常識講，人類文化上的努力，與生活上的實踐，以及科學的真理的追求，則是一種在矛盾中求和諧的生長。比方對於同與不同的矛盾。以人為例，人是人，我們誰見了都認識這是人，這不是人，但個別的人都是不同的。以生物為例，我們有方法辨別它是生物，不是生物，但個別的生物則各各不同的。我們的認識就建築在同與不同的統一上。這統一可能是折衷，可能是調和，也可能是平均，也可能是由此轉彼（對立方），但最後則是一種諧和。恩格斯在《自然辯證法》上講到數字有正數有負數的對立，但這對立是永遠存在我們認識中的。這就是說在人類的認識中，對立物是諧和地並存的。而對立物的消長，在千變萬化之中，則只有從諧和的觀點才能見到他的真理而有實踐上的克服。畫家對於顏色，音樂家對於聲音，都是在對立矛盾的顏色與聲音中求和諧。農夫對於不同的土地，對於不同的氣候，也是用勞力、肥料種植物，與它謀取諧和。

這似乎談到了太多哲學問題，而不是本文的範圍。這裡所要說的是辯證法所謂矛盾的統一法則原是人類思維中，大家承認，大家都存在的理路，而所謂矛盾的統一有千變萬化的形式，絕不是僅僅由此轉彼的演變。馬克思、恩格斯以後，如考次基、普列哈諾夫、布哈林都有過各種的理解，而列寧為政治的目的與野心，所以有意或無意地歪曲了客觀的事實與真正的「人的理智」。

在辯證法所謂量質互變的法則上，恩格斯的理解也顯得非常糊塗。恩格斯說：「黑格爾所發現的自然法則，在化學領域上慶祝著極偉大的勝利，化學可以稱為研究受數量成份變化之影響而發生的物體之質變的一門科學。」

於是恩格斯舉出：「關於氧氣與氮氣的不同比例，每一種比例所造成的物體都跟別種比例化合物有質的區別——關於這還有什麼可以說明呢？試看化學中的N_2O與N_2O_5的區別吧，前者是氣體，後者在平常溫度中是硬的結晶體，然而以他們的成分講，它們中間的區別是後者比前者多了五倍氧氣。在這兩者之間，還有許多種氧氣與氮氣的化合物，它們跟上述的兩種氧氮化合物和他們自己相互間，都有質的分別。」

恩格斯在這裡竟把量與質都混淆了。恩格斯是推崇亞里斯多德對於辯證法的理解的，但恩格斯所輕視的形式邏輯上的同一律，在這裡竟起了決定性的是非。

自馬克思以來，所謂辯證法唯物論的哲學家對於「量」與「質」的規定，都是引用黑格爾的。他們接受了黑格爾在論理學中的話：「所謂質，最先而最主要地，當它在外在關係中作為內在規定而表現自己時，在這樣的意義上就成為屬性。」這是恩格斯、馬克思所接受而引用的。但是在這裡他忽視了這個意義。

如果恩格斯接受這個規定，那麼一氧化氮（N_2O）的增加就會永遠是一氧化氮（N_2O），無水亞硝酸（N_2O_5）量的增加也永遠是無水亞硝酸（N_2O_5）。恩格斯只變動分子裡的氧氣，當然已經是質的變動了。如果恩格斯把氧氣只加在氧氣裡，那麼他所得到的就永遠只是氧氣的量的增加了。

從量到質的變化，一定要有外面的因素，恩格斯不是沒有想到，但是他竟沒有理解。他在《自然辯證法》裡說：

「我們拿任何一個無生物物體逐漸分割成細微部分，我們在起初時是看不出任何質的變化，然而那也有一定的限度，例如在蒸發的時候吧……」這裡恩格斯要質的變化，就必需用蒸發（加熱）了，怎麼可以說「分割」的「量」加多而起了「質」變呢？還有一個例子，他說水不斷的加熱，於是有了質變，化成蒸氣；水不斷減熱，也有了質變，變為固體的冰。那麼所謂量的變化是熱度的量的變化在水上面的反映，並不是水的量的變化而起了質變的。以熱度的本身而論，它的增加，還只是熱度，並沒有起了質變。以水的本身而論，如果沒有外力（熱度）的，水永遠是水，絕不會起質變的。一個「無生物物體逐漸分割成細微部分」，它永遠還是這個物質。只有加上外力他才有別的變化。恩格斯對於無生物化學，忽視了「外力」，作牽強模糊獨斷的假定外，對於生物他更不知如何處理了，他於是說：

「這裡說的僅以無生物為限，就生物說，這個法則仍然適當。然而那是在千差萬別的種種條件下發生作用的，直到現在，我們還不可能對它作量的測定。」

其實恩格斯所說的「千差萬別的種種條件下」是對的。無生物化學上從量到質，從質到量的變化都是需要條件，而這條件正是千差萬別的，到生物，到人類這些條件與原因就更形複雜了。

在馬克思、恩格斯以後，關於自然界與社會的變化，許多學者都看到外在的關係與條件。譬如人類歷史的發展，有它的地理、氣候等因素，這是孟德斯鳩、赫凱爾等都見到，而許多辯證法唯物論的理論家也不得不承認。但是列寧則以為這是布爾喬亞機械唯物論的觀點，而認為歷史的發展只是社會生產中矛盾的鬥爭。

而辯證法唯物論在人類理智中實踐上所見到的，則必是外在的條件與內部的矛盾有相互的作用。一切的事件有他內部的變化——矛盾對立，也有外在的影響與條件。

馬克思、恩格斯所注意的，一件事物內部的矛盾對立而形成發展，採取了否定的法則，因此也就忽略了外在的關係條件與質變的因素。

以恩格斯有名的例子講，穀物變成稻桿是一個否定，稻桿產生更多的穀物又是一個否定，這就是正反合的發展，再生的穀物多於原來的穀物，它在量上有完全的不同。但是這有一個條件，就是他必須種在適宜於種稻的土地上，如果種在海邊的沙灘上，他絕不會有這個發展。假如種橘子，則就不能用同種稻一樣的土壤。不同的果子，不同的花木，都要有不同的土壤、氣候與環境。這其間有千差萬別的變化。一個農夫，一個農業家、園藝家，他必須瞭解外在的條件，還要瞭解植物的性質，才能謀得否定的否定，正反合的發展。農夫知道在稻熟以後，打下穀子，把稻草餵牛或作柴燒，但對付橘子，則是一個一個摘下來，而把橘樹保護得好好的，要它明年再生產。在人類，當然更加複雜，每個個體的體力與智力的發展，每個社會，每個民族的發展，如果真正肯用辯證法的觀點來觀察研究，它也是「自其異者視之，肝膽楚越也；自其同者視之，萬物皆一也。」的。

馬克思主義認為歷史的發展，在最初的階級，因為原始人類被自然（外在關係）支配，但在社會發展階段越高，經濟組織越來越複雜，那麼……就愈不靠自然決定，而愈要靠現存的經濟組織的特質來決定了。因此馬克思以為歷史的發展，單純的是照著一個內部的機械的公式的。

這因為正常辯證的人類理智，正是要求整個地、活動地來瞭解事物，所謂外在與內在，本來是一個對立的名詞，在較高的概念講起來，外在就是內在。馬克思把自然的——地理的、地質的、氣候的條件，看作與現代的經濟組織特質沒有關係，但是事實上煤、鐵、油礦，以及原子時代的鈾礦正是影響著生產手段。而這也是為什麼一個國家可以先進步為工業國家，而另一國家要落後許久的重大原因。其次，當一國家已進為工業國家以後，他的航海、軍力、文化、社會就影響了其他國家。其他國家的發展就決不會是照著馬克思所擬定的公式而發展了。用馬克思的公式研究中國史的人，就把中國的問題硬塞到這個公式裡去。關於中國到底是什麼樣一種社會，過去曾經有強烈的爭論。有人說中國已是資本主義的時代了，有人說還是封建時代；前者說已經可以有無產階級革命，後者說還需要資產階級革命。實則中國的封建時代與歐洲的封建時代是根本不同的。歐洲的封建時代有僧侶，有貴族，有武士，在中國是沒有的。馬克思所說的崇高狂熱的宗教熱誠，騎士俠義與世俗溫情，在中國也不全。中國從很早到最近，只有所謂「世俗溫情」。這「世俗溫情」，中國的萌芽資本主義社會並沒有把它摧殘，倒是毛澤東先生的解放，開始用暴力在把他摧殘。如果馬克思的公式可有一部分對的話，那麼黨團資本主義才是馬克思所謂獨占的資本主義了。

馬克思於是認為封建的生產方式達到發展的一定階段，就極端地限制了生產力和物質富藏的成長的可能性，限制社會的發展。於是資產階級起了革命的作用，打倒了封建階級，用資本主義的方式來生產。但因資本主義的發展，他的生產方式又限制了它的生產力和物質富藏成長的可能，於是無產階級起了革命的作用。這種公式與預言，竟沒有一處應驗。資本主義發達的國家，則在矛盾對立中求諧和的統一，而落後的俄國與中國，則資本與財產作壟斷的集中，產生了新的統治階級。這如果不說是辯證法發展的不對，就應當說馬克思恩格斯對於辯證法的瞭解不夠；或者說辯證法的法則在歷史上的發展，有千差萬別的條件與變化，而這些條件與變化卻不是我們這樣容易，獨斷地去決定的。

帽子主義與幽靈

上面所說的，只是把所謂辯證法幾個法則，從我們理智本身所固有的平正地不加歪曲來敘述。我知道這是要被現在所謂馬列學院的朋友們斥為「反動」，「資產階級代言人」，或甚至「文化特務」……。客氣一點的會說這是「右傾機會主義」，「左傾幼稚病」或「落後的小資產階級的傾向」的。

但這原是共產黨的帽子主義。共產黨在自己的帽子上鑲上「無產階級」、「人民」、「前進」、「正確」等等五色八門的寶石以後，於是就把醜惡的污穢的帽子戴在批評他，反對他的人頭上，然而這是多麼不合辯證法的論證呢？

恩格斯在《自然辯證法》裡有關於歸極性一段話：「磁性被切斷後，就會在原來是中性的中央現出極性來，而且原來的兩極仍舊不變。反之，蠕蟲被切斷後，陽極仍然不變地是吸收食物的嘴，另外一端，就是陰極，形成了排泄廢料的肛門：然而那原來的陰極（肛門）呢，現在卻變成了陽極，變成了嘴，而切斷的地方則變成新的肛門（陰極），看吧，這就是陽性向陰性的轉化」。

這就是說，一切「反動」與「正動」，「陽性」與「陰性」，「嘴」與「肛門」，「前進」與「落伍」這些相對的概念，原是因情境而變動的，並不是由帝皇封贈的。

不是人類底意識決定他們的存在，而是相反，他們的社會存在決定他們的意識。

（馬克思《政治經濟學批判》）

那麼，所謂無產階級的社會存在是什麼呢？馬克思在〈共產黨宣言〉裡有明確的敘述：

他們僅能在有工作時可以生存，而他們僅能在他們的勞力會增進資本時可以有工作。這些勞動階級必須零星地出賣自己像商品一樣，像一切其他商業上的貨物，而且經常受競爭的起落與市場波動的影響。

馬克思認為資本主義發展到某一個階段，無產階級就除了革命無法脫離他的階級的。所以他有共有的無產階級意識。

而事實上，無產階級出身的人，是可以變更他的存在的，如一個工人變更了他的存在時，比方像福特一樣，成了大資本家，他的意識也自然就改變了。

現在第一步請問從毛澤東起，到他的黨徒，有否是如馬克思所說無產階級出身的？

第二步，請允許我問如果曾經是無產階級，到現在做了官，成了統治階級，是否還有無產階級的意識？

中國共產黨是以服從毛澤東先生為首決條件，但是毛澤東先生竟不是無產階級。中國因為資本主義不發達，像馬克思所說的無產階級根本就沒有。少量的工人，隨時而且不斷的可以脫離工廠而成立手工業的小店。還有些工人在大都市裡做工，但回到鄉下還是小地主。毛澤東先生不用說，連這樣的工人都沒有做過。據他自己所坦白的是學生出身的，而那時候的學生子竟覺得工農兵都是髒的。他以後的工作，在圖書館裡，在軍隊中，在政治中，他可曾須出賣勞力，而這勞力必須成為資本家的資本而生存，而且是同商品一樣隨著競爭起落隨著市場升降嗎？而現在，他是元首，是規定了下級服從上級制度中的統治階級中的最上級。不管他在自己皇冠上鑲著「以無產階級為領導的人民民主專政」的寶石，但是我們竟看不到他自身與他政權中有什麼無產階級的成份，只看到他完全是一個統治階級的面目。他代表了現在的最龐大的資本家、地主，以及統率龐大的軍隊、員警、特務的元帥。

如果所謂「正動」的意義是根本反統治階級的革命意義而講，那麼「反動」的正是統治階級與那些擁護統治階級的人們了。那麼，在政權中拿俸祿專門想肅清別種見解思想的則正是「文化特務」的工作。而作為這個大資本家的宣傳工具與宣傳機構的傭員的當然是「資產階級的代言人」了。

在國民黨統治下，揭起不滿現狀對政府作鬥爭性的「正動」文化人，現在變成了「反動」，正如恩格斯所說的在被切斷後的蠕蟲，他們的肛門都已經變成了嘴。

毛澤東先生自封為無產階級與人民的代表，於是在延安文藝座談會上，他就說了：

把雜文和魯迅筆法僅僅當作諷刺來說，這個意見也只有對於人民的敵人是對的。魯迅處於黑暗勢力統治下面，沒有言論自由，故以冷嘲熱諷的雜文形式作戰。魯迅是完全正確的。

但是現在，人民在哪裡呢？人民的敵人在哪裡呢？知道中國實際政治的人都知道，中國雖有「工農士商」，統治中國的永遠是有槍階級，有槍階級也就是有錢階級，軍閥時代如此，國民黨如此，共產黨也如此。國民黨的官僚資本，並不是因有資本而獲得政權，而是有了政權而發財的，他們搜括貪污來的錢，很少成為產業的資本，大部分都存在國外，否則中國的工業也不致如此落後，而孔祥熙、宋子文之流到今日也無法在國外作寓公了。所謂老百姓，你說他人民也好，國民也好，除了與統治的有槍階級勾結的少數人以外，他們永遠是與統治階級站在相反的地位的，忍氣吞聲，受飢挨凍，他們知道他們的敵人是「統治階級」。也因為這樣，共產黨說解放他們，他們是歡迎的，他們沒有想到解放以後，只是換了一個「統治階級」，也是靠槍桿來向他們搜括敲詐剝削的。

但是，魯迅的環境竟還有冷嘲熱諷的自由，而在新的黑暗勢力統治下，連這一點自由都沒有了。可以發表，可以出現的不過是歌功頌德的東西。

毛澤東先生又說：

你是資產階級文藝家，你就不歌頌無產階級而歌頌資產階級。你是無產階級文藝家，你就不歌頌資產階級而歌頌無產階級與勞動人民，二者必居其一。

現在，在國內，對於勞動人民，對於無產階級的歌頌是什麼呢？要他們更加刻苦，要他們突擊生產，要他們捐款獻金，要他們拋棄「包袱」；而對於統治階級的毛澤東先生的一群呢？是偉大的毛主席，是永遠正確的毛主席，是毛主席萬歲萬萬歲，還要跟著這統治階級的支持人叫「史達林萬歲萬歲萬萬歲」。

馬克思給無產階級工人階級的憧憬是吃得較好，活得較好，工作得較少，而毛澤東先生及其黨徒所給無產階級農民階級則是吃得更少，活得更壞，工作得更多。地主階級取消了，毛澤東先生同他的黨，兼做地主階級；資本家（當初勾結統治階級而存在的）打倒了，毛澤東先生同他的黨，兼做了資本家；黑社會肅清了，毛澤東先也同他的黨包辦了黑社會的「事業」；土匪強盜掃淨了，毛澤東先生同他的黨代替了他們的營業。萬流歸一，人民的敵人現在只有一個。人民所屬的階級現在只是一個「被統治階級。」

在民主的資本主義國家中，我們不難讀到同情勞動人民無產階級以及為他們訴苦或抗議的作品，但在獨裁的獨占的資本黨化的國家中，我們再不能看到勞苦大眾的真實面目與生活情形了，我們也再不能聽到對他們一點同情的呼聲了，我們聽到的是他們願意刻苦，願意減薪，願意加緊生產，願意學習，而且在學習中有了政治的覺悟。一切的文藝，毛澤東先生所御用的，所統治的正是毛澤東先生自己所說的：

> 他們所感到興趣，而要不疲倦地歌頌的只有他自己，或加上他的愛人，再加上他所經營的小集團裡的幾個腳色。（〈在延安文藝座談會上的講話〉）

除去此種歌頌以外，還有什麼文藝呢？是鼓勵或發動人民加緊勞動，實現大地主，大資本家所要求的生產的標準：鼓勵購買公債，節食捐款；是「工人有了政治覺悟了！」；是「工人發動自己的力量了！」；是「踴躍競購公債，某某起了帶頭作用。」；是

「×××突擊生產打破紀錄。」

但是，勞苦人民不是帝皇，不是毛澤東先生，他們不是英雄，他們不希望歌頌，他們要的是減少剝削，吃得飽點，活得好點。

馬克思在〈共產黨宣言〉裡，關於資本主義發展中的工人階級，他說了這樣的話：

現代工業已將宗法行東的小作坊變成了工業資本家底大工廠，擁擠在工廠裡面的工人群眾就像兵工一樣被編制起來。他們是工業軍的普通士卒，受著整批的軍士和軍官底層層監視。他們不單是資產者階級的奴隸，不單是資產階級國家的奴隸，他們每日每時都被機器、被監工、首先被各該工廠主資產者本人奴役著。這種專橫制度越是公開宣佈它的目的只在於發財，那它也就顯得越發刻薄，越發可憎，越發令人痛恨。

但是一百年到如今，英國、美國的工人是什麼樣生活呢？略略知道一些近代工人的生活水準與自由水準的，就會知道馬克思的話是不對的，但是對於中國，且不說俄國及其他衛星國，他的話可完全說中，只是把裡面的統治者（資產階級）改為毛澤東先生及其黨徒就完全對了。

但是這種專橫制度，他是公開宣佈它的目的是為「人民」為「無產階級」的，較諸馬克思時代的資產階級「只在於發財」者，則更顯得越發刻薄，越發可憎，越發令人痛恨了。

馬克思所想到資本主義的發展是由漸變成為獨占的結果的，他竟沒有想到這獨占的結果則是由突變（經過革命）而產生的。

現在，對這龐大的勞工隊伍，是不是正是馬克思〈共產黨宣言〉所謂革命的階級呢？馬克思、恩格斯在〈共產黨宣言〉的結尾裡說：

> 讓那些統治階級在共產主義前發抖吧！無產者在這革命中可失去的只有自己頸上的鎖鍊，他們所能獲得的是世界。

哪一國無產階級可失去的只有自己頸上的鎖鍊呢？那不是美帝，不是英帝，他們的無產階級有家，有火爐，有房子，有汽車，有收音機，有的還有電視機。馬克思、恩格斯說中的是中國，是目前的中國，目前的中國人民正是除了頸上的鎖鍊外，真是什麼都沒有了。

在〈共產黨宣言〉又說：

資產階級抹去了所有一切素被尊崇景仰的職業上面的神聖光彩。它把醫生、律師、牧師、詩人和學者變成了它付錢僱用的工資勞動者。

我們知道在一切自由的資本主義國家並不是這樣，他們律師可以獨立地在為犯法的共產黨辯護，他們的文學家、詩人、電影明星可以很富有，而許多文學家、詩人、小說家、音樂家、畫家可以反他們的社會制度，可以被史達林、毛澤東所喜歡（如辛克萊（Sinclair Lewis），如以前的史坦貝克（John Steinbeck）以及卓別林……等），也可以捐錢給共產黨（如史沫特萊（Agnes Smedley），如畢卡索），他們的學者也仍有反統治者自由發言的尊嚴。

而中國，且不說蘇聯及其他衛星國，僅僅是現在的中國，醫生、律師、牧師、詩人和學者才真正變成了拿工資的勞動者。

〈共產黨宣言〉裡又說：

資產階級撕破了家庭關係上溫情脈脈的紗幕，而把這關係化成了單純金錢上的關係。

而現在，事實上在民主的資本主義國家中，始終有溫暖的家庭關係。

而中國，所謂黨團的資本主義國家中，在訓練成人教育孩子拋棄他們溫暖家庭的「包袱」。

〈共產黨宣言〉裡又說：

> 一切自古以來傳統上受尊敬的見解與觀點所固定的關係被一掃而光，一切新生的關係在未固定時就已被廢棄。一切固定的盡行消散，一切神聖的概被褻瀆，而最後，人們只得被迫地用冷眼去面對他生活的實際情形以及他同別人的關係了。

這，除了中國，以及其他鐵幕內黨團資本主義的國家外，還有哪一個國家如馬克思所預言的呢？

把事實對照這些預言，我們馬上可以發現皇冠下的腦袋上是有毛還是無毛，是禿頂還是白髮。而共產黨所贈封不同意他的人各種帽子，實際正是獨斷的帝皇的封贈。

共產黨在文化中的鬥爭與統治，在對青年的愚弄，完全是這個帽子主義的戰略。「資產階級走狗」、「反動」、「落伍」、「左傾幼稚病」、「小資產階級意識」，……諸如此類五花八門的名詞，使許多人覺得只有服從他們才是「無產階級」，才是「人民」，才是「前進」，才是「正確」；於是跟著他們喊，日子久了，這些帽子就有了符咒的魔力。

在香港，我讀到許多反共的文章，也隨便用這些名詞，不是說共產黨代表「社會主義」，就是說它代表「前進」，而口頭上更是容易聽到，什麼「為人民」呀，「進步的書籍」呀，「你怎麼樣落伍」呀，諸如此類，這都是共產黨帽子主義的幽靈附身的現象。

要擺脫這個幽靈並不難，只要脫去他們的皇冠看看他們的腦袋。

當我還在大學讀書的時候，這幽靈也曾經附在我的身上，當時正是共產主義學說最流行的年代；青年們都願意走在時代的前面，被人說一句「落伍」就非常惶恐，更不必說「資產階級的走狗」了。我當時極力審查自己的意識，極力想克服「小資產意識」與「知識階級的劣根性」。於是，當我看到非馬列主義的書籍而想好好讀一讀的時候，我就曾感到這是「知識階級的劣根性」，為克服這劣根性，我就不敢去讀。如果你讀了馬克思主義有點懷疑，你當然會發現這是「小資產意識」在作祟，因為無產階級是絕不會懷疑於有利於階級的理論的。不用說，在當時的風氣之中，如果你在讀非馬列主義的書，別人看見了當然是「落伍」無疑。這種空氣，是共產主義理論想造成的空氣，在文化界，在教育界，在青年群中一直瀰漫著。現在，當然共產黨在使每個人都附著這樣的一個幽靈。當他們要殺一個人，打擊一個人的時候，他可以隨便放一頂帽子在那個人的頭上，而凡是身上附著共產黨在教育上，在宣傳上給你的幽靈的人，就永遠會覺得他們是對的。如果他們殺的是你父親，你在痛心，你當然是還有「封建意識」在作祟；如果你有點惻隱之心，看到流血感到慘虐，你當然是小資產階級的溫情主義。去年，在一個學習機構中，有人叫了「毛澤東萬歲」而沒有叫「史達林萬歲」，就受到批判，說這是沒有克服「狹小的民族主義意識」，好像這個「民族主義意識」不克服，就是自己的「狹小」了，為要「博大」，大家應當叫「史達林萬歲」。凡是身上附著他們所賦的幽靈的人，就很自然的會覺得他們是對的。凡此種種，都因為我們不知不覺在從帽子看人。可是皇冠是他們自己戴的，帽子也是他們給人戴的，二者都不是本身長成的，也不是由存在決定的。只有摘去皇冠看看他們的腦袋，你就會知道，這些腦袋與「無產階級」「社會主義」固無血肉關係，與「進步」「正確」也毫姻親。

只有看清楚這點，你可以擺脫了附在你身上的幽靈，而在你習慣的言語與文字上還要注意，否則，這幽靈還是附到讀你文章，聽你說話的青年身上去的。

「人性」與「愛」

如果我們仔細地讀了馬克思的〈共產黨宣言〉，我們再讀馬克思的傳記，我們馬上可以發現，馬克思一個非常重視人性的人，他極力反對資本主義社會的冷酷；他在資本主義社會發展上看到了人與人間的關係將都是貨幣或商品的聯繫，因此特別厭惡資本主義。而毛澤東則反對人性的，他在延安文藝座談會上說：

> 有沒有人性這種東西？當然有的。但是只有具體的人性，在階級社會裡就是帶著階級性的人性，而沒有什麼超階級的抽象的人性，我們主張無產階級的人性，資產階級小資產階級則主張資產階級的人性，不過他們口頭上不這樣講，卻說成為唯一的人性，因為在他們的眼中，無產階級的人性就不合於人性。現在延安有些人們所主張的作為文藝理論基礎的所謂「人性論」，就是這樣講，這是完全錯誤的。

如果毛澤東認為唯物辯證法也可用作解決這個問題的武器的話，那麼恕我比較辯證地來解釋這個問題。

「人性」當然是個抽象的概念，正如「人」是一個抽象的概念一樣。但是「無產階級的人性」也是一個抽象的概念，因為所謂「無產階級」也是一個抽象的概念。具體的人性，是一個具體個人的人性。

所謂人性，我們是指人人共有的「人性」，正如「人」的概念是從一個一個人所抽象出來的共有的概念。人有長，有短，有男，有女，有白種，有黃種，有主席，有農夫，但他們有共同點，具有這共同點的我們叫他為人。人性也是指人人共有的一種「人性」。

如果有無產階級，當然有「無產階級的人性」，延安有些人以為無產階級的人性不合於人性，其錯誤也同毛澤東是一樣的。小資產階級有小資產階級的人性這也是對的。但二者有共同的人性。這正如男人有男人的人性，女人有女人的人性，但二者有共同的人性。

人不但有共同的人性，在生物學中，人同動物在一起，也有一切生物的屬性。生物的屬性是維持自身的生存與傳遞種族的生存。人也有這個屬性，但是人在那上面加上了自覺與理想。這自覺與理想雖是因種族、因階級、因傳統、因家庭而不同，但是人仍舊能在不同之中喚起同感。無產階級有偉大的母愛，小資產階級也有偉大的母愛；外國人有性愛，中國人也有性愛；帝皇要老要死，乞丐也要老要死；窮人在病中念親人，富人也會在病中念親人。就因為人與人之間有這共同的人性，這所以我們讀莎士比亞的歷史悲劇，讀哥德、普希金的作品都能有動於中，這所以我們對作品中不同階級，不同種族，甚至不同習慣的主人翁有同感。就因為有這個人性，所以描寫無產階級之苦難與其掙扎爭鬥的文學可以引起小資產者投身於革命。也因為通過這個人性，所以白居易這樣的詩人可以寫出平民的感覺情感，到現在被蘇聯、北京稱為平民詩人，雖然無知的香港大公報罵他為無恥的士大夫，稀爛的嫖客！孟子說：

故曰：口之於味也，有同嗜焉；耳之於聲也，有同聽焉；目之於色也，有同美焉；至於心，獨無所同然乎？心之所同然者何也，謂理也、義也。聖人先得我心之所同然耳。故理義之悅我心，猶芻豢之悅我口。

這就是人性。因為有這人性；羅蜜歐、茱麗葉的愛情可以為我們同情；毛澤東愛藍蘋同賈寶玉愛林黛玉雖是時代不同，情境異殊，而其為人類的性愛則是一樣；此所以《紅樓夢》之所以還可以為我們所誦讀。也因為是人性：所以《浮士德》的悲哀，也可以為我們所同感；而《李爾王》的悲劇迄今也為大家所欣賞。也因為人性有共同的理智：如恩格斯所說的「所有我們的理論思維……我們主觀的思維和客觀的世界都為同一法則所支配……」；如孟子所說的「理也、義也」，我們彼此論情論理還可以瞭解。

毛澤東否定了人性以後，又否定了人類的愛。他在延安文藝座談會上又說：

……至於所謂「人類之愛」，自從人類分裂成為階級以後，就沒有這個統一的愛。統治階級提倡這個東西，孔夫子提倡這個東西，托爾斯泰也提倡這個東西，但是無論誰都沒有真正實行過，因為它在階級社會裡是不可能實行的。……我們不能愛法西斯，不能愛敵人，不能愛社會醜惡現象，我們的目的是消滅這些東西，這是人類的常識，難道我們文藝工作者還有不懂得的嗎？

毛澤東如果注意過孔子的學說，如果讀過托爾斯泰的著作，應當不會說人類的愛是統一的愛這樣糊塗的話的。孔子幾曾說愛過社會醜惡現象？孔子講「仁」，他說：「道二，仁與不仁而已矣。」「不仁」就是孔子所反對的。托爾斯泰最反對社會醜惡現象，但他不相信用暴力就是。

孔子講人類的愛，是從父子母女倫理的親疏講起，即是從最根本、最真、最自然的愛擴大出去，所謂「老吾老，以及人之老；幼吾幼，以及人之幼。」即是此理。他以為人人都有愛自己父母與子女的天性，由此出發，可以擴大到全人類，但他知道這不是人人可以做到的事情，所以他對於普通人的愛，以為可以有親疏之分，但對於越是在高位的人，則要求越廣；對於人君，則就要求他愛萬民如子女了。所以孔子講人類愛，是有層次的，所謂正心修身齊家治國平天下，就是把愛擴大，如果你不懂得愛你自己的父母子女，你就無法愛人類，如果你沒有人類愛，你就不配談平天下。所以你對於越是在上統治的人，越有廣大的人類愛的要求。

托爾斯泰講人類的愛則是從人道主義講起，人道主義也就是愛的最低限度，這即是說，你雖不能愛人如己，但至少要講點人道。講點人道，這原是對強者、統治者、剝削者要求的，因為弱者除了對更弱者而言，是無從表現其人道主義的。托爾斯泰目睹俄國農奴的非人生活，因此主張人道主義，可以說完全是對統治階級的道德要求。他不主張革命，因為革命的結果不過是換了一個統治階級，於根本問題不能有什麼解決。要根本解決，除非實現無政府主義，因此他主張無政府主義。

這兩種態度，孔子的說法是平實的，常識的；托爾斯泰的說法則是基本的，理想的，但都是明知道要求人人愛人如己之不可能的一種便於實行的道德，而這道德，對於統治者的要求都是甚於對被統治者的。

此外《聖經》所教我們的則已是要求人人愛人如己，《佛經》則更進一步要人人愛人甚於愛己了。這些雖都講人類的愛，但都非教我們愛社會醜惡的現象，而只是教人用愛心去感化消除這些醜惡現象罷了。所謂人類的愛，原是一個一般的概念，這同人性問題是一樣的。人類在愛的表現與對象雖各各不同，然而又是這樣的相同。毛澤東愛藍蘋，賈寶玉愛林黛玉，不是相同的過程與表現，但是其為情愛則一。人人都對父母與子女有愛，人人不同，但人人相同。中國人、外國人、文明人、野蠻人都愛自己的父母子女，其形式與表現之行為，可完全不同。但無論怎麼不同，我們竟都可以通過這個相同來互相瞭解。我們愛人愛物，愛所信的道德與主義，人人不同，甚至可以完全相反，但以己之心，度人之心，我們可以瞭解別人，也可以瞭解敵人。這所以我們人類在敵人放下武器後，不主張殘殺，我們對於投降的俘虜不主張虐待。

這「同」點就是人類之愛，人類之愛並不是叫我們沒有個別的愛，而是在自己個別的愛中看到一個個別人個別的愛。偉大就在因體驗到別人個別的愛，會犧牲自己個別的愛，如自己的兒子殺人犯法，做父親的常常有大義滅親之舉。道德就是在自己的心中看到別人相同的愛。而每一種道德觀，即以馬列史毛主義的所教人相信的道德觀來說，還是以為無產階級是被壓迫的多數階級，他的革命就是要求無產階級社會實現，而要完成的還是廣泛的人類的愛。所可惜的這只是說法，史達林、毛澤東的政權與無產階級毫無關係，他們竟是代表了十足的統治階級。毛澤東以為「統治階級提倡『這個東西』（人類的愛）」這是錯的。統治階級從來沒有提倡過這個東西，倒是許多宗教家、哲學家、思想家、文藝家在提倡這個東西，而是因統治階級利用這個招牌與理論在統治被統治的人民。馬克思說先有無產階級的愛，才可談人類的愛，也不過是一個理論，而這個理論竟成了史達林與毛澤東統治階級的幌子，這也等於孔子學說之被後世帝皇利用一樣，後世帝皇未曾實行「仁」，而毛澤東亦從未愛過無產階級。

而文藝，不管是古是今，是中是外，都是在個別中表現普遍，而越是偉大的文藝，則越是普遍而永久的使人有同感。這同感就是人類共同的愛，就是人類的愛，是個別的人，人人都有的一種愛。

人類的文化思想可以互相交換流通就因為我們有共同的人性。人類的情感與道德可以彼此瞭解與感應，就因為我們有共同的愛——人類的愛。這正是一個辯證的瞭解，也是恩格斯在講到一般與特殊的概念時常用的一種理解，並沒有什麼特別的地方。

那麼為什麼毛澤東要否定人性與人類的愛的存在呢？這因為毛澤東的政權以及蘇聯東歐諸國的政權，代表的是一種暴力，暴力必須不顧人性與愛。

馬克思學說之創見，如恩格斯所說的，是他以經濟的動力解釋歷史，一反過去以政治的變動作為歷史中主導地位的因素。

但是蘇聯，東歐與中國的政權，竟沒有照馬克思歷史觀的發展，而相反的倒是政治的變動成為歷史的主導地位。這也證明了馬克思學說的缺點。

如果從辯證法的觀念來看，正是經濟的剝削可以造成政治的暴力，暴力的政治也可以是造成經濟的剝削，而暴力政治是靠非人性與非愛來維持的。

「人性」與「愛」正是人民正常的理智對於剝削階級統治階級的一種希望與要求。中國的老百姓所求於統治階級的也只是希望統治階級有一點點「人性」與「人類的愛」。

如果人人能顧到人性，顧到人類的愛，共產黨這樣靠舉發、告密，靠檢討、監視的統治是無法維持的。人道主義原是根據這點人性而來，人道主義不能徹底，這因為人還是動物，有他的生存與種族生存基本的要求，但是道德的修養就是在普及提高這種人道，所以有殺身成仁，大義滅親這一類事情為我們稱頌。我們對於人性與愛的要求原是極其相對的。比方一個強盜，他在路上搶人的財物，如財物到手，可以不殺人的不殺人，這是人道；比方一個店主對於學徒，廠主對於工人，在待遇上的寬厚，也是人道；如現在香港對於動物虐待條例的要求，也是人道的要求。所以人性與人類的愛的提倡，雖然是一種普遍的希望，人人多有點人性與愛，但還是對於強者，統治者，剝削者一種最低限度的要求。平等的地位，如朋友緩急相助，夫妻患難相共，這點人性與愛所及的範圍很小，而對於統治階級，如肯多有點人性與愛，那麼受惠的人自然就多。尤其在上級服從下級的體系中。

在烏托邦世界大同沒有實現以前，社會上難免有強者、剝削者、統治者。我們知道強盜也許有他不得不為強盜的理由，但希望他搶了財物不要殺人害命；我們不能希望店主對學徒如待他自己的兒子，但希望他多多寬厚；我們既然還無法做到不殺生吃肉，但儘可能在他們生前不予虐待；我們既然還沒有到無政府的時代，但仍希望帝皇、主席、執政者可以多有點人性與愛。

孔子與托爾斯泰其實都是這樣想法。孔子要求人君者愛民如子，提倡仁義；托爾斯泰提倡人道，其意義也就在這裡。但托爾斯泰則以為革命總是「以暴易暴」，所以他不主張革命。孔子並不反對革命，他擁護「湯武革命」，以為當時桀紂實在太無道，以湯武的仁義去代暴是對的。不過孔子並不輕易提倡革命，他終教人君會逐漸覺悟，施行仁政。所以這兩個人的想法雖不同，但在為民請命的意義上則是相同，而且永遠是新鮮的。

中國是一個多年承受孔子學說的民族。孔子不是一個英雄，孔子提倡中庸，但是孔子所要求於統治階級的平常的、素樸的、常識的、可能的要求，這要求正是安份守己老百姓的要求。

經過了長期的內戰，多年的抗戰，又苦於國民黨之貪污混亂，中國的老百姓對於毛澤東之統治，自然希望它是一個救星。他們並不要求毛澤東是屬於無產階級，這在老百姓的常識上是不可能的，這正如孔子並不要求帝皇有平民的意識。他們也不管毛澤東叫什麼——皇帝也好，總統也好，主席也好。他們唯一的希望就是毛澤東登了臺，可以比袁世凱……徐世昌，汪精衛，蔣介石多想到一點老百姓，也就是多有點「人性」與「愛」，也就是多一點「仁」。

在民主國家中，我們知道強者、剝削者也是存在的，但是政府的法律則在要求甚至強制他們對弱者、被剝削者有人道與人權的顧及，他們的工人可以集會，可以要求加薪，可以罷工，可以自由批評政府。這也就是「人性」與「愛」在社會上具體的表現。

中國的老百姓現在是處於唯一的強者，唯一的剝削者的統治者下面。那麼假如毛澤東肯稍稍有點「人性」與「人類的愛」，那麼就是萬民受惠普天同慶的德政了。

要帝皇有無產階級的意識，孔子不作此妄言，老百姓也不作此空想。亭長劉邦、和尚朱元璋做了皇帝，儒教思想所要求他們的還是一個「仁」字，並不敢希望他們有平民的意識。何況毛澤東是學生子出身呢？已經是戴著下級服從上級的皇冠了，冠頂上插滿無產階級的旗子也還是皇冠。這等於五、六十歲的老婦，無論她穿戴著如何年輕，即使穿著中學生的制服，也無法使稍具常識的人相信她只有十六歲。

也因此，老百姓對於毛澤東的〈沁園春〉倒能夠欣賞，而對於「無產階級」的自稱，則感到肉麻。這因為前者是英雄丰采，直率可愛，後者則是虛矯做作，肉麻難過。所可惜者，毛澤東意識之中竟缺少一點人性與人類的愛，倘能有白居易一樣的平民詩人體驗，那麼毛澤東的文藝理論也許與自己作品就沒有這樣大的矛盾了。假如毛澤東有點人性與人類的愛，想到一點中國老百姓的苦難，他的〈沁園春〉後半段應當會是這樣的：「……惜秦皇漢武，苛政如虎，唐宗宋祖，暴虐無道，一代天驕，成吉斯汗，只識殺人如亂草。俱往矣！數風流人物，還看今朝。」

其實這也沒有什麼稀奇，自從孔子以平實的，常識的，普通的老百姓的期望，期望帝皇，之後，歷代多少奸雄都會有這樣的吐抒，也許多半還是做作的。但毛澤東想到的竟是「文采」、「風騷」與強於「彎弓射大鵰」。這樣的「風流人物」，也未免太「個人英雄主義」了吧？這也無怪毛澤東在文藝理論上要厭棄「人性」與「人類的愛」了。

毛澤東不要文藝以人性與人類愛為出發點，而要文藝去愛無產階級。那麼在中國四萬四千萬（不算五百萬的統治階級）已成無產階級的今日，所謂愛無產階級，不就是愛中國的老百姓了嗎？不也就是近於人類的愛了嗎？

然而，這當然是錯誤的。毛澤東要說，中國的無產階級有地主意識，有落後的農民意識，有小資產階級的意識，有反動派的殘餘，有……有一切不正確的意識，而共產黨則是在革命中鍛鍊成的最正確最前進的無產階級，而毛澤東是他們的領袖，是無產階級所必須從其學習思想的領袖。於是愛無產階級就是愛毛澤東，愛無產階級的文藝就是愛毛澤東的文藝。

但是可悲的是毛澤東還只能代表中國無產階級，要愛世界無產階級還待愛史達林。這所以，直到現在，中共中國文藝中最正確，最前進，最革命的作品是郭沫若的詩：

親愛的鋼，偉大的史達林

因為它表現了真正對無產階級的愛情。

巫女文學的內容

毛澤東說孔夫子提倡人類的愛，托爾斯泰也提倡人類的愛，這話是不錯的。其實，歷史上一切偉大的思想家、藝術家、詩人、作家，沒有一個不是提倡人類的愛的，儘管因為思想上，理論上不同，有各種的說法，馬克思也不是例外。如果不屬於無產階級而要無產階級解放，要無產階級對資產階級革命，只有承認你有「人類的愛」，才能夠講得通。否則像馬克思這樣的小資產階級出身，父親是大律師，他自己受過大學教育，又可以在英倫博物院安安定定研究學問的人，他既沒有進過北京的革命大學，也沒有在體力勞動中改造自己，如何會有無產階級的意識？根據「存在規定意識，不是意識規定存在」的說法，馬克思不可能有無產階級的意識，他之要求無產階級革命，完全是因為他有強烈的人類的愛。有人類的愛的人，才會在不是被剝削被壓迫的地位去投身去謀被剝削被壓迫階級的解放。

但是孔子的人類的愛同馬克思有不同的看法，孔子是一個非常合於常識，合於實際的思想家。他所講的愛是有層次的，他從血統上，生物上，自然的愛出發，要人類推及他人，推及社會，推及人類。他對於普通人的要求只是孝悌忠信，（對父母祖上孝，對兄弟姊妹悌，對事情忠，對朋友信。）這因為普通人的愛能施於人的只限這個範圍，所以只要這樣就已經盡了他的人類的愛。可是，對於「人君」對於「帝皇」，他就要求他會「愛民如子」，這因為統治階級既然是管理萬民的事情，他的愛必須普及於萬民才能算盡了人類的愛的責任。孔子所講的愛，是「己所不欲，勿施於人」，「老吾老以及人之老，幼吾幼以及人之幼。」一層一層推開去，越是在高位的，越應當，而也越可能推廣而愛及萬民。

所以孔子的愛是特別對統治者及其階級有一個更廣更深的要求，這因為只有統治者及其階級有權有能來實行愛的普及，來完成人類的愛。

但是如果這個統治者及其階級真是暴虐無道，無法求其行「仁」政時，孔子也不反對革命，所以孔子頌揚「湯武革命」的行為。

孔子對於湯武的歌頌並不在他是什麼階級出身，而是他們代替了桀紂而能行「仁」政，而是多有點人類的愛。孔子不反對誰做皇帝，只要他有更廣更深的推己及人的人類的愛心。

後世的帝皇利用孔子學說統治世界的，只是採取孔子對於老百姓「孝悌忠信」、「安分守己」的一部分，對於人君的要求，他們是掩飾著，忽略著的；然而受過孔子思想薰染的人，無論老百姓以及士大夫都對人君有這樣的期望與要求，或多或少的在改變與影響統治階級的。

至於托爾斯泰，他從宗教的立場出發，他提倡人道主義，要人人發揮人類的愛，但因為他看到農奴制度中被壓迫階級的痛苦，很自然的也是希望這些統治階級能有愛心，有點人類的愛，在這點上，是同孔子一樣的，他的「愛」的要求，還是站在被壓迫的人群向統治階級要一點「仁」政。

但是托爾斯泰是不贊成暴力革命的，在他宗教的立場看來，革命並不能解決問題，這似乎有點近於伯夷、叔齊，他把革命看作「以暴易暴」。

因此他進一步主張無政府主義，因為他相信任何力量變成了統治力量都是一樣的。

這二位同馬克思所感所想是不同的，雖然大家都是有豐富的「人類愛」的熱情，而希望有更合理的社會。

馬克思的歷史觀相信資產階級的罪惡是經濟發展必然的結果，不希望他們「改善」，而覺得要他們愛及無產階級是不可能的，因此相信只有無產階級起而革命，起而求本身的解放，沒有別的路可走。

所以站在馬克思主義的立場，看孔子式與托爾斯泰式的提倡「人類的愛」，期待統治階級有更深更廣的「愛」，是不徹底的，是「妥協」的。

人道主義不容易徹底，這是很顯然的。徹底的人道主義就要走到佛教的境界，我在這裡不能作詳細的論述。托爾斯泰有無比「人類愛」的熱情，但在要求人道主義的提倡與實現中，他陷於很深的苦悶。他是一個理想主義者，不像孔子是一個平實的，合於常識的實踐的思想家。孔子從生物的天性出發，在血統與家族的愛上教人有層次的推廣，是一個具體的可以實踐的辦法。

托爾斯泰的人道主義無法徹底，但是他的無政府主義則是一個徹底的想法，因為他不相信政府可以完全脫離暴力。

馬克思有一個無法自解的矛盾，一方面他自己不屬於無產階級而居然愛無產階級，一方面又堅信未來的資本主義社會將是冷酷無底，再不會有一點人類愛的可能，無產階級除自己鬥爭以外將絕無出路。馬克思自己有人類愛（超階級的愛），而偏要否認將來別人有人類愛，當他看到自己的意識不是絕對由存在決定的時候，他說：

現在也有一部分資產階級分子轉到無產階級方面來，而這便是已經進步到在理論上認識全部歷史運動進程的那一部分的思想家。（〈共產黨宣言〉）

這可以說是他對他自己及恩格斯等同志之轉到無產階級方面的一個解釋。但這個解釋正是與「不是意識決定存在，而是社會的存在決定意識的存在」的唯物觀相矛盾的。

要不違反「不是意識決定存在，而是社會的存在決定意識的存在」的唯物論，有毛澤東之解釋，在他〈在延安文藝座談會上的講話〉裡說：

> 我們知識分子出身的文藝工作者愛無產階級，是社會使我們與無產階級處於同一命運，和我們的生活與無產階級打成一片的結果。

如果所謂無產階級是馬克思所說的無產階級，「……無產階級即現代工人階級也愈益發達起來：現代工人只有當他們能找到工作時才能夠生存，但他們又只有當他們的勞動還能增殖資本時才能找到工作。這些不能不把自己零星出賣的工人，也如其他一切貨物一樣是一種商品，所以他們也是不免要受到競爭現象與市場漲落底影響。」（〈共產黨宣言〉）那麼，毛澤東與其文藝工作的黨徒，幾曾有過與無產階級同命運，也幾曾有過與無產階級生活打成一片呢？

毛澤東既然自認為學生子出身，如果他的革命動機是如馬克思恩格斯所說的是出於接受「全部歷史進程」的理論，那麼其接受的意識，還在於心上有點人類的愛，人類的愛是超階級的，是同情弱者，是正義感，是「路見不平拔刀相助」，是惻隱之心……。而毛澤東之所以投身革命還是同孔子、托爾斯泰一樣的一種人類的愛。而馬克思之所以要從階級鬥爭來解釋歷史過程，而一定要加速的謀無產階級解放，也是因為他有「人類愛」的情熱。

但是馬克思的理論與預言是錯了，在資本主義發展一百年中，竟有不少的思想家、文藝家、社會理論、宗教家以及許多資產階級的知識分子，都有馬克思一樣的人類愛，他們在輿論中，在著作中，在運動中，在主張中，影響了資本主義社會，使無產階級的「生存條件水準」不斷的提高。馬克思所說的：「……反之，現代工人並不是隨著工業進步向上昇進，而是愈益降到本階級生存條件水準以下。工人變成赤貧者，貧困比人口財富增長得更快。」（〈共產黨宣言〉）則已是十九世紀過去的現象了。

而影響資本主義社會作改良的，推行「仁」政的思想家、文藝家、理論家、宗教家、以及資產階級的知識子，則多數不是「在理論上認識（馬克思所相信的）全部歷史進程」的那部分人，而正是承受了孔子、托爾斯泰、以及希臘以來千千萬萬的思想家、文藝家、詩人……同一的呼聲，也是聖經裡所一再提及的「愛」，愛你的敵人，愛你的鄰人。

馬克思的歷史觀同他的哲學上的認識的矛盾，又產生了在自己的立場上第二個失足。他一方面既然要承認「不是意識決定存在，而是社會的存在決定意識」，而他竟沒有想到當無產階級變成統治階級的時候，無產階級的意識也就會變成統治階級的意識。這統治階級一點沒有唯物的根據可斷定他們一定把社會推向「各盡所能，各取所需」的理想方面去的。有之，還是在期望新統治階級多有點人類愛，肯行點「仁政」，這仍是孔子的想法。孔子覺得一個「人君」真是無法期望其「愛民」的時候，他期望革命會帶來新的「仁」君。托爾斯泰則相信無論什麼人「統治」都是「統治」，最好是「無政府」，可以沒有人是統治者。

對於現在中共的中國，用馬克思立場來看，那正是到了馬克思所預言一切獨占資本統治階級的罪惡現象都出現了。他在〈共產黨宣言〉裡說：

> 工業的進步將統治階級中整個階層拋到無產階級隊伍裡去，或至少也使他們的生活條件受到威脅。他們也給無產階級帶來大量的啟導與知識原素。

中國工業並沒有進步，但自從中國共產黨執政以來，因為把一切的機構都像馬克思所想像的獨占資本家管理工廠一樣的來管理控制，的確把原來所謂統治階級中整個階層拋到無產階級隊伍裡了。在這樣的階級，馬克思是預言革命成熟的時期到了。

假如孔子在這個時代，是不是僅僅希望毛澤東及其階級有點人類愛，行點「仁」政呢？還是也希望有「湯武」型的革命？我們無能臆測。

至於托爾斯泰，他一定會更不相信政府，而仍將消極地希望統治者顧點「人道」吧。而現在已成為統治者的毛澤東及其黨徒，則自稱是馬克思學說的實踐者，自認為「是無產階級的先鋒無產階級組織的最高形式」，於是馬克思革命的學說就被強姦為妾媵，御用為侍衛的力量，而馬克思所號召的被壓迫的革命階級就變成了「反動」。

而孔子所為老百姓請命的仁政的愛，與托爾斯泰所為被壓迫階級呼籲的人道主義的愛，就為毛主席判為「統治階級」（這個階級，在精通辯證法如毛澤東思想中，當知其在中國已發展為被統治階級了。）的思想了。

那麼毛澤東所要的「愛無產階級」的文藝是什麼呢？歸納國內文豪的正確的革命的文藝，我們可以發現文豪越大，官階越高的文人，所表現的愛越是對上級歌頌，依此類推，到工農兵所寫的文藝則是對幹部歌頌。

「親愛的鋼，偉大的史達林。」這首名詩是郭沫若寫的。因為史達林的皇冠上鑲著世界無產階級的鑽石，向他歌頌就是向世界無產階級歌頌。根據毛澤東所說的，無產階級的作家當歌頌無產階級，郭沫若當然是正確的是革命的無產階級文豪。

於是老舍用民歌體寫了：

東方紅，太陽昇，

毛澤東皇冠上有中國無產階級的鑽石，歌頌毛澤東，就是歌頌中國無產階級。根據毛澤東無產階級作家應當歌頌無產階級的標準，老舍的作品當然是正確的，革命的，而且頗合於大眾化的要求，不容說，老舍是成熟的無產階級的作家。

於是輪到丁玲、趙樹理等諸位作家來說了。

他們的小說大同小異的竟不外十來種典型與四、五種公式……

第一，是農民在地主壓迫下受罪，解放，農民翻身。——對解放軍與共產黨歌頌，即間接的對毛澤東歌頌的典型。

第二，地主隱藏在農村中阻礙土改，派來的幹部一時也被地主蒙蔽，農民中有的失望，有的抱怨，於是上級發現幹部偏差，另派接近貧農的幹部，將偏差糾正，地主陰謀拆穿，被打倒——這是對中級幹部歌頌的典型。

第三，工廠裡工人要搞好生產，而落後的工人被反動派利用在破壞，最後在千鈞一髮之間，得幹部明察，發覺此事，判斷是非，或說服或肅清被利用的工人，於是生產就此搞好。——這也是對幹部歌頌的典型。

第四，一個封建社會被壓迫的女性，怎麼在婦女會之類改造中變成與舊社會反抗，最後擺脫桎梏，得了新生，參加生產。——這是對共產黨領導下的民眾團體歌頌，間接對共產黨歌頌。

這些小說有幾個原則：第一，被壓迫階級一定是擁護統治階級，一定願意為統治階級犧牲。第二，被壓迫階級的痛苦最後必得解救。第三，上級一定會發現下級的偏差，而在偏差尚未到害人民，害階級利益時，這偏差就已經糾正了。第四，一定有愉快樂觀的結尾。

這些故事是新的，不錯。但是這些原則我們可很熟稔了。中國的落難公子中狀元型小說，都是根據這些原則的。第一，公子無論如何落難，必忠於皇帝，吃盡了苦還是不怨皇帝，可以為皇帝犧牲一切。第二，他的冤枉官司最後必得解救。第三，如果縣官被奸人買通或畏奸人之勢而偏差時，欽差之類的上級一定會發現，而在翻案時這個公子一定還沒有死。第四，最後是快樂團圓結束。在中國落難公子中狀元的小說以外，西洋的偵探小說、西部影片故事，儘管他們內容如何曲折複雜，令人有新鮮之感，拆穿了實在也是不出這幾個原則的。總是主角不死，冤獄得白，統治者聖明，反動派作惡多端，不得好報，於是愉快的團圓結束。

這是對整個統治階級與制度的歌頌。

其他就是所謂真正的工農兵的作品了。他們的題目是：〈我如何搞好生產〉，〈我如何完成任務〉，〈張二哥怎麼樣成為突擊工人〉，〈我們如何競購公債超額完成〉。這類作品不外是我如何在毛主席及共產黨領導下覺悟到工人是主人了，現在的做工不是為資本家而是為人民服務了，於是精神煥發，效率大增；或是因為小組組長及幹部的協助教育與領導使我覺悟為新時代的工人；或是寫我們如何都有了自覺，大家興奮地擁護政府的政策而完成了任務或踴躍地獻金購債。總而言之，這類文章是表現被統治階級對於統治階級無條件的犧牲與奉獻，而還是滿面愉快的笑容。

這就是毛澤東所領導的統治階級，以新現實主義為標榜的愛無產階級的文學。

毛澤東反對文學暴露黑暗，他在〈在延安文藝座談會上的講話〉中說：「……但是這種缺點只能成為光明的陪襯，並不是所謂『一半對一半』。反動時期資產階級文藝家把革命寫成暴徒，把他們自己寫成神聖，所謂光明與黑暗顛倒的，只有真正革命文藝才能正確地解決歌頌與暴露的問題。一切危害人民群眾的黑暗勢力必須暴露之，一切人民群眾的革命鬥爭必須歌頌之，這就是革命文藝家的任務。」

但是請毛澤東暫時摘下這個鑲著無產階級鑽石的皇冠，請自問上面所說的這些文藝所歌頌的是統治階級呢，還是人民群眾？所歌頌的是人民群眾的革命鬥爭，還是人民群眾的馴服遵命？

毛澤東還反對諷刺，他在〈在延安文藝座談會上的講話〉裡又說到魯迅的諷刺是對人民的敵人的，不是對革命人民與革命政黨的。這話聽起來很對，但如果毛澤東站在革命人民的立場的話，那麼所謂統治階級——人民的敵人——是誰呢？

一般地說，一切現實主義的文學不是暴露就是諷刺，果戈里（Nikolai Gogol）是現實主義作家，巴爾札克是現實主義作家，辛克萊・路易士是現實主義的作家，魯迅是現實主義的作家，在他們現實主義的作品中除了暴露與諷刺，就什麼也沒有了。

取消暴露與諷刺以後，毛澤東所提倡的新現實主義就非常羅曼蒂克了！而偉大的浪漫主義的文學，如囂俄（雨果，Victor Hugo）、如拜倫（George Byron）的作品，則又具有熱烈的革命性，沒有這種熱情的革命性的浪漫作品那就會流落同落難公子中狀元與美國西部電影小說一樣的低級的。

所以上面所說的那三種作品的典型與原則是完全一樣的。

在資本主義社會中，毛澤東所說的把「革命寫成暴徒，自己寫成神聖」的作品，是決沒有在被文學領域中認為及格的文藝作品中存在過，我不知道毛澤東所讀的是哪些作家的作品。在我所知道的全世界第一、二流的作品，幾乎沒有一本不是不滿現狀的，寫到弱者，貧窮的人，以及一切被剝削被壓迫階級；幾乎沒有一個大作家不表示同情的。如果寫到統治階級與被統治階級的關係，十分之九的偉大作品是暴露統治階級的黑暗與諷刺統治階級的。而這些作家都不是無產階級，而是通過人性與愛來寫的。

撇開這些不談，再拿毛澤東自己的作品的那首〈沁園春〉來說，那麼是不是合於毛澤東所認會合格的革命文藝水準呢？

不錯，他沒有暴露，也沒有諷刺，但是，很明顯的，無須乎毛澤東摘下皇冠來說話，它也沒有一點是合於毛澤東自己所定的標準的。

在〈沁園春〉作者的前面，幾乎沒有社會，也沒有人，更沒有被壓迫階級，也沒有無產階級。作者先寫看到偉大的大自然，接著作者就想到一個一個已死的皇帝，於是吐抒自己的抱負。從無產階級文藝理論的立場來看：

第一，它是封建的。

第二，它是英雄主義的。

第三，它是個人主義的。

第四，它是浪漫主義的。

第五，感傷的、人性的。

而這些竟都是毛澤東所痛斥的，是「人民的敵人」的文學的特徵。

毛澤東雖不承認有「人性」的存在，但這首詞之所以成為可欣賞的文藝，就在「俱往矣」三個字的感慨，這感慨是感傷的，同時也是人性的。這人性是許多古人今人都有過的。如孔子對流水說：「逝者如斯夫。」如陳子昂的詩：「前不見古人，後不見來者，念天地之悠悠，獨愴然而涕下。」一樣是屬於人性的感慨。

但是如果毛澤東戴上了鑲有無產階級鑽石的皇冠來說，自然黨徒們仍會歌頌這是正確的革命文藝。

因為毛澤東就是無產階級，就是人民，毛澤東欣賞自己，就是在欣賞無產階級與人民，歌頌自己，也是在歌頌無產階級與人民。毛澤東的詩，就是無產階級人民的詩，毛澤東做皇帝正是無產階級與人民做皇帝。（無產階級翻身了，自然可以是皇帝。）毛澤東的一切，就是無產階級與人民的一切。毛澤東要什麼，正是無產階級與人民要什麼。毛澤東在享受什麼，正是無產階級與人民在享受什麼。因此，當毛澤東已經享受了一切，其他的人民也可以什麼都沒有而也已經享受到一切了。毛澤東吃飽了，其他的人民不吃飯也就飽了。

於是第一流文藝家歌頌毛澤東，第二流文藝家歌頌他的黨徒，第三流文藝家歌頌這些歌頌者，第四流準文藝家報告自己如何在為毛澤東（當然也就是為無產階級與人民）服務犧牲與奉獻，愛他所賜予的生活（無論怎麼苦）而感到愉快與光榮。

這種把一個幽靈似的權威附在一個人身上的把戲，在俄國，在中國都不是稀奇的。拉斯蒲丁（Grigori Rasputin）與拳匪就是最好的例子，不過這幽靈的名稱現在是以「無產階級」與「人民」出名罷了。在廣大的中國，多少偏僻的地方，都有濟公壇、祖先壇一類的東西，下面是一個祭師，圍著一群巫女對他歌頌，說祭師是祖先的代表，而叫附近的農民對他獻糧捐款，而謊稱他有能力使這些農民可以消災消難的。現在的把戲也正是如此，如果這些歌頌也可說是文學的話，那麼最合適的名稱當是「巫女文學」了。

現在，我們重新再提起毛澤東所舉出的從孔子與托爾斯泰為例的人類愛出發的文藝，我們馬上可以發現這類文藝不是反抗剝削階級與統治階級的（無論是暴露、諷刺或革命），就是宣揚人性與愛，或是多少在要求統治階級有點人類愛。而毛澤東所提倡的「愛無產階級」的文藝只是「愛毛澤東」、「愛史達林」、「愛統治階級」罷了。前者對於被統治階級是要求寫他們的苦難感情與慾望，而後者則要求掩飾著他們的生活，而不斷的叫他犧牲與奉獻。總之，以人類愛出發的文藝總是為被統治階級向統治階級要求（麵包，自由，「仁」政），而「愛毛澤東」的文藝則是為統治階級向被統治階級在要求（犧牲，奉獻）。馬克思所預諾的被壓迫階級一切革命後的利益（飽，暖，家庭，自由），現在，通過了巫女文學，革命的被壓迫階級變成非常馴服慷慨，熱情地奉獻給附有幽靈的妖僧了。

牌位祭師的統治

人決不是一個絕對不變的存在。他要老要死，有生理的慾望，有物質的限度。這是一個事實。無論你從唯心論、唯物論、或從辯證法唯物論來理解，都無法否認這個事實。所以世間決沒有不死的人，也沒有十全十美，永久可以代表真理與至善的人。

但是，在蘇聯，數十年統治者史達林竟是一個從未有一點點思想上、行為上錯誤的人。他的話沒有一句不被奉為真理，他的行為沒有一事不被奉為至善。這站在唯心論來說不可能，站在唯物論來說不可能，站在辯證法唯物論來說則更不可能的。這樣的存在不是一個妖怪，就是一個幽靈，否則就是一個空虛的概念，而這只有在祭師的囈語中才有的。

毛澤東在建立的統治，也就是教人民絕對服從他的思想，這也是他對於中國共產黨黨員第一個要求。而我知道毛澤東是有肉有血的人，同我們並沒有兩樣。他要吃，要排洩，有性慾，要老，同我們並沒有兩樣。他生理機構有神經系統，有循環系統，有消化系統，同我們也沒有兩樣；而任何細菌也都可以侵入他的肉體。只要他身體哪一部分被細菌侵入，他的行動、他的思想、他的決策，馬上可以完全變動。如果有甚麼細菌侵入他的神經系統，或者他神經上有了物理的障礙，他同千千萬萬的癡子、瘋子一樣，他可以變癡子與瘋子，而中國共產黨與四萬萬五六千萬的人民還是在服從一個癡子與瘋子嗎？在大陸「解放」數年中，中共叫每個人都自認錯誤，而毛澤東迄未自己承認也從未有人說他有一句話或一件事是錯誤的。記得大公報徐盈記錄周恩來的演講，說周恩來說：「我們誰都免不了有錯誤，即英明如毛澤東與劉少奇同志，其過去的言論，亦不免有連篇累牘的錯誤。」（大意）可是後來徐盈受到檢討，登報更正，說周恩來的演講辭是說：「我們誰都有錯誤，只有我們英明的領袖毛澤東與劉少奇同志是不會有錯誤的。」而是徐盈把它記錯了。

要一個活人代表絕對正確，絕對真理，絕對良善，這是歷史上從未有過的。帝制時代的皇帝有御史或其他大臣的指摘。有之，那是祭師，祭師之所以正確與不錯，因為他說他是神的媒介，神的意志通過他而發言的。而這是多麼落伍與多麼不合於馬克思與恩格斯所教的唯物辯證法的理解呢？現在在中共祭壇上供著兩塊牌位，一塊寫著「無產階級」，一塊寫著「人民」，四周香煙圍繞，烏煙瘴氣，而毛澤東一切的意志與思想，就都是這牌位的意志與思想，這就是毛澤東之永遠正確與絕對真理的根據。通過了一群巫女的歌頌，他就隨便叫人無須問理由的捨身獻糧，而一切都是沒有錯的。

馬克思說，人類的歷史就是階級鬥爭的歷史。這原是說人類的歷史就是統治階級與被統治階級鬥爭的歷史。統治階級無論掛什麼招牌——神也好，天子也好，資產階級也好，無產階級也好——他代表的只是統治階級，社會上的階級還是只有統治與被統治兩個階級。

馬克思以為統治階級的形成，是因為經濟的發展必然的產生了新的階級，而政權就一定落在它的手裡。「古代的國家，大半是奴隸主的國家，因為奴隸主和奴隸是人類歷史中最先發生的社會群。在中世紀時代，則有封建國家，這是封建大地主對於封建農民的統治機關。現代的布爾喬亞國家是表示布爾喬亞專政制——是資產階級壓榨無產階級的工具。」（用米丁Mark Mitin的話）這就是說，統治階級的形成，是先由經濟的統治而後由政治的統治。

但是我們站在辯證法立場來看，就可以發現馬克思的說法是非常機械的。不要說中國歷史的發展並不依照馬克思的法則，（不管是如何勉強的將事實去硬套這個公式。）即使說馬克思的法則是對的，那也一定是自然的、漸變的現象。如果有突變，就必是先取得政權而後掌握經濟權的。在中國，無數次朝代的變易，都是取得政權以後而後掌握到經濟權的。說國民黨是代表江南資產階級的政權，但是江南資產階級在國民黨治下早已多數沒落，而國民黨的官員則發發鈔票就統治了全國的經濟，本來窮光蛋都成大富翁了。力的轉變原是辯證法量質互變的法則，能可以變成熱，熱可以變成能；由農民由平民由流氓出身的做了皇帝，他們都不是資產階級，（據說這是可以有錢去收買選舉票的階級）但登上龍位，掌握政權，馬上可由政權去作經濟的剝削。英國之統治印度，是由東印度公司經濟的侵略而變為政治的統治，但滿洲之侵略中國，則完全先由武力的侵略而後才霸占了經濟的剝削。中國每次的朝代更替，都可以說是農民革命，但農民得了天下，馬上就不會是農民，他已是十足的統治階級，如果這個統治階級，肯稍稍行點「仁」政，體恤一點百姓，使大家可以安居樂業，我們老百姓也就感激涕零；如果說仍是使大家凍餓，那麼，被統治階級還是隨時乘機要鋌而走險的。而這些創業的帝皇，大部分是農民階級，（毛澤東還是知識階級出身！）倘若那時候馬克思的學說已經比孔子的學說時髦，他們也一定不借「天命」、「天道」而是借「無產階級」與「人民」的招牌了。說是每一個搶天下的英雄都代表階級的利益，而成功以後才出賣階級，但事實上這些代表們掌握到政權是沒有一個不背叛階級的；那麼我們說他原先所說的某階級代表，原也不過是騙人的招牌，也許還比較合於唯物觀的。

既然統治階級掛什麼招牌還是統治階級，我們在被統治的人是沒有法子可以設想他們是站在我們的立場，唯一的期望是他可以多想到一點被統治階級的痛苦，有一點人類愛，行一點「仁」政。這原是孔子與托爾斯泰所為老百姓期望的。我們在歷史上知道仁君可以把人民當作子女，暴君可以把人民當作奴隸。我們還在不同的統治制度下，知道有些制度人民有自由的選舉權，人民可以批評政府，人民的思想可以不一定與統治者一致，人民可以為統治者認為是反動派或罪人辯護，人民可以讀任何派別不同意見的書報；有些制度下，則這些都是沒有的。而中共的政權則正是代表後者。

在中世紀，歐洲的思想界曾經被一部《聖經》所統治，而對於《聖經》則只有僧侶可以解釋，也只有他的解釋是正確的。在中國科舉時代，曾以八股文取士，「半部《論語》治天下」，除了你熟讀《論語》搞通八股，你不要想為官為吏，但是還可以做工、做商。這是封建的統治。現在中共的統治是以半部馬恩列史的著作在治天下，而對於這些著作的解釋，則只有統治者的解釋是正確的。而如果你要吃飯就職，不要說為官為吏，就是為工為農，你也必須叫熟口號、搞通八股，否則你就不是人民，而是反動派的國民，等反動派完全肅清以後，你還可以說是帝國主義的走狗。

中共的政權既是暴君的獨裁政權，而其方法與手段又是封建性的。因此，在它的統治下，統治階級與被統治階級的鴻溝非常明顯，前者就是黨員，後者就是非黨員；黨員者就是主人，後者就是奴隸；前者那怕是職位甚微，但是他是他職權下所管轄的奴隸的主人，後者那怕是職位甚高，他也是他職位以上主人的奴隸。要明白這一層道理，只要看日本人侵佔中國的情形就可以知道，汪精衛雖是主席，溥儀雖是皇帝，但仍是日人的奴隸，而日本一個排長，一個稽查員雖是職位低微，但仍是中國人的主人。

黨員是統治階級的細胞，細胞雖微，是有生機的，可以生長。人民是黨的肥料與工具。在過去，在別的統治制度下，被統治階級憑對統治者表示忠誠，對工作努力，還可以爬上統治階級；在現在中共的統治下，等於日本人的統治下一樣，你怎麼表示忠誠，他不會相信你；對工作怎麼努力，也永遠只能在指定的範圍內。你不許有一分自由的意志，你的努力只許你盡肥料與工具的效用。甚至，將來因教育方面的歧視，黨員的子女與非黨員的子女將成為統治與被統治的世襲。在目前，新生的孩子與未成熟的兒童是他們認為可吸為細胞的成分，然而他要求嚴密地與他的父母與家庭脫離任何的聯繫，他要把這些兒童有背叛他們父母的殘酷與出賣他們家庭的無情。

於是他們用黨齡來規定統治階級的資格，抹殺了自然的年齡，用人為的紀年以表示個人與某一小社會的關係之久暫，原是黑社會和幫派一類組織的紀律。因為這一類組織的祕密性，以及它的黑暗層的經驗知識與傳統人事的智慧底獨斷性，入幫的久暫就變成很大的傳統上的層次。共產黨對於黨齡的層次成為統治機構的階梯，完全是黑社會幫會的辦法。

我們知道一切生物都有自然的年齡。在人的社會裡，因為智慧經驗的累積，長者、老者因其提攜啟迪教導幼者後者之故，常為社會所尊敬。在社會發展史中，我們知道游牧時代，老弱無能者常被淘汰，因為那時代生活在流浪之中，沒有固定的居留，人們還不知道尊長崇老。到農業社會時代，人類都安居在固定的地方，老年人憑他對當地的地理、氣候、農事的經驗，以及對風俗、人情世故、人事的智慧，就為社會的權威；這就形成了氏族制度宗法社會封建性的層次。到工業社會，人民既不是固定的聚居，各種知識經驗已不是固定不變的，可由父祖傳授，所以宗法氏族的家長失去了權威，可是在任何的企業與社會中，自然的年齡還是知識、經驗、智慧的層次。一個人只有在衰老無能時，從社會與工作退休後，才失去了權威與領導的意義，但那時候也得社會的保障，做一個安逸的人，而憑其過去對社會的貢獻，仍會得到社會的崇敬。如果再從游牧時代退上去，越是野蠻社會，因為應付環境越不賴智慧、經驗的累積，對於自然的年齡越不重視，對於年老力衰的人，甚至可以棄殺不顧，在動物界這類事情就常見了。黑社會所以要另立排行黨齡，就因為他要同正常的社會分家，共產黨的黨齡也是如此，他要使統治階級的系統與廣大的被統治階級脫離，成為一個貴族的階層。

共產黨一為統治階級以後，他不允許在廣大的人民中有任何成為權威性的意見與人物，一切人民的組織由一、二個幹部來領導，使這些組織成為平面性的坦露在統治階級面前，而共產黨統治機構的組織則是一個金字塔型的壓在上面，如果那個平面的組織稍稍有點隆起，統治階級也就馬上可以把它壓平，擠碎。這就是共產黨的統治。

所以這個統治，是使統治階級與被統治階級完全脫節的統治。前者是金字塔型非常堅實凝固的組織，後者則是平面型的散沙，他在這些散沙上劃成了各種像是組織的範圍，使裡面的人互相對峙著，而由它的幹部來操縱。於是統治階級可以洞悉一切被統治階級的每個分子的意向，與其彼此間的關係，而被統治階級則決不能瞭解統治階級的意向與其內幕的。被統治階級的意向除了對統治階級「効忠」以外，其他是無法存在的；被統治階級的人與人關係，如果其交情與友誼超於可坦白的範圍，就必須受到統治階級的摧殘。

在共產黨統治以後的中國，我看到鄉村中許多樂善好施，排難解紛的，在鄉人中有面子與影響的人都被清算。我還看到一切在社會上有獨立見解與思想的人，因為他確曾引起許多人的重視與尊敬，一一都被打倒，以生死存亡威脅利誘，叫他們自動的改變主張與口號。一切過去的宗教性的社團，封建性的幫會都被剷除；而在任何人間的關係——家庭、同事、店主與夥計、資方與勞方、以及同學與隣居問，他要你們暴露一切的內幕，他要參與你一切事務上、情感上的往還。一切人間社會、自然的關係他都要無情擊破，而他要以他幹部為中心而重新組織。每一個人民的團體與組織都要坦白檢討學習，但是共產黨的幹部的坦白檢討與學習則不在這個團體與組織之中，他是屬於統治階級黨的範疇裡面的。於是人民團體與人民團體間如果不通過黨的領導就無法發生關係，人與人之間如果不通過黨的領導也就無法發生關係。一切人民團體所能表示的意向需彼此批判監視，只求對統治階級如何捨生奉獻與効忠，人民團體固無從批判或監視黨與其長駐在該團體中之黨代表，亦無能過問這個黨代表與其所代表的黨的意向與政策。

在這樣的統治之下，人民都是奴隸，奴隸沒有輿論，輿論在巫女舌下，奴隸沒有文藝，文藝在巫女口中。在祭師的祭壇上供著兩塊牌位，一塊是「無產階級」，一塊是「人民」；在祭師手中，一手是槍，槍上貼著「無產階級」，一手是鞭子，鞭子寫著「人民」。於是一切對於奴隸的要求，是為無產階級的利益，一切對於奴隸的鞭打，是為「人民」在服務，一切對於人民的殘殺是為「無產階級」在殘殺。任何批評統治階級的都是違反「人民」與「無產階級」（實際是那兩塊木牌）的利益。奴隸的任何的奉獻與犧牲，不應當期望報酬，因為這是為「無產階級」在服務；任何統治階級所加於奴隸的剝削，奴隸都該認為光榮與愉快，因為這是為「人民」在服務。這裡不但不許奴隸對主人不滿，甚至也不許奴隸對命運抱怨。

馬克思說人類的歷史是階級鬥爭的歷史，但在歷史上，任何被壓迫階級，都曾保留著一些武器，甚至是古代奴隸制度下的奴隸，總也保留著情感的武器。在封建社會民主的資本主義社會，通過了人性與人類愛，被統治階級永遠是擁有代言人與同情的輿論的。在萬種被壓迫，被剝削之下，走進自己的家庭總還有一點溫暖的慰藉，現在，所有思想與感情的武器都被剝奪，一切的溫暖的慰藉都被劏除。這裡是血淋淋的冷酷。用馬克思在〈共產黨宣言〉所說的話：「它用公開的無恥的直截殘酷的剝削代替了由宗教幻想和政治幻想（恕我加一句『以及經濟幻想』）掩蓋著的剝削。」

馬克思說：「資產階級撕破了家庭關係上面所籠罩著的溫情脈脈的紗幕，並把這種關係化成了單純的金錢關係。」

現在共產黨連這點「金錢的關係」都不允許在人間存在了。它要人與人之間沒有直接的關係，必須通過統治階級才有關係，而這關係只是監視與檢舉的關係。

當統治階級與被統治階級的鴻溝已經是如此清楚確定的時候，所有的被統治階級已都是奴隸、都是無產階級的時候，共產黨所自稱為無產階級的代言人與先鋒隊，實際上只是指供在祭壇上的兩塊牌位，這是很明顯的事實。

無數的勞動人民，以及一切未成熟的少年、青年中，我們相信，除了大多數是看穿了這個把戲不敢明言以外，的確還有不少人是被這牌位的幽靈所催眠的，以為自己真是在為無產階級或人民的利益在服務，在貢獻他們無比的熱情與純潔的意向。現在，這是覺悟的時候了，覺悟自己所奉獻的完全是為一種可憐的迷信。而無產階級與人民決不是附在牌位上，他們是存在每個個人體之中，你的父兄，你的姊妹都是無產階級，都是人民，你的奉獻，只是背叛著他們在供奉妖僧而已。

而無數以為可以靠諂諛巴結討好的辦法，希望共產黨收用他們的那些知識階級，大學教授，報館的老闆與主筆，書店的經理與編輯以及作家，電影公司的老闆、編劇、導演、與明星，現在也該覺悟了。不要說你的諂諛巴結討好不能使你脫離你所屬的被統治階級，就是你有一天給你入黨，所謂踏進統治階級，你的黨齡不過是一個初出生的孩子，等你學會了一切統治階級的殘忍冷酷的時候，你的自然的年齡也已經帶你進墳墓了。

我們知道真正的藝術與文藝，一定是革命的，它一定是通過人類愛與人性，來表現被統治階級的哀怨與苦難，來鼓勵被統治階級的人民的自愛、互愛；決不是掩飾被統治階級的哀怨與苦難，而叫他們對統治階級奉獻，也決不是叫被統治階級不自愛、不互愛而去愛統治階級的。真正的文藝與藝術的理想與夢幻一定是違背統治階級所加鎖枷的，那怕這理想與夢幻是怎樣的空靈。

我們還知道新的哲學與思想的發展，一定是從懷疑出發，並不是從信仰出發。在歷史上，一切新的思想都被統治階級所忌、所壓、所摧殘，但最後又被統治階級所利用、所霸佔；而因為他們的利用、霸佔，這種思想就會死僵空枯，於是新的思想又會從懷疑中崛起。孔子的思想是如此，馬克思的思想也是如此。從思想史上來看人類的思想，不管是唯物論與唯心論，如果有辯證的發展，決沒有唯物論代表被統治階級，唯心論代表統治階級的劃分，而是當唯物論被統治階級霸佔以後，變成了死僵空枯時，從懷疑而新起的思想往往是唯心的。當這個唯心論被統治階級壓迫摧殘以及於霸占以後，他的死僵空枯又將引起新的懷疑，而這種新的懷疑將常有唯物論的傾向。

如果馬克思、恩格斯的思想還有革命意義的話，他的意義就在共產黨所統治的無數被統治階級身上了，那麼，且聽馬克思在〈共產黨宣言〉中的呼聲吧：

全世界無產者，聯合起來！

因為，這是明確的，馬克思的想像只有到今天方才明確，就是，只有共產黨治下的人民才是真正馬克思所形容的勞動階級，而只有這個勞動階級是淪為無法出頭的奴隸，除非推翻這個史所未有的兇暴殘酷的統治階級。

文藝的永久性與普遍性

談到文學與藝術，就不得不談到它的永久性與普遍性。如果一個作品沒有永久性與普遍性，那麼，一個時代的作品就不能為另一個時代所欣賞，一個地域的作品就不能為另一地域所欣賞。一個人的作品不能為第二個人所欣賞，就無所謂文學藝術。但是所謂永久與普遍原是比較著來說，不是絕對的。有些作品一時風行，一年後無人提及，有些作品當時沒沒無聞，過後逐漸引人注意。於是有些作家，有意的求普遍，在版稅制度下可以名利雙收，有些作家則自命清高，謀藏之名山，傳之後世。有人以為普遍就是大眾化，才能盡人生為藝術的任務。到現在這還是文藝上一個基本的問題。為解決這個問題，我覺得先要弄清楚永久與普遍的關係。其實，普遍也是空間上的永久。作品如果世世代代只有一個人欣賞，那麼雖然永久，也不過是一張祖師的照片，代代只有一個人認識，也不是文學與藝術了。同時，作品如果只有一兩天風行，到第三天就無人認識，那麼等於風球，掛上就摘下，也無所謂欣賞。所以普遍與永久絕不是絕對分離的，等於一個立體，有的像地氈，薄而大，有的像電線桿，高而小，前者雖薄但仍有厚度，後者雖小也仍有廣度。

但是這只是理論的說法。事實上，在人類歷史中，真與美的價值變動決不是地氈式也不是電線桿式。它不是金字塔式，就是倒置的金字塔式。這就是說，有許多真與美的價值，開始時只有一個人認識，但日子越久，它流傳越廣；有許多開始時大家認識，但日子越久，欣賞者越少，最後就完全被人遺忘。

所以藝術的作品同真理一樣，離開普遍就沒有永久，離開了永久也沒有普遍，它的價值是「永久×普遍」。

譬如以地球是圓的這個真理為例，當初倡地圓之說，只有一個人，贊同的人很少，而日子越久，流傳越廣，如今如不信地圓，那就是野蠻人，就是瘋子了。

我們不能說地圓之說，在當初是代表貴族或資產階級的真理，現在才平民化大眾化起來。

文學與藝術也是一樣，我們不能因為它出來時不為人所欣賞，就說它不是好作品，也不能因為它一時為大眾所喜悅，就認為是成功的藝術品，一切還要等時間。如果不加以暴力，時間可以證明一切；如加以暴力，則等於當時殺了哥倫布，地圓之說可能要遲生長幾十百年也說不定。

用這個標準來衡量文藝作品的價值，於是就有人提出了到底是具有什麼樣內容的作品，才可以永久而普遍呢？

有人以為要作品永久與普遍，就該描寫人性，因為人性是不變的，甲地的人同乙地的人都有同樣人性，過去的人與現在的人有同樣的人性，所以這類作品可普遍地永久地被人瞭解與欣賞，而流傳的偉大文學的成就就在那裡。

這一種說法，曾經有一個時候很風行，但在馬列主義的文藝理論看來，這是資產階級文藝家欺人之談，在階級社會裡談「人性」，是忽視階級的爭鬥。代表這種說法的毛澤東有人性階級論，這已在上面〈「人性」與「愛」〉裡論及。在這裡，因為這個文學的永久與普遍的問題是中國文壇曾經有過長久而廣泛的爭論而始終沒有解決的問題，而接下去要談到毛澤東所謂「普及」與「提高」的問題，因此不得不對這個問題重新論列。

因為根據辯證法的論證，世上沒有不變的東西。

那麼，「人性是永久不變的嗎？」這就是魯迅提出來的問題，他說：

> 類人猿、類猿人、原人、古人、今人、未來的人……。如果生物真會進化，人性就不能永遠不變，不說是猿人，就是原人的脾氣，我們大約就很難猜得著的，則我們的脾氣，恐怕未來的人也未必會明白。要寫永久不變的人性實在難哪。

譬如出汗罷，我想，似乎於古有之，於今也有，將來一定暫時也還有，該可以算得較為「永久不變的人性」了。然而「弱不禁風」的小姐出的是香汗，「愚笨如牛」的工人出的是臭汗。不知道倘要做長留世上的文字，要充長留世上的文學家是描寫香汗好呢，還是描寫臭汗好？這問題倘不先行解決，則在將來文學史上的位置，委實是「岌岌乎殆哉」。

聽說，例如英國，那小說，先前大抵是寫給太太小姐們看的，其中自然是香汗多；到了十九世紀後半，受了俄國文學的影響，就很有臭汗氣了。那一種流傳，現在似乎還在不可知之數。

魯迅的話，粗看很有理，但實際上是沒有抓到癢處。我們所謂人性，當然不是「脾氣」，人性所根據的是人的屬性。人的屬性之中，如果有脾氣，當不出為「維持自身的生存與延續種族」，與其由此出發的自覺與理想。脾氣的表現雖是不同，然其出發點與終局竟完全一樣的。

如是為要求滿足一種慾望，這慾望雖不見得一致，但如果是人，人就能理解的。這理解可以有不同的角度，但都有部分的真理。否則，如果我們一點不能瞭解原人古人的脾氣，我們的歷史就無從研究。整個的上古史，大半都是根據人性來貫穿所發現的材料，解釋所發現的材料而來的。魯迅有一篇演講稿，叫做：〈魏晉風度及文章與藥及酒的關係〉，其中還是根據人性的理解來理解古人的風度。如說：

所以在文章上，蝨子地位很高，「捫蝨而談」，當時傳為美事。比方我今天在這裡演講的時候捫起蝨來，那是不大好的。但在那時不要緊，因為習慣不同之故。這正如清朝是提倡抽大煙的，我們看見兩肩高聳的人，不覺得奇怪……

既然是習慣不同，但何以仍可以瞭解是「美事」，是「那時不要緊」呢？

又如：

到東晉以後，作假的人就很多，在街旁睡倒，說是「散發」以示闊氣，就像清時尊讀書，就有人以墨塗唇，表示他剛才寫了許多字的樣子。……

如果沒有「以示濶氣」的人性根據，何以兩種事隔千百年的完全不同的行為可以「就像」呢？又如：

子建大概是違心之論。這裡有兩個原因，第一，子建的文章做得好，一個人大概總是不滿意自己所做，而羡慕他人所為的，他的文章做得好，於是他便說文章是小道。第二，子建活動的目標在於政治方面，政治方面不得志，遂說文章是無用了。

此種判斷，如不根據古今的人性有可理解之處，幾千年後的魯迅如何能夠推得？人性同人的概念一樣，世上沒有相同的人，但說「人」，我們就不會想到「猿」，「人」總是人。這就是我們理解人有一種共同承認與瞭解的「人性」。比方說「西洋人」，他們與「中國人」不同，但是他們也「吃」，也「穿」，也「養孩子」，也有這些慾望，所以也是「人」。可是「西洋人」同「中國人」有許多不同的地方，吃的不同，穿的不同，對孩子的養育方法習慣不同，許多道德的見解不同，友誼的交往習慣不同。如果一篇小說寫的是求食、求性的慾望，當然西洋人與中國人一樣可以瞭解；如果寫的是一個大家庭間的種種分不開合不來的摩擦，那麼就非對中國傳統與習慣一無所知的西洋人所能了解了。他們可能說：「笑話，分開住就什麼都解決了，哪有那麼些麻煩？」好像小說家寫小說才不給他們分開的。又如偵探小說，在西洋很風行，為最廣流行的一般讀物，在中國則不然，這原因很簡單，這因為中國還沒有法治精神，嫌疑犯可以抓來拷打。而傳統上的劍俠小說又都是地下解決問題，所以有許多讀者就說：「這偵探既然本事很大，為什麼不早下手，抓來了用點刑還不招供麼？」這是指普遍性而言，關於永久性也是一樣。我們之所以瞭解《紅樓夢》，還是對於它的基本限制的情境有一個瞭解，西洋人看《紅樓夢》，倘若他對於中國一無所知，則對於賈寶玉、林黛玉的悲劇自然不容易瞭解，然而許多戀愛上的心理與慾望還是可以瞭解而欣賞的，正如魯迅可以瞭解魏晉時代吃藥的風度一樣，穿過了習慣上的不同，必有其人性上心理的共同之點才能夠瞭解。心理上的相同，行為上可以不同，這因為傳統與習慣是兩樣的。「捫蝨而談」現在不行，魯迅也說是習慣不同，不是人性不同；但這樣的習慣所以被魯迅瞭解而被認為「美事」的原因，還是因其心理的背景是現在人可以瞭解的，是相同的。

魯迅又提出「出汗」。出汗是生理的變化，作為人性的例子是很基本的。就以「出汗」為例，這是一件「於古有之，於有，將來一定暫時也還有。」不錯。但所謂「香汗」「臭汗」這就不是魯迅所說的簡單。

汗是一種排泄，它當然是有它客觀的氣味，說「香」說「臭」都是作家的主觀。描寫小姐的汗，描寫工人的汗，也是於古有之的，「香」與「臭」都是作家的喜惡，當然是以香描寫所愛，以臭描寫所惡，愛的對象與惡的對象雖各有不同，而香臭作喜惡的描寫，倒是普遍的一種感覺。一個工人也會覺得他的愛人的汗是香的，一個廠主也會覺得他不肖兒子的汗是臭的。唯其如此，描寫「香汗」的文學竟也會被勞苦大眾所瞭解與欣賞，而描寫臭汗的文學也會被太太小姐們所瞭解欣賞。魯迅在另一篇〈看書瑣記〉中又提到這個問題，他說：

作者用對話表現人物的時侯，恐怕在他自己的心目中，是存在著這人物的模樣的，於是傳給讀者，使讀者的心目中也形成了這人物的模樣。但讀者所推見的人物卻並不一定和作者所設想的相同。巴爾札克的小鬍鬚的清瘦老人，到了高爾基的頭裡，也許變了粗蠻壯大的絡腮鬍子。不過那性格、言動，一定有些類似，大致不差，恰如將法文翻成了俄文一樣。要不然，文學這東西便沒有普遍性了。

文學雖然有普遍性；但因讀者的體驗的不同而有變化，讀者倘沒有類似的體驗，它也就失去了效力。譬如我們看《紅樓夢》，從文字上推見了林黛玉這一個人，但須排除了梅博士的「黛玉葬花」照相的先入之見，另外想一個，那麼，恐怕會想到剪頭髮，穿印度綢衫，清瘦，寂寞的摩登女郎；或者別的什麼模樣，我不能斷定。但試去和三四十年前出版的《紅樓夢》圖詠之類裡面的畫像比一比罷，一定是截然兩樣的，那上面所畫的，是那時的讀者心目中的林黛玉。

文學有普遍性，但有界限；也有較為永久的。但因讀者的社會體驗而生變化。北極的愛斯基摩人和非洲腹地的黑人，我以為是不會懂得「林黛玉」型的；健全而合理的好社會中人，也將不能懂得。他們大約要比我們的聽講始皇焚書，黃巢殺人更其隔膜。一有變化即非永久，說文學獨有仙骨，是做夢的人們的夢話。

魯迅這裡也承認「文學是有普遍性，但有界限，也有較永久的。但因讀者的社會體驗而生變化。」我的意見與他並沒有出入，但是我認為唯其有界限，所以更顯有普遍性，也唯其因讀者社會體驗而生變化，所以有永久性。

我承認世上沒有絕對一致的印象，不要說是文學，即是我們看窗外一個景色，我相信是絕沒有兩個完全相同的印象。譬如林黛玉，讀過《紅樓夢》的人都有印象，但每個人是不同的，梅蘭芳所演出當然只是他的「以為」，魯迅所想的又是一種，我所想像的又一種，西洋人讀《紅樓夢》，當然又是另一種想像。要完全合於作者曹雪芹的想像，這是不可能的。但是藝術的普遍性就在這裡，就是它給你的一個印象，要用你欣賞的想像去配合。名畫所以與照相的不同也就在此。否則一切古代的藝術我們從何欣賞？

魯迅說：「北極的愛斯吉摩人和非洲腹地的黑人，我以為是不會懂得『林黛玉』型的；健全而合理的好社會中，也將不能懂得。」這只「我以為」罷了。

可是事實上剛剛相反！

蘇聯總是魯迅所認為的「健全而合理的好社會」了吧？如今那「社會中人」偏偏翻譯

了白居易與杜甫的詩。據蘇聯作家聯盟協會會長法捷耶夫（Alexander Fadeyev）的報告，是甚得他們人民「懂得」而且「欣賞」的。時代不同，地域不同，背景不同，傳統不同，那「社會中人」，又如何能懂得〈琵琶行〉裡的女主角與〈折臂翁〉的男主角呢？不但如此，最近梅蘭芳到蘇聯公演，他的〈黛玉葬花〉、〈貴妃醉酒〉一類的戲，偏偏又正是「那社會中人」所能懂得而能欣賞的！

像〈黛玉葬花〉、〈貴妃醉酒〉一類的戲，當然是封建的腐敗的畸形的有毒素的藝術了吧，何以二十世紀所謂已實現了社會主義的「社會中人」，那麼充滿無產階級意識的人士，會懂得而欣賞呢？難道那個社會中還有「黛玉型」、「貴妃型」與「太監」一類人物存在嗎？如果已經沒有，又從何而「懂得」，從何而「欣賞」呢？

所以魯迅的「我以為」只是不顧事實「坐井觀天」的瞎扯，事實上，北極的愛斯吉摩人和非洲腹地的黑人，如果讓他們懂得一些中國歷史文化藝術的背景與傳統，讓他們通過這些「界限」，他們能懂「林黛玉」，正如蘇聯能懂得「林黛玉」一樣的。雖然這兩個社會的人士所想像的林黛玉不是魯迅所想像的林黛玉。

說現代的愛斯吉摩人同非洲腹地土人之不懂林黛玉，這當然是對的；但是他們也並不懂得魯迅的「阿Q」型，也並不懂得蘇聯文學中之「突擊工人」型：雖然在時間上講，後者與他們是比較接近的，但要「懂得」，也就要越過隔膜與界限。

如果以為「隔膜」「界限」是文學與藝術的普遍性與永久性的限制，那麼文學藝術永遠是一個人的東西。除了魯迅自己以外，任何人對於魯迅的作品是無法懂得的。只有超過界限與隔膜，才有文學與藝術的普遍性與永久性，而這普遍性與永久性是無限制的。

文學既是以文字為傳達的媒介，所以文字是第一個必須超過的界限，看不懂原文看譯本，這已經失去了許多原作的精神，但如果根本是沒有文字的民族，文學也就無法存在。文字不但各地不同，而且古代與現代是不同的。魯迅在〈魏晉風度及文章與藥及酒之關係〉說：「比方我們看六朝人的詩有云：『至城東行散』就是此意，後來做詩的人不知其故，以為行散就是散步之意，所以不服藥也以行散入詩，這是很笑話的。」這就是說，魯迅是一位瞭解魏晉的服藥，而知道「行散」的意義，光讀後代以「散步」為「行散」的作品，想瞭解六朝的詩句是不能的。這一方面是文字上的界限，一方面也就是生活背景上的界限。這就是說時間的睽隔與空間一樣，要欣賞文藝，必須越過文字上、背景上、傳統上的隔膜與界限，不越這些隔膜與界限，根本就沒有普遍與永久，肯越過這些隔膜與界限，文學的普遍與永久則是無限的。也唯有其界限，所以更顯得文學有普遍性與永久性。像魏晉這種藥物現在早已無人在服用了，而魏晉服藥的文學，魯迅偏偏能夠「懂得」，這不是證明文學的普遍性與永久性嗎？魯迅說別人把「行散」當作「散步」是一種笑話，這「笑話」是出於魯迅前，比魯迅更接近魏晉的人，服藥文學既已「永久」到魯迅的時代，何以魯迅以前的人反不能懂得呢？這因為他們沒有超過文學上必有隔膜與界限，而並非文學沒有普遍性與永久性。

文學如此，一切藝術也是如此，就因為「讀者的體驗不同而有變化」所以它的永久性與普遍性仍是無限制的。

梅蘭芳的〈貴妃醉酒〉在蘇聯演出而被「欣賞」，就是一個最好的例子。像「楊貴妃」這樣的人物蘇聯當早已絕跡了，那「社會中人」是從來沒有看到過的。「高力士」這樣的人物，蘇聯也是沒有的，那「社會中人」也從未有這種體驗。楊貴妃所喝的酒當然也不是蘇聯的「伏特加」。楊貴妃的服裝蘇聯人也沒有看過，蘇聯的女人也從未穿過長袖掃地的衣服。但是蘇聯革命的劇評家竟也能欣賞梅蘭芳的貴妃在表情上的三個層次：「始則掩袖而飲，繼則不掩袖而飲，終則隨便而飲。」而梅蘭芳認為：「這是相當深刻而瞭解的看法。」這些欣賞到底是從何而來的呢？魯迅的藝術論是沒有法子回答的。我的回答很簡單，是人的心理，一種不受時間空間階級文化限制的人性。一個蘇聯的女兵的飲伏特加，也會有這三個層次，雖無長袖可掩，也必是始則不願拋頭露面，繼則不怕拋頭露面，終則怕不拋頭露面。

在梅蘭芳〈舞臺生活四十年〉自述中，又說一位蘇聯專家對於〈貴妃醉酒〉的意見說：「一個喝醉酒的人，實際上是嘔吐狼藉，東倒西歪，令人厭惡而不美觀的。舞臺上的醉人，就不能做得讓人討厭，應該著重姿態的曼妙，歌舞的合拍，使觀眾得到美感。」於是梅蘭芳說：「這些話說得太對了，跟我們所講究的舞臺上要顧到美的條件，不是一樣的意思嗎？」

這位專家，當然不是資本主義社會的捧角客，或者是封建社會的好男色之流了吧？在蘇聯，該是充滿無產階級意識的革命人士了吧？而其所謂「美感」何以也是姿態的曼妙與歌舞的合拍？為什麼在現實主義的藝術理論中，對於喝酒的人要求姿態的美妙與歌舞的合拍呢？為什麼「嘔吐狼藉，東倒西歪」是令人厭惡呢？這些勝利後在東北的蘇聯兵不是「嘔吐狼藉，東倒西歪」嗎？是不是美感這東西正是人性中共同的相類的要求呢？是不是古今中外的人，通過了隔膜與界限以後，我們對於「美」的感覺是相同的呢？儘管蘇聯的老大哥對於貴妃的體驗不同而有變化，對於喝酒的體驗不同而有變化，而永久與普遍竟有一個「不變」存在於變化之中，竟有一個共同存在於不同之中。在列寧死時，葬儀中奏的是貝多芬的〈葬儀曲〉，我們知道貝多芬的〈葬儀曲〉在第三交響曲裡，是為拿破崙寫的，以貝多芬未經革命學習的作品來點綴列寧的葬禮，這不是很可笑嗎？然而就因為蘇聯人民對於葬儀曲的想像不同於貝多芬作曲時的想像，所以他是無限制的。

「文學」沒有「仙骨」，「藝術」也沒有「仙骨」，而因為對象都是「人」，而「人」不管時間與空間的距離，傳統與習慣的界限，而竟有一個共通的理性與感覺，使魯迅可以欣賞魏晉的文章，使蘇聯可以欣賞白居易與杜甫的詩，貝多芬的音樂，以及梅郎的〈貴妃醉酒〉。

這是為什麼呢？

據我說，這是人類的同感，這同感說是人性也沒有錯，這同感原是思維中的法則一樣，用恩格斯的話來說，就是：

> 所有我們的理論思維，都被下列一事實以絕對力量統治著：我們的主觀的思維和客觀的世界都為同一法則所支配，因此在它們終極的結果上，他們不會互相的衝突而必然互相調和，這一事實是我們的理論思維底無意識和無條件的前提。（恩格斯《自然辯證法》俄文版，七五頁）

這同感雖因「讀者的體驗不同而有變化」，然而是「互相調和」的。我們對林黛玉的想像不是曹雪芹所想像的林黛玉，如魯迅所說：「恐怕會想到剪頭髮，穿印度綢衫，清瘦寂寞的摩登女郎」，但這也許正是「林黛玉」這類氣質的人活在魯迅時代魯迅圈子中的典型。在別個時代在別個圈子裡的想像又是一個樣子，服裝可以不同，裝飾可以不同，可是氣質是「互相調和」，假如你真的讀懂了《紅樓夢》。

這就在萬變之中有一個不變的東西。

如果辯證法說；

世上的一切沒有不變的東西。

那麼，如果這個命題是對的，那麼這個命題的本身是不是變呢？如果這個命題也是變的，那麼「世上該有不變的東西」了；如果這命題是不變的，那麼世上也就有這命題是不變的東西了，這東西，是不是就是恩格斯所說：「我們的理論思維底無意識和無條件的前提呢」？

文學藝術的永久與普遍當然是沒有絕對的。因為要瞭解或欣賞不同時代不同地域的文學與藝術，還需要通過界限，而這就需要修養。

比方魯迅曾經翻譯過不少的弱小民族的文學，但這些還只是在大都市與洋場裡讀書的小資產階級在欣賞，真正的農民與小工則仍以看落難公子中狀元，私訂終身後花園的說部較為瞭解與欣賞。儘管庶民與小工瞭解臭汗多於瞭解香汗，而在書本上，仍不愛讀魯迅認為與他們比較接近的文學。這是為什麼呢？這因為他們已經在流傳的故事中，在草臺戲中獲得這些超越了與舊說部的界限（這界限是時代的不同，生活的不同，習慣的不同）的修養。而對於魯迅所譯的小說的界限還沒有超越。都市裡的學生因為已經知道了一點西洋歷史、地理與生活方式、習慣、傳統，大部分零碎地從西洋電影中獲得的，所以無形中就幫助他們瞭解這類西洋的弱小民族的文學了。魯迅對於文藝的永久與普遍的問題，在另一篇短評裡又說：

就在同時代、同國度裡，說話也會彼此說不通的。

巴比塞（Henri Barbusse）有一篇很有意思的短篇小說，叫作〈本國話和外國話〉，記的是法國的一個濶人家招待了歐戰中出死入生的三個兵。小姐出來招呼，但無話可說，勉勉強強的說了幾句，他們也無話可答，倒只覺得坐在闊綽房間裡，小心得骨頭疼。直到溜回自己的「豬窠」裡，他們這才遍身舒齊，有說有笑，並且在德國俘虜裡，由手勢發現了說他們的「我們的話」的人。

因了這經驗，有一個兵便模模糊糊的想：「這世間有兩個世界。一個是戰爭的世界，別一個是有保險箱一般的門，禮拜堂一般乾淨的廚房，漂亮的房子的世界，完全是另外的世界，另外的國度，那裡面，住著古怪想頭的外國人。」

那小姐後來就對一位紳士說的是：「和他們是連話都談不來的，好像他們和我們之間，是有著跳不過的深淵似的。」

其實，這也無須小姐和兵們是這樣。就是我們——算作「封建餘孽」或「買辦」或別的什麼而論都可以——和幾乎同類的人，只要什麼地方有些不同，又得心口如一，就往往免不了彼此無話可說。不過我們中國人是聰明的，有些人早已發明瞭一種萬應靈藥，就是「今天天氣……哈哈哈！」倘是宴會，就只猜拳，不發議論。

這樣看來，文學要普遍而且永久，恐怕實在有些艱難。「今天天氣……哈哈哈！」雖然有些普遍，但能否永久，卻很可疑，而且也不大像文學。於是高超的文學家便自己定了一條規則，將不懂他的「文學」的人們，都推出「人類」之外，以保持其普遍性。文學還有別的性，他不肯說破的。因此也只好用這手段。然而這麼一來「文學」存在，「人」卻不多了。

於是據說文學越高超，懂的人就越少，高超之極，那普遍性和永久性便只匯集於作者一個人。然而文學家卻又悲哀起來，說是吐血了，這真是沒有法子想。

不錯，生活背景的不同，可以使「連話都談不來」。但要談得來也不難，就是要虛心，要瞭解對方的生活背景。在複雜社會中，人往往活在狹小圈子裡，國族、地方、職業、背景、知識，正如魯迅所說「只要有什麼地方不同，又得心口如一，就往往免不了彼此無話可說。」

但是，魯迅因此而說：「文學要普遍而且永久，恐怕實在有些艱難。」這就不合於事實。事實上，文學的力量就在這些無法談話的小圈子喚起了同感。譬如說，一個上海的工人同一個廣東鄉下的農夫，他們見了面可以免不了彼此無話可說，但一篇描寫上海工人的小說可能喚起廣東鄉下農夫的同感。具體一點說，譬如魯鎮上的阿Q與祥林嫂一類人物與一直在北平讀書的北方學生見面，可以「免不了彼此無話可說」，但是魯迅的小說則很容易被北平讀書的北方學生所瞭解與欣賞。我們同十九世紀的俄國人，不要說無法見面，見了面當然無話可說，但是在托爾斯泰、契訶夫的作品中，我們竟會覺得這些人竟如活在我們身邊一樣的可接近。諸如此類，都證明文學與藝術的普遍性與永久性。

而這裡面所謂普遍與永久，仍如魯迅所說是有界限的，這界限最基本就是言語、格式、傳統、風俗、習慣、背景。魯迅在六朝詩中看到「行散」，因為知道當時吃藥的背景，所以瞭解這是為散發「藥性」，不知道吃藥背景的人以為是散步，這就是一個例子。有的如果我不懂外國文，我讀譯本，但連中文都不懂的人呢，自然也得不到文學的普遍。有的人中文雖懂，但新小說的形式無法適應也有，這形式也就成了界限。譬如中國舊劇，以椅子作井，以鞭子作馬，以手的動作表示關門、織布，以足的動作表示上船，諸如此類，有他一個格式，這個格式是我們鄉下看過草臺戲的人都懂的，但是洋人與一直看電影的都市孩子就不能懂，這個格式也就是藝術界限。譬如果戈里的〈死靈魂〉吧，如果沒有一個俄國農奴制度的概念，就根本無法瞭解的。這個俄國農奴制度的知識，也是藝術普遍性的界限。譬如魯迅的雜感文，如果不知道他當時的社會環境與文壇情狀，可以說完全沒有法懂，這也就是界限。所以只有超越了這些界限，文學與藝術的普遍性與永久性才可以發現。

當然，「文學愈高超，懂的人就愈少」，不見得對。可是「懂得的人愈多的文學也不見得就高超」。「今天天氣……哈哈哈！」不是也不大像文學了嗎？

但是普遍與永久也不是一致的。有比較普遍的不見得永久，有比較永久的不見得普遍。譬如爵士音樂比貝多芬、柴可夫斯基的樂曲普遍，偵探小說比福樓拜（Gustave Flaubert）、莫泊桑（Guy de Maupassant）的小說普遍，但爵士音樂、偵探小說則隨時陳新代謝，很快就被忘棄；而貝多芬、柴可夫斯基、福樓拜、莫泊桑則始終流傳在世上。一曲爵士音樂，聽三遍可能厭倦，聽四遍也許就討厭，而貝多芬的樂曲，可以使人百聽不厭，所以加上了時間的永久，普遍的標準也就有了變化。

中國有句話叫做「曲高和寡」。魯迅所說：「普遍性與永久性便只匯集於作者一個人」就是說曲高到只有一個人懂得，這不是又是失去了文學與藝術的意義？但問題就在時間的變化中，它的欣賞者是否仍限於自己一個人呢？

關於這個問題，中外古今都有人談到過。因為事實上的確有偉大的文學與藝術的作品，始終不為人所欣賞，一直到作者身後才慢慢地被社會注意的。我以為這問題也仍是界限問題。

當愛因斯坦學說勃興的時候，我曾經問一個物理學家。我說，是不是愛因斯坦的學說，世界瞭解的只有三、四個人呢？他告訴我說，當愛因斯坦發表他的學說時，的確大家不懂，這並不是他的學說高超，而是他所根據的數學，並不是傳統上慣用的數學體系，後來為瞭解愛因斯坦的學說，大家去注意那個不慣用的數學體系，自然很容易就懂了，我想這個科學上的事件，也正是藝術上，文學上的問題。

五四以後新文藝作品的介紹與試作，其普遍化的程度遠不及於所謂禮拜六派。這問題並不在那些東西有什麼高超，而是風格問題。這些風格是西洋來的，或是學習西洋的，都不是中國傳統上所慣用的，所以讀者就感到陌生。以小說而論，憑我記憶所及，可以在下面幾點不同上看出來。

第一，中國小說向來是從頭講起，大概總是話說什麼年代，在什麼地方，有一個什麼樣的人。而新的風格，常常由半腰裡講起，以後再加以說明。

第二，中國小說總是用第三人稱，新的風格，有時愛用第一人稱。

第三，中國小說的對白是動作先於言語，而新的風格愛用言語先於動作。

所以讀慣中國舊小說的人，讀到這些新小說覺得格格不入。可是多讀讀也就習慣，而反有點新鮮的感覺。

這是風格的界限。這種界限原是根據寫作者的角度而來，因寫作者角度的變化，就產生了不同的風格。

我們知道西洋畫派的演變，也有它同樣的過程。譬如古典派，把什麼都畫得十二分精細，浪漫派就覺得繪畫要憑主觀的想像，寫實派則要保持客觀的真實，而客觀的真實不是古典派雕琢式的精細，而是憑作者所觀察的寫實。以後印象派興起，他們認為所謂寫實既是作者所觀察的，而觀察的正是作者的主觀，那麼與其實寫，還不如作者所見的印象。

其中每一派的新興，總是不為大家所接受，要經過一番掙扎，方才會被大家所欣賞，其原因就是欣賞實際上是先要超越形式上的界限的。

在十幾年前，小說界出現了一種以橫剖而寫故事的風氣，Ulysses就是一部代表作，開始時也是很少人能夠欣賞。這因為小說向來是向時間方面伸展，看故事的發展，現在竟從空間方面擴展，來看故事的湊合，所以讀者不容易欣賞瞭解接受。但多看幾部，自然也就習慣了。

風格問題其實並不是「高超」問題，但是在藝術文學發展上講，多一種風格正是開闢了一個另外天地。我們不能因為五四時代魯迅小說之不普遍，認為他不是大眾所歡迎的文學，或者認為他不如禮拜六派。

歷史上作品，有歷史上作品的界限，因人情、風俗、習慣的演變，使我們現代人較難於欣賞古代的作品。上面所說的魏晉文學，就是一個例子。我們必須從研究來瞭解當時的風尚，才可以越過這界限來瞭解那時代的作品。

地方文學，也有他的人情、風俗、習慣的界限。像我們跑了許多地方的人，不覺得這是一個什麼界限，而一直在一個地方生長的人，這些界限始終是一個隔膜，如江南的鄉下是用轎子做交通工具，北方則用騾車。如果寫一個轎夫的生活，就不容易為北方讀者所瞭解。現在香港的作品，動不動就是過海。作為交通上一個環節，還不重要，如作為一篇小說或一個劇本的關鍵，那就不是大陸北方的讀者所能欣賞瞭解了。許多在山區裡的農民，一生就沒有看見過海，根本不知道海是什麼。像約瑟・康拉（Joseph Conrad）那樣，能夠把海寫成有生命的個性，那更不是一生沒有坐過海船的人所能瞭解欣賞。

不用說，文字言語都還是我們欣賞文藝的界限，要沒有翻譯的人為我們爬越這界限，世界幾千種語言，如何能夠從地球的一端普遍到另一端呢？

有一時候，中國文壇鬧大眾語的問題，有些雜誌還刊載純用土話的文章，但讀者覺得還是非土話所寫的句子來得清楚。於是魯迅先生說了：

其實，只要下一番工夫，是無論用什麼土話寫都可以懂得的。據我個人的經驗，我們那裡的土話，和蘇州不同，但一部《海上花列傳》卻教我「足不出戶」懂得了蘇白，先是不懂，硬著頭皮看下去，參照記事，比較對話，後來就都懂了。自然，很困難。……

但大眾語的目的是教大眾易懂，如今既「要下番工夫」，又要「參照記事」，「比較對話」才可以使識字的非蘇州人懂得，這就使大眾語只限於「小眾」了。而魯迅還忽略了三點：第一，所謂「參照記事」，「比較對話」，在一個弄過學問、言語的人這是搞得通的，如果在大眾，即使是有初中的程度，這種「參照記事」與「比較對話」的考證工作是無能為力去做的。第二，魯迅的「我們那裡的土話」，雖「和蘇州不同」，但魯迅有蘇州人的朋友與交識，魯迅也聽到過蘇州話，如果根本沒有聽到過，這就非有老師面授是不會懂的。第三，魯迅是紹興人，紹興話與蘇州話很有相同的地方，如果是廣東或山東的鄉下人來看，就非打折扣到雖硬著頭皮看下去，也是不懂的程度了。魯迅接下去說：

這困難的根，我以為就在漢字，每一個方塊漢字，都有它的意義的，現在用它來照樣來寫土話，有些仍用本義的，有些卻不過借音，於是我們看下去的時候，就得分析它那幾個用義，那幾個借音，懂了不打緊，開手卻非常吃力了。

魯迅的意思是要「拉丁化」。但「據我的經驗」，是如果是拉丁化，則連「仍用本義」來寫的「土話」也無法懂了。要證明這經驗很容易，只要請一個廣東作家用廣東話寫一篇故事，叫一個不懂廣東話的讀者來閱讀，再叫這位廣東作家讀另外一篇廣東話所寫的故事，仍舊叫那個不懂廣東話的讀者來聽，看這位讀者對於「看的」和「聽的」兩個故事的瞭解程度如何？我想他所閱讀的至少可以瞭解百分之四十與五十，而所聽的則連百分之五都不會有的。這可以證明漢字並非是困難的根了。

關於言語文字大眾化問題，是文學大眾化的一個枝節，這裡並不能專門討論。這裡要指明的是言語是一個界限，而超越言語文字界限的才可以欣賞文學。在法國，在英國各地的方言也有不同，而寫作上是統一的，偶爾有幾篇小說在對白裡透露的方言，也很使我們在中國讀英、法文的人猜測與考訂了。我們現在讀古書，古書裡許多話其實都是「土話」、「白話」，我們不懂，但經過考正解釋，我們也可以懂得了，如果留下的不是文字，而是留聲片，那麼，除非是很多我們可以「參照記事」、「比較對話」來考證，否則如只有現在所有的幾部殘頁斷篇，那就很難瞭解了。

總之，說文藝的普遍性有界限是不錯的，但這界限不在文藝，是在人生。因為生活上有界限，反映人生的文藝就有界限。但因為有文藝，而這些歷史的、地域的、習慣的、風俗的種種界限都有法子越過。文藝普遍性的意義也就在這裡。

要越過這些界限是教育與修養。有魯迅的研究，方才對於魏晉文學「行散」一類的抒吐可以瞭解，有魯迅的修養，方才可以有「參照記事」、「比較對話」的方法，去瞭解用蘇州方言的作品，也因為有魯迅的修養，才可以作介紹日本與蘇聯以及弱小民族的作品。這證明文藝普遍性是有界限，但也證明了這界限是可以超越的，而且也證明了超越了這界限，正是文藝的普遍性，無限度的普遍性。

空間相隔愈遠，時間相隔愈久，文藝欣賞的界限當然也愈多，但這因為人類生活上的習慣變化，傳統異殊；但越過了界限，使民國的魯迅可以欣賞魏晉文學，使現在的蘇聯可以欣賞杜甫、白居易，使毛澤東的帝皇封建的〈沁園春〉可以為無產階級所頌揚，使托爾斯泰在《安娜卡列尼娜》所描寫的「香汗」可以為我們貧窮的學生所欣賞，也使果戈里的《死靈魂》所描寫的臭汗可以為中國讀者所瞭解。

那麼這普遍性永久性到底是什麼呢？通過什麼在傳達，傳達的又是什麼？很明顯，這因為大家是「人」，是人所創造的文藝。而人的概念之中，就有一個共同的「性質」，這就是「人性」，這「人性」是人除了與生物共同的性質以外，人的範疇之中共有的性質，超越了一切人種、風俗、習慣、傳統的界限，而我們正有一個可以共同溝通思想感情的活動，而這活動正有彼此完全相同之處，於是有人說：「人是理性的動物」，也有人說：「人是政治的動物」，也有人說：「人是宗教的動物」。這些都不過設法在尋一個共同之點以別於其他動物的範疇者，其說是否夠確定且不管，然人類所專有的共同之點，我們可以叫它人性是無可懷疑的。

人性是否永久不變？我們可以不管，因為人性之變，所變的還是外面的東西，他的演變始終是我們人可以理解的變。如果一天變得我們不可以理解，那麼人類的歷史文化也就中斷，也談不到文學藝術。我們在社會中看到不少個人的變，毛澤東在北大圖書館時，在延安時，在北京西山的現在，其中有變，但我們仍知道過去毛澤東與現在毛澤東是一個人。每個人自幼至老都有變，忽富忽貧，忽肥忽瘦，但我們如果一直認識他，竟覺得他一切的變都是可理解的。不可理解的變，只有一個，那就是那個人神經錯亂，生活反常，把糞當飯，把頭當腳。而這個神經錯亂的人，不管是好是壞，是根本與人的社會脫離，他只能進瘋人醫院去了。而在人的社會裡，在社會變動個人變動中，一切的變都是人可以理解的。這「可以理解」性，就是文化得以傳遞，就是歷史得以發展，也就是不變的人性。

用恩格斯的話來說：「所有我們的理論思維，都被下列一事實以絕對力量統治著：我們的主觀思維與客觀的世界都為同一法則所支配，因此在它們終極的結果上，他們不會互相衝突，而必然互相調和的。這一事實是我們的理論思維底無意識和無條件的前提。」

而「這一事實」，也正是文藝的永久性與普遍性無意識和無條件的前提。因為恩格斯所說的「這一法則」也只是我在這裡所謂「人性」或「人性」中的一個特徵而已。

文藝的大眾化與大眾化的文藝

文藝既然有它的永久性與普遍性，文藝的本身就是屬於大眾。其所以不屬於大眾，就是界限的問題。文藝的形式與文字，在文人手裡有時就建立了無數的層層的界限，這些界限大眾往往就無法超越。但是，好在文藝的高低不是以界限之繁簡為文藝標準之高低。往往低能的文藝作者因為內容空虛，所以極力雕琢形式，結果則反而與文藝無關。而奇怪的當一種文藝只剩了軀殼時，活躍在大眾生活中一定另有一種文藝，在不同的形式中滿足大眾文藝的需要。有清一代，出色的文藝，並不是文人學士的八股文，倒是《水滸傳》與《紅樓夢》，就是一個好的例子。

給大眾以選擇的自由，創作的自由，大眾自然有文藝。這正如有泥土的地方必有花草樹木，除非你每天用機器輾壓，用水泥澆封。

而有一個時候，中國文壇上，忽然有幾個文人覺醒了，他們說；「文藝本來是大眾的，後來被士大夫所把持，現在我們要還給大眾。」於是他們努力創造大眾文學，但大眾不欣賞；於是他們又有人說：「你們沒有體驗大眾生活，如何寫得出大眾文學，我們應當從大眾中提拔作家，才可以有大眾文學。」但大眾沒有理會，他們並不想做作家。文壇上大文化人、小文化人營營哄哄一陣子，文人還是文人，大眾還是大眾，遺留下來的有許多雜誌與專集，始終只在熱心的知識青年手中，溜進溜出，廣大的大眾也毫無興趣讀這些文章，讀起來則裡面都是當時文壇上的小圈子典故，大眾也無從瞭解。

這是為什麼呢？這因為這些慈善為懷的大、小文化人都是自以為是社會的先知先覺，他們目的要領導大眾，他們做的是「文化工作」。他們心目中有一個成見，以為大眾總是低於他們。這種新的頭巾氣，正是當時政治工作人員共有的氣味，而大、小文化人正都戴上了這個頭巾，他們跟著政黨的要求去領導大眾，要求大眾，說服大眾，他們並不是跟隨著大眾去影響政治，要求政治。因此文藝不足反映大眾的生活情感，而是發揮政治的作用與宣揚政治的策略。於是這些作家都顯露了頭巾的尾巴。

其實大眾如果有經濟上、政治上的平等，所謂大眾的生活也即是文化人的生活，大眾如果愛好文藝，大眾自然會超越這些文藝上的界限去欣賞文藝。所謂作家不過是大眾的一員，倘若作家的生活還是資產階級的生活，大眾是無產階級，那麼叫作家向大眾學習也沒有用，他的意識，照馬列主義講，永遠是不會正確的。如果大眾在經濟上、政治上與作家是平等的，作家的生活與大眾的生活根本就是一樣，那麼就用不著要向大眾學習什麼了。

中國在「解放」後，所有知識階級都被要求到農村做土改，到工廠去學習。作為體驗別種生活，這原沒有錯；資本主義的作家早就這麼做了。但說從這些學習中可以改變階級觀點，那是與唯物論恰巧違背的。馬克思、恩格斯是說階級決定意識，並不是意識決定階級，知識階級既不屬無產階級，同無產階級的意識一接觸就可以變成無產階級，那麼所有過去的地主與工廠老闆，耳濡目染，豈不早就是無產階級？何必還需要無產階級革命？

如果中國在「解放」後，共產黨的確使窮人翻身，或者是逐漸翻身，那麼，那些人民大眾的生活——經濟的、教育的、政治的生活——應都有所改進，那麼，大眾就多有了生活上的自由，所謂文藝欣賞中的界限，大眾就有自由去跨越，也用不著作家們去發慈悲了。

但大眾並沒有做你們這群作家讀者的義務，文藝並不是個個人必須有興趣的東西。若說以前的文學都是資產階級的文學，西洋、中國資本家、商人實際上很少對文藝有興趣的，他們打打牌、跳跳舞、喝喝酒、捧捧戲子，生活已經很充實，沒有義務與興趣來看重這勞什子的文藝。大眾也是一樣，作家們天花亂墜說文藝對他們有益，是沒有用的。他們在一天勞作以後，要的是休息與娛樂。對文藝有興趣的人，會把小說詩歌當作娛樂，對音樂有興趣的人會拉著胡琴唱唱戲，對繪畫有興趣的人，會在過年時畫幾張年畫。每人的愛好是他們最大的選擇。像魯迅這樣為讀《海上花列傳》去做「參照記事」、「比較對話」的工夫，在沒有興趣的人是不幹的。你說當時的大眾沒有這種小資產階級的有閒，但當時的小資產階級、資產階級也不見得人人有興趣去「參照記事」、「比較對話」的去讀《海上花列傳》。

藝術的起源是勞作也好，是娛樂也好；但在無產階級，在一般人民，藝術自古就不過是調劑心神的娛樂。藝術的內容可以有教育、有宣傳，但如果沒有娛樂的功效，誰在辛苦了一天之餘，來對你欣賞。莎士比亞的戲劇，流傳那麼久，可以為世界所欣賞，也為蘇聯無產階級所欣賞，就因為他在一切的人生啟示之外，有它娛樂的功能。承繼了沙皇時代的傳統，芭蕾藝術始終沒有改變內容而在蘇聯盛行，裡面大都是以前的音樂、以前的故事，什麼仙女、王子、公主諸如此類的都是封建時代的意識，但是除非你用暴力取締它，無產階級的人民還是要看。這為什麼，這就因為它有娛樂的功效。

娛樂的功效就是大眾化的要素，藝術儘管可以高超，但如果沒有娛樂的功效，它不能普遍，他不能永久，他就不是藝術。

當然，娛樂的功效有深有淺，有久有暫，有新有舊，有廣有狹，這就是上面說過的界限問題，這界限是有賴於教育。我們總不能叫一個不識字的人去欣賞文藝。為要使大眾對文藝有欣賞的自由，我們要有文藝教育，為要使大眾對於音樂有自由欣賞的自由，我們要有音樂教育，這些教育是學校教育的一部門，在西洋各國早已非常注意。我們要使大眾有自由愛好與超越這種藝術欣賞的界限，我們應當普及教育，使大眾都有教育上的平等，而不是光叫文藝大眾化就可以解決這問題的。

在所謂界限以外，文藝、藝術的趣味，完全是自由的與自然的。很有學問的人，科學家也好，歷史學家也好，心理學家也好……，他們不見得愛好文藝、藝術，有許多人也許愛好運動，他們愛欣賞打角力、拳賽、以及球賽，一生雖是有閒與有錢，可以不接近藝術而生活。大部分人也僅會愛好某種藝術。愛好繪畫的可不愛好音樂，愛好音樂的可不愛好文藝，而愛好文藝之中，也有只愛好詩歌而不愛好小說的。但是藝術的欣賞是並不拒絕大眾的。我們知道許多大學教授對古典音樂可毫不感興趣，而許多工人、農民仍可以愛好古典音樂。這並不是說這些工人、農民對古典音樂有什麼修養，而是在不斷的向音樂接近之中，自然而然提高了欣賞的趣味。就是許多被稱為資產階級的音樂，也不一定為資產階級甚至所謂學者教授們所欣賞，倒是無產階級的人民反能對它欣賞。就說平劇吧，該說是資產階級的玩意了，可是有錢的不一定喜歡，工農兵則可能愛好。這可見偉大的藝術品是屬於大眾的，大眾所以未能接近的緣故，那還是他們未超越某種基本的界限。譬如是文盲，當然就無法文藝欣賞了。

這就是說，要大眾自己超越這界限不難，但這是經濟的、政治的、教育的解放，使大眾有生活上的自由得超越這些界限去欣賞文藝，而不是叫文藝家去寫簡單的標語去為大眾欣賞。

當共產黨到上海時，對於都市裡近代的設備都不瞭解，駐在聖約翰大學的幹部們，曾由小組帶領著學習抽水馬桶的用法。這就是說，農工兵的生活水準低，從鄉下到都市，許多東西對他們都有界限，近代物質上的自來水、電燈、電話、風扇……一切一切，他們都沒有見過，他們本著學習的精神去學習，才能夠知道用法，得超越這個界限。我們當然不因為這些勞苦大眾不會用，而要把一切近代的設備都毀去以迎合他們的習慣；對藝術文學也是一樣，要欣賞某種藝術，就需要有一種學習來超越這種藝術基本上的界限。

自然我們要求中國鄉村與小城、小市，能在生活水準上很快的趕上歐美，自來水電燈一切一切都可以有，而不是要求一切在都市裡的人所享受的水電等近代設備，因為說這是資產階級的享受，而一律毀去，恢復原始的方法去生活。這在藝術文學上也是一樣。

如果因為鄉村裡沒有水電的設備，而又從來不使農民們到都市享受這些生活上近代設備；為求文化上大眾化的緣故，叫一切書籍上的記載都不提到「電燈」、「電話」、「自來水」、「抽水馬桶」以便於大眾的瞭解，以為這是大眾化，那麼這正是一種可怕的愚民政策。

而共產黨的文藝以及整個的文化政策，就是這種可怕的愚民政策。

佛經上有一個故事，說是一個祖師帶一個嬰孩修道，把他關在山上一個石室裡，教他誦經、唸佛、砍柴、掃地。一直到這個孩子成人，才帶他到人世去看看，把每樣東西都對這孩子介紹。他有疑問，祖師一一為他解釋。最後看見了女人，他問那是什麼。祖師告訴他那是要吃人的老虎。夜裡回到石室，祖師問他白天所見的東西裡，什麼最可愛？那孩子不加思索的說：「我想念那吃人的老虎。」

共產黨對於人民的處置就是把人民關在石室裡。他把田分給農夫，但不許遷移，從此終生就活在這幾畝田上面，你不能賣田改行，也無人要買你田地。他給你識字，但這是專為吸收他的宣傳而用。所謂文藝，是你生活的反映，是如何為毛澤東服務（當然叫做為人民服務），怎麼樣把生產搞好，與一切懷疑的意見爭鬥。如果你要知道國家大事，那是知識階級的劣根性，如果你想自己家庭過得好一點，那是小資產階級的意識。每天開會檢討，一有什麼災難，他叫你恨殘餘的地主，恨英美的帝國主義，而共產黨永遠是正確的，永遠有無產階級的意識，而是無產階級的恩人。他給你看的、讀的、聽的、都是「共產黨是無產階級的先進隊伍」，「共產黨是完全獻身於為人民服務的黨」，千篇一律，等於叫你誦經唸佛。如果你有點懷疑或不滿，他告訴你那是你「封建意識或者是小資產意識在作祟」，他要你克服，對自己鬥爭。如果有什麼新的說法，新的見地，新的思想，那都是有毒素的，是「吃人的老虎」。

對於工人，對於學生也都是一個辦法，但因為在都市裡，接觸多了，容易發現其他的天地，共產黨就加強組織，永遠叫你忙於開會檢討鬥爭。所謂在勞動中學習，也就是在學習中勞動，等你精疲力盡以後，回到床上，自然再無懷疑的思想與求知的慾望了。

如今各地的報紙分區流通，本地新聞上，雖然你的鄰居火燒，他也不加報導。共產黨的報紙要教育人民，教育人民信共產黨，教育人民信共產黨就是無產階級，共產黨的利益就是無產階級的利益，就是人民的利益，教育每個人民為人民服務而實際上為共產黨服務，教育人民放棄一切的包袱無條件的聽共產黨宰割。除了這些以外，那就再沒有消息，沒有新聞，沒有知識，沒有文藝，沒有你所處井底以外的見聞，有的也都是歪曲了的。報紙原是最基本的文化糧食，它反映共產黨政策是明顯不過的。倘若文藝是有創造性的話，文藝的世界就是另外的天地。在把地獄當作天堂的世界中，人間的氣息就是一種誘惑，這自然是必須燒燬的東西了。

關於文化與黨的關係，毛澤東〈在延安文藝座談會上的講話〉有過冠冕堂皇的話：

……在現在世界上，一切文化或文藝都是屬於一定的階級，一定的黨，即一定的政治路線的。為藝術的藝術，超階級超黨的藝術，與政治並行或互相獨立的藝術，實際上是不存在的。在有階級有黨的社會裡，藝術既然服從階級，服從黨，當然就要服從階級與黨的政治要求，服從一定革命時期的革命任務，離開了這個，就離開了群眾的根本需要。無產階級的文學藝術是無產階級整個革命事業的一部分，如同列寧所說，是「整個機器中的螺絲釘」。因此，黨的文藝工作，在黨的整個革命工作中的位置，是確定的了，擺好了的。反對這種擺法，一定要走到二元論或多元論，而其實就像托洛斯基那樣：「政治——馬克思主義的；藝術——資產階級的。」我們不贊成把文藝的重要性過分強調，但不贊成把文藝的重要性估計不足。文藝是從屬於政治的，但又反轉來給偉大影響於政治。革命文藝是整個革命事業的一部分，是螺絲釘，與別的部分比較起來，自然有輕重緩急第一第二之分，但它是對於整個機器不可缺少的螺絲釘，對於整個革命事業不可缺少的一部分。如果連最廣義最普通的文學藝術也沒有，那革命就不能進行，就不能勝利，不認識這一點，是不對的。還有，我們所說的文藝服從於政治，這政治是指階級的政治，群眾的政治而言，不是所謂少數政治家的政治。政治，不論革命的與反革命的，都是階級對階級的鬥爭，不是少數個人的行為。思想戰爭與藝術戰爭，尤其革命的思想戰爭與革命的藝術戰爭，必須服從於政治戰爭，因為只有經過政治，階級與群眾的需要才能集中地表現出來。革命的政治家們，懂得革命的政治科學或政治藝術的政治專家們，他們只是千千萬萬的群眾政治家的領袖，他們的任務在於把群眾政治家的意見集中起來，加以提煉，再使之回到群眾中去，為群眾所領受，所實踐，而不是閉門造車，自作聰明，只此一家，並無分店的那種貴族式的所謂「政治家」——這是無產階級政治家與有產階級政治家的原則區別，也是無產階級政治與有產階級政治的原則區別。不認識這一點，把無產階級政治與政治家一一庸俗化，也是不對的。

這裡，毛澤東所要的魔術還是一個手法，他把文藝（以及一切文化）歸於「一定的階級」。對不對且不說，接下去就是「一定的黨」，「一定政治路線」，那麼請問這是誰的黨，誰的政治路線呢？

文藝如果屬於階級，那麼無產階級的文藝，當然屬於無產階級，被統治階級的文藝就屬於被統治階級，當共產黨已是統治階級的時候，而一切被統治階級都變為無產階級的時候，那麼屬於無產階級文藝如何就屬於共產黨呢？如何就屬於共產黨的「一定的政治路線」呢？

除了毛澤東冠上「無產階級」、「人民大眾」的兩顆鑽石在發亮以外，他所說的還有什麼？摘下皇冠，就可以看到毛澤東及共產黨對於無產階級的政治路線是些什麼？

他要求無產階級永遠相信共產黨是代表無產階級。

他要求無產階級不但不批評共產黨而且永遠服從共產黨。

他要求無產階級永遠為共產黨努力生產，挨貧挨餓，粉身碎骨，而還要不斷地叫「光榮」。

文藝，在毛澤東所謂要政治路線者，就是要那些巫女作家偽作無產階級的口氣，寫出這三條路線的作品。

倘若有作品表現無產階級在共產黨統治下的痛苦與反抗的，根據毛澤東「階級與階級的爭鬥」的話，當然是「革命文學」了，但是這在毛澤東看來是「反革命的」，為什麼呢？因為「共產黨才是代表無產階級」。這裡毛澤東又亮出他皇冠上的鑽石了。

亮著這顆鑽石，於是就可以做「閉戶造車，自作聰明，只此一家，並無分店的那種貴族式的所謂政治家」而自稱是把「群眾政治家意見集中起來，加以提煉，再使之回到群眾中去，為群眾所領受，所實踐了。」

但是這些話則是活描出來毛澤東及其黨徒與群眾對待的面目了。他所集中的是群眾政治家的意見，群眾政治家不用說就是幹部，不是群眾。他要的不是群眾的意見，是幹部從壓迫群眾，操縱群眾經驗的報告，他集中了這些報告的意見，加以提煉，於是發為令，為群眾所領受，所實踐。而文藝的使命就是配合這個「政治鬥爭」，去號召宣傳，叫群眾去領受並實踐那一切的剝削，榨取。

這是毛澤東所謂「經過政治，階級與群眾的需要才能集中起來。」因為這「政治」是「只此一家，並無分店」的，倘若群眾有政治的話，他們現在迫切的需要將是對統治階級「反抗」與「革命」了。他們的需要是反剝削、反榨取，他們最少也要求有流淚、訴苦、抱怨的自由吧。文藝如果服從馬克思的無產階級革命的理論，那就是要開始對統治階級共產黨作無情的鬥爭了。倘若文藝是自由的，並沒有政治家去操縱它，成功的偉大的文藝，永遠是會流露群眾的叫聲呼聲與呻吟聲的。

在資本社會裡，有文藝的自由就有人民吐露反資本主義制度的呼聲，就有人民喜怒哀樂自然的流傳，即使在國民黨的治下，那當然談不到民主制度，而魯迅的雜文還是天天可以在報上見到，而反政治的文藝還可以出版流行。

這就是說，被統治階級向來沒有政治的自由，政治永遠操縱在統治階級的手裡，被統治階級所有的則是文藝。因為文藝的光芒，就在給人民以新的理想的境界的誘導，或是對於現實生活的控訴，浪漫派致力於前者，寫實派致力於後者。詩三百篇是人民的文藝，處處都可見到與當時政治是對立的。國共分家的時候，與國民黨政治對立的文藝，共產黨借自由作家等名義與組織來利用；而服從共產黨政治的文藝，在國民黨治下稍有成就的，也只是反抗國民黨的政治，或暴露國民黨治下人民的痛苦，或啟示人民以理想的境界。其所謂文藝之成就，還是因為有國民黨「政治」存在。在真正共黨的治下的延安，則就只有「政治」，而沒有文藝了。偶爾有反映人民的痛苦不平的作品，如王實味的〈野百合花〉，不但作品被毀，人身也遭了毒手。

共產黨的文藝政策，正如毛澤東所說的，是服從於共產黨的統治階級，這很明顯的是剝奪了人民大眾與無產階級的文藝，其所自稱的「革命文藝」與「無產階級」文藝，名字好像很堂皇，實際上不過是指皇冠上的鑽石招牌，換句話說就是牌位文藝而已。

文藝的本質與政治是對立的，它永遠屬於沒有「政治」力量的被統治階級，這意思他不並不是說歷史上沒有統治階級的文藝，而是自來統治階級的文藝始終不是偉大的成功的文藝。因不滿現狀（這是統治階級政治所維持的現狀）而發出痛苦的叫聲與呻吟聲，或因不滿現狀而憧憬理想的甚至荒誕的世界，那是偉大文藝共同的特徵。不要說文藝對於政治家所擺佈的秩序不滿足它天生的特徵，即使是對於造物所安排的人生之生死禍福，文藝也始終是不滿的，有它的控訴，有它的哀怨與淚。整天對造物的安排作歌頌與滿足的是宗教的信徒，這因宗教的信徒相信人世是暫時的，永久的世界是在天國。但是流傳的為大眾所欣賞的宗教文學，還是流露著人世的哀苦而企望著天國的安寧。

但就因為文藝的本質對現狀不滿，而文藝作家並不是政治家，因此也很容易被政治所愚弄。政治的說法是：「你的不滿，正是我的不滿。而這是社會制度的罪惡。如果推翻這個制度，實現某個制度，你、我的理想就實現了。」革命之所以誘惑文藝作家的在此，共產黨就是以這個誘惑國民黨治下的文藝家的。但當共產黨統治了中國，作家都被編入了統治階級的政治隊伍，服從了政治路線，於是真正的文藝就永遠不見了。

毛澤東說：「……中國的革命文學家藝術家，有出息的文學家藝術家，必須到群眾中去，必須長期地無條件地全身心地到工農兵群眾中去，到火熱的鬥爭中去，到唯一的最廣大最豐富的源泉中去，觀察、體驗、研究、分析一切人，一切階級，一切群眾，一切生動的生活形式和鬥爭形式，一切自然形態的文學和藝術，然後才可能進入加工過程即創作過程，這樣地把原料與生產，把研究過程與創作過程統一起來……」

這是延安文藝座談會中的話，到現在已經近十年了，在毛澤東感召之下，應當有作家「長期地無條件地全身心地到農工兵群眾中去」過了；也應該早已「把原料與生產，研究過程與創作過程統一起來」了。但是竟沒有一件作品可以看到大眾在「火熱爭鬥」中的面目，最多也不過是群眾政治家的嘴臉，連一個人物活躍像「阿Q」的創作都沒有。這是不是說作家們到農工兵群眾去不夠長期？或者是作家們還拖著小資產階級的尾巴而無法脫去呢？

我們知道，有，一個作家，至少有一個作家，他是十足「長期地無條件地全身心地到工農兵群眾中去」過，「到火熱鬥爭中去」過，「到唯一的最廣大最豐富的源泉中去觀察、體驗、研究、分析一切人，一切階級，一切群眾……也已經把原料與生產把研究過程與創作過程統一起來」了。而他所產生的作品是：

惜秦皇漢武，略輸文彩；唐宗宋祖，稍遜風騷；一代天驕，成吉思汗，只識彎弓射大鵰。俱往矣，數風流人物，還看今朝。

那麼，請問毛澤東先生，還有哪一個作家可以有那位作家般的「長期」，有那位作家般的「無條件」，有那位作家般的「全身心」到農工兵去呢？而他的「革命」文藝不過如此，也可見文藝的革命並不是這麼回事了。

這原因非常簡單，因為文藝，如果是真正有力有血有肉的文藝，他必是忠於自己，是自己的情感，也是自己的意識。倘若要偽造矯作，就不會是真正的成功的文藝。毛澤東先生在文章上、演講上、理論上、千言萬語可以說得頭頭是道，句句是無產階級，但一碰到文藝創作，尾巴就在皇冠上露出來了。也因為這樣，巫女作家們寫標語可以不錯誤，寫文藝就不免要露出自己不信「牌位是真神」的尾巴。為求「正確」，還是不寫文藝，專寫標語。輕信毛澤東的年輕人想試作文藝英雄，試出來的文藝，如果是「正確」的，也是沒有生氣的公式。英雄也許做到了，但未必是文藝。

要使文藝活下去，就必須要人民有表示「不滿」的自由，有表示改善的理想世界的自由。而這不滿，多數是對現實的社會制度，對統治階級而發。

在專制政治下，統治階級為怕人民表示對自己這些不滿，在過去，曾經創造出命運與鬼、前世的因果，使人民對帝皇的憤恨，改為「怪自己的命苦」。這是愚民政策的創作，如今共產黨的文藝政策也偷襲了這愚民的辦法。比對著寫下來是很有趣的。

以前專制時代要被剝削的人民這樣想：

一、因為前世作了孽，做過對不起人的事。

二、因為我的命苦，這世應該樂善好施，以求來世幸福。

三、是鬼怪搗亂，是風水不好，碰到了邪神，他才使我不幸。

四、皇帝是聖明的。偶爾奸臣當道，但日久必被忠臣查辦。

五、貞節牌坊，耀祖顯宗。

共產黨專政的現代要被剝削的人民這樣想：

一、因為我過去是小資產階級是地主，做過對不起人民的事。

二、因為我的意識不正確，所以要盡力生產，為「人民服務」，以求「光明的遠景」。

三、是潛伏的美帝，殘餘的地主或資產階級勢力在破壞。

四、毛澤東永遠正確，幹部不免有偏差，高級自然會糾正。

五、勞動模範，名震全國。

毛澤東的這套理論是從蘇聯抄來，而以前專制帝皇的一套也是從佛教、道教的糟粕中拾來。不過毛澤東是標榜出文藝政策，而過去專制帝皇則沒有這個標榜而已。因此，在毛澤東文藝政策下，不會也不許有別的作品，而在過去的帝制下，則仍保留了許多真正的文藝。

可是，根據統治階級所要求的大眾文藝，則恰巧是愚民的文學，奉旨到農工兵去參加火熱鬥爭的作家所產生的，則正是不革命的，是特務文藝，也是愚民文藝。在這樣的時代，真正的文藝作品一定只有幾句民謠，一首民歌，可能有一首歪詩寫在鄉下廁所的牆上，但決不在農會的壁報上面。而稍有人性已放下筆桿的作家，在鄉村充小學教員，在農會裡做文牘謀殘生的，如果沒有被統治階級剷盡，他們一定會寫出真正的文藝。但不是現在所能見到的。

有生氣的文藝，他永遠屬於大眾的，也許所寫的不是大眾生活，如托爾斯泰的《安娜卡利尼娜》，如曹雪芹的《紅樓夢》，裡面也正有「人性」是大眾所共有的，裡面的「情感」也正是大眾所共有的某種「不滿」的「感慨」的反抗的情感，由這個情感才有一個理想。

而在公式政策下的愚民文學中，人物永遠是死的，它限定人的情感與思想，順著幾條一定的路走。好人一定這樣，壞人一定那樣；要把場面寫得大，只好把整個工廠的機器詳細地描寫，或者是把濃厚的地方色彩來敘述渲染，到最後必需是好人勝利，壞人失敗。這在蘇聯作品中反映得比中國還清楚。在革命的動盪時代，還有些作品具有創作的活力，以後就空虛得什麼都沒有了。上好的頂成功的文藝作品，也不過是新聞電影，有許多地域的背景的詳盡的描寫，低劣的就像原始的鄉下的木人戲了。

文藝有它的永久性與普遍性，就一定有它的大眾性；但共產黨提倡的大眾文學，則是愚民文學，是特務文學。是要大眾在共產黨殘酷的壓迫剝削下歌頌他的壓迫剝削的文學。

但是我們要文藝自由，有了文藝的自由，就有革命的反抗的文藝出來，用不著政策，也用不著宣傳，文藝永遠是人民大眾的，無論積極的或消極的，它是針對著統治階級的政治的。只要有文藝的自由，有出版的自由，有選讀的自由，只要一年工夫，你看，毛澤東先生，看誰的文藝大眾化？是你御用的作家們呢？還是自由的作家們？

把人民關在石室裡，告訴自由作家的作品是有毒素的，是有資產階級的意識，是「吃人的老虎」，那沒有用。當人民看到自由作家的作品時，他一定會告訴你，毛澤東同志，我頂喜愛的還是那「吃人的老虎」呀。

除非毛澤東先生會不必靠人類懷孕製造人，否則人永遠有共同的人性的。而有泥土的地方都有花草，有人性的地方就有文藝。毛澤東的文藝政策，是用水泥澆封了泥土，而在水泥上裝置了紅綠霓虹燈，上面閃耀著「無產階級文學」、「革命文學」、「大眾文學」的字眼。但是招牌雖亮，文學則只剩了毛澤東的一首〈沁園春〉。

這〈沁園春〉的作家，雖是「長期地無條件地全身心地到工農兵去，到火熱的鬥爭中去」過，而在「創作過程統一起來」的時候，不過是：「……惜秦皇漢武……數風流人物……」；而從未到農工兵群眾中去過，到火熱的鬥爭中去過的，倒也寫了「可憐無定河邊骨，猶是深閨夢裡人。」這樣的詩句。那麼，大眾文學之創造，究竟是靠人性的同情，還是靠生活的學習呢？

階級文藝與特務文藝

共產黨的文藝運動是標榜階級文藝反個人主義文藝的。在他們沒有取得政權時，耀人耳目革命的意向，使他們的話很動聽。譬如說，無產階級的利益是一致的，他們的要求是一致的。革命文藝要求無產階級的解放，所以他的步伐也是與無產階級一致的。個人主義的文學，完全是脫離群眾的，以個人的名利為前提的一種文學，是小資產階級的產物，是想自己爬上到統治階級，並不是站在無產階級一起而謀階級解放的文藝。

只要你是同情無產階級的，你定會覺得這話當然很有道理。但是，在文藝運動的歷史過程中，你就會碰到無法解釋的事情了。

當陳獨秀被開除黨籍，指為托派，指為漢奸賣國賊之時，你的文藝如果不是這樣說，就是個人主義，如說幾句公道話，你也是托派；你如想知道一點理由，那是知識階級劣根性，動搖分子，是個人主義的表現。

常蘇聯侵略芬蘭時，如果你用「侵略」兩字，你就是反革命，反無產階級。蘇聯是無產階級國家，無產階級對這問題是不懷疑的。持異議，那就是個人主義的表現，而個人主義的文學總是代資產階級說話的。

當德蘇協定簽訂之時，中國的文藝喉舌在一夜之間就改變音調。你如抱著懷疑的態度，這當然是知識階級的劣根性，是個人主義的表現。理由是蘇聯代表無產階級的利益，無產階級對自己的利益決不懷疑，懷疑的就是小資產階級，而小資產階級是動搖分子，代表資產階級利益說話的。

所謂個人主義是什麼呢？是脫離共產黨領導的自由游離的分子。個人主義的文藝，就是脫離共產黨文藝政策領導的文學。

共產黨之所以可以這樣跋扈來領導，因為他說是無產階級的先鋒。「無產階級」是一個多麼美麗的幌子呢？但中國的無產階級知道誰是賣國賊，知道陳獨秀之打擊不過是共產黨的黨爭；知道蘇聯進兵芬蘭是侵略弱小民族；也都知道德蘇協定是蘇聯暴露它無恥的真面目，是與它歷來的言詞相矛盾。倒是一般的知識階級，有深厚的士大夫尾巴的作家，被共產黨的「無產階級」的幌子所脅服，覺得不聽共產黨領導是脫離集團，脫離了集團就無處賣稿，不能再成為作家了。偶爾有一個有良心的作家脫離了共產黨所領導的文運，不求名利，我行我素，而他正是代表了無產階級的態度，於是他就被叱為個人主義的文學了。

抗戰時期，共產黨在國民黨治下的文藝口號是普通的抗戰時期的口號，所謂反帝（反日）、反封建而已；同在延安所要求的「階級文藝」是不同的。他們的活躍與組織則是幫會的勢力，他們之操縱文壇正如黑社會之操縱碼頭一樣。而事實上，他們的成功還是國民黨無能的官吏不能辨別，或者說是無力領導。國民黨一方面不提倡自由文藝，一方面沒有文藝目標，他們只是消極的用審查辦法，而審查的人又是這樣無能，經不起共產黨的作家請吃一餐飯，拉攏一點交情。國民黨所注意是作品，只要不反對政府，就以為可以相安無事。共產黨勾結的則是人，口號儘管大家一樣，但追隨他們的，他們捧場；不追隨他們的，他們打擊。正如中世紀教會一樣，你要相信上帝必須通過教會，你要反帝、反封建，必須通過他們。也同幫會控制碼頭一樣，你雖是挑夫，但不通過幫會，就不能在碼頭賣苦力。更因國民黨審查制度使自由作家厭憎，所以很容易都走到共產黨所領導的集團。

在共產黨打潰了國民黨占領上海時，共產黨宣稱在文化戰線上他們一直打的是勝仗，這話並不誇大，但是這並不是說中國這些年來稍成功的作品都是共產黨或共產主義的。記得「中國之聲」上曾經有一個論客作這樣的結論，可謂完全是不知道文藝，也不瞭解文壇情況之言。所謂「文化戰線」這句話就非常含混，除了共產黨經常的在講究策略，準備廝殺之外，文化界並沒有另外的集團在同他們對敵；少數不受他們領導的作家，也從未把他們當作敵人。當他們有策略的造成幫會式的組織時，他們要求作家的是政治口號的一致，對於作品，不管是什麼，只要順從他們政治口號的人寫的，他們就一律捧場，不是順從他們政治口號的人寫的，就一律打擊。所以所謂文化運動，於作品是毫無關係的，這些作品始終是個人的產物。

但是作品之所以為作品，不用說，它當然是反統治階級的，而當時的國民黨政權又正是很腐敗，人人對它都有反感，文藝作品或多或少的反映了這類的反感原是很自然的事情，這與共產黨文運是沒有什麼關係的。

如今共產黨已經掌握了政權，黑社會幫會文學運動的煙幕已經揭穿，活躍於作家群中，作聯絡感情、探聽消息、拉攏把持的人物們現在已都是官吏，在文藝政策上，所要的當然不是重慶那一套，而是延安的那一套了。這因為，據毛澤東說，前者是反動政府黑暗努力的治下，後者則是革命的人民政府治下。因此：

（一）「暴露文學。」照毛澤東說：「……我們的革命文藝家們，只應把它（人民的缺點）作為侵略者剝削壓迫者罪惡去暴露，而不應該是什麼『暴露人性』，除非是反革命文藝家，才有所謂人民『天生愚蠢的』，革命群眾是『專制暴徒』之類的描寫。」

毛澤東的話是說不該「暴露人性」的，但事實上，暴露文學要暴露的當然是統治階級，而不是人民。但是統治階級——即侵略者、剝削者、壓迫者——招牌上掛著「人民」，是不是該暴露呢？共產黨的文藝政策，是否允許我們暴露呢？

毛澤東說，反革命文藝家說人民「天生愚蠢的」的，那麼，作為革命作家，來暴露統治階級在實行「愚民政策」，總是對的了。但是毛澤東的文藝政策並不要這種「革命文藝」，而是要「人民」在被「愚民政策」所愚之下，甘心請願，粉身碎骨的讓統治階級「剝削」「壓迫」。

誠如毛澤東所說，革命群眾是「專制暴徒」之類的描寫是反革命文藝，（雖然這類文藝從未見於第一二流的作品中的。）那麼描寫革命群眾為某自己的解放，要求打倒剝削者、壓迫者，推翻統治階級是「革命文學」了？但是毛澤東的文藝政策可並不許我們作家寫這類「革命文學」的。大陸在解放後的大大小小的農民暴動，這些「革命群眾」，毛澤東是要把它描寫成「反動」，描寫成「國特」，描寫成與美帝勾結的有陰謀的「地主」。

（二）「雜文時代，魯迅筆法。」毛澤東說：「……魯迅處在黑暗勢力統治下面，沒有言論自由，故以冷嘲熱諷的雜文形式作戰，魯迅完全是正確的。」

現在共產黨統治下的中國，是有言論自由了嗎？魯迅時代至少還有「以冷嘲熱諷的雜文形式作戰」的自由，現在是連這點自由都沒有了。

毛澤東說：「雜文時代的魯迅，也不曾嘲笑和攻擊過革命人民和革命政黨，雜文的筆法和對於人民的完全兩樣。」但是魯迅所嘲笑攻擊的統治階級的話，現在拿出來看，有許多也正是「嘲笑」、「攻擊」現在的統治階級的。這可見統治階級始終是一個面目，而變本加厲，連給這樣「嘲笑」、「攻擊」的自由都沒有了。

（三）「歌功頌德，刻劃黑暗。」毛澤東說：「你是資產階級的文藝家，你就不歌頌無產階級而歌頌資產階級，你是無產階級作家，你就不歌頌資產階級而歌頌無產階級與勞動人民，二者必居其一。」這話很漂亮。於是又說：「對於人民，這個世界和歷史的創造者，為什麼不應該歌頌呢？」

毛澤東先生這裡的「人民」與「無產階級」就有點故弄玄虛了。我們歌頌人民，歌頌無產階級，但並不因此必須歌頌共產黨，歌頌新民主主義。尤其是今日，當共產黨已掌握了政權，變成統治階級的時候，全中國的人只有兩個階級，一個是共產黨及其御用幫閒者，一個是人民，也就是無產階級，陣營非常明顯，彼此清楚，毛澤東先生有何不知，再不必假惺惺了。人民有什麼資格同你共產黨拉親攀眷？這類手法，毛澤東以前，也曾有日本軍閥用過所謂「大東亞共榮圈」，就是要使中國人以為自己也是大東亞共榮「圈」中人，但中國人在壓迫欺凌下眼睛是雪亮的，日本人是日本人，中國人是中國人，你是你，我是我，清清楚楚。現在共產黨以「人民」兩個字，象徵大家是一家，但人民在壓迫欺凌剝削摧殘之下，如今眼睛也已是雪亮的，共產黨所說的「人民」是自己的黨徒，與日本取閥的「東亞共榮圈」所共榮的只是日本人是一樣的。你是你，我是我，清清楚楚。我們人民是人民，共產黨是共產黨，中國人民的文藝是人民的，因此一定不是共產黨的。歌頌人民的必是反統治階級的。暴露人民之血淚，痛哭苦號，哀怨呻吟的，也就是暴露共產黨統治階級之黑暗殘暴與醜惡。

但是對於無產階級，對於人民大眾，共產黨是刻刻不放鬆，而永遠自認為要與「他們」結合的。但是共產黨的「結合」是強姦式的把持操縱。共產黨才是把人民看作「天生愚蠢」的。「結合」是要教育與領導，而自認是「人民」的「無產階級」的先鋒隊。

但是，在最近五反運動中，所揭露的他們幹部的龐大數字的貪污，高級的先鋒隊，用敲詐勒索的方法向人民搾取的事實，應當也是與人民「結合」的表現了。但是共產黨宣稱是資產階級商人誘惑了他們純潔的幹部。

誰都知道那群曾被認為民族資產階級的商人，如果起初拒絕共產黨高級幹部的勒索，是隨時可以變成反動資產階級與美帝的走狗而被虐殺的。順從了先鋒隊的勒索，就是誘惑了先鋒隊。這等於拿著手槍、刺刀去強姦少女的日本「皇軍」，在強姦了以後，就說中國的少女毀壞了「皇軍」的紀律一樣。

這事情說明的是統治階級與「人民」、「結合」完全是強姦式的，人民不是「天生愚蠢的」，但是依仗著刺刀與機關槍的力量，日本的皇軍與共產黨都是把人民看作「天生愚蠢的」。

而人民大眾並不要這種結合。人民大眾被壓迫下有自然團結的要求。在這要求下，許多黑社會的、幫會的、迷信的，只要標榜反抗統治階級的剝削的都會吸收人民大眾。這並不是人民「天生是愚蠢」的。這是，等於一個在急流中沈溺的人，他對於浮萍也會當作可以救他的生命一樣。共產黨是在這樣的情境中傳布他迷人的謊言的。但共產黨在今日，鑒於自身成功的來源，於是對於「人民大眾」加強地防止他們自然的團結了。

說人民沒有開會的自由，沒有言論的自由，共產黨是不承認的。但是如果共產黨摘下「人民」與「無產階級」的冠冕，共產黨能說現在的「開會」可以有無共產黨幹部參加的純人民的集會嗎？現在的言論，是否有「無共產黨」過目、過耳的言論呢？中國人民的歌唱，是否有未經共產黨承認的歌曲呢？不要說報章雜誌一類的出版物了。

毛澤東先生在言論上是極力提倡工農兵文藝的。他對於小資產階級的作家有很美妙的辭令來菲薄，他說：「……他們是站在小資產階級的立場，他們是把自己的作品當作小資產階級的自我表現來創作的，我們是在相當多的作品中看見這種東西，他們在許多時候，對於小資產階級出身的知識分子寄以滿腔的同情，連小資產階級的缺點也加以同情甚至鼓吹，對於工農兵，則缺乏接近，缺乏瞭解，缺乏研究，缺乏知心朋友，不善於描寫他們。倘如描寫，他的衣服是工農兵，面孔卻是小資產階級。他們在某些方面也愛工農兵，愛工農兵出身的幹部，但有些時候不愛，有些地方不愛，不愛他們的感情，不愛他們的姿態，不愛他們萌芽狀態的文藝（牆報、壁畫、民歌、民間故事、民問語言等）。他們有時也愛這些東西，那是為著獵奇，為著裝飾自己的作品，甚至為著追求其中落後東西而愛的。有時就公開的放棄他們，而偏愛知識分子，偏愛小資產乃至資產階級的東西。這些同志的屁股還坐在小資產方面，或者換句文雅的話說，他們的靈魂深處還是一個小資產階級的王國。……」

但是在毛澤東的文藝政策上，所有「工農兵」，是否有文藝萌芽的自由呢？是否有貼牆報、畫壁畫、唱民歌、講民間故事，運用民間語言對於統治階級作挖苦諷刺訕笑的自由呢？

在上海，有一個流傳的故事是這樣的：「共產黨要一個工廠遷到內地，要工人們隨著工廠內遷，但是工人們因家眷都在上海的附近，不願搬動，可是反對無效，迫於暴力，走投無路。於是有一天有人沒有到工廠來，解放軍到工人宿舍去找他們，看他們每個人都在自己的床上覆著身子安詳地躺著，於是解放軍就用槍桿推他們，他們不理睬，最後解放軍用力把他推轉身子，想責問他們，但發現他們都已自殺，他們的臉上個個都露著已死的苦笑，胸部都寫著一行血字『窮人翻身了』。」這是民間故事，也可算是工人們萌芽狀態的文藝吧？但是共黨允許愛工農兵的作家們去愛它嗎？

在江南鄉下，還是共產黨徵糧時期，公廁的牆上我曾看到一幅用白粉畫的粗亂的壁畫；畫著一個兇狠的男人，手捧著誇大的生殖器，前面畫著跪在地下的一個半裸的女人，旁邊寫著一行字：「我來同你解放」。

這是民間的壁畫，該也屬於萌芽狀態的藝術了吧？但是共產黨允許愛工農兵的作家們去愛這種工農兵的情感嗎？

如果答案是「不」，那麼，恕我借用毛澤東先生美妙的辭令，把他的文章換幾個字來重新表現一下，看是不是可以照出共產黨的真面目：

「……他們是站在共產黨的立場，他們是把自己的作品當作共產黨的自我表現來創作的，我們是在相當多的作品中看見這種東西，他們在許多時候對於共產黨出身的大小官史寄與滿腔的同情，連共產黨的缺點也加以同情與鼓吹。對於工農兵，則缺乏接近，缺乏瞭解，缺乏研究，缺乏知心明友，不善於描寫他們。倘如描寫，也是衣服是工農兵，面孔卻是共產黨。他們在某些方面也愛工農兵，也愛工農兵出身的人民，但有些時候不愛，有些地方不愛，不愛他們的感情，不愛他們的姿態，不愛他們萌芽狀態的文藝（牆報、壁畫、民歌、民間故事、民間語言等）。他們有時也愛這些東西，那是為宣傳，為裝飾自己的門面，甚至為著追求其中落後的東西而發的。有時公開的鄙棄他們，而偏愛共產官僚，偏愛共產黨乃至史達林的東西。這些作家的屁股死坐在共產黨方面，或換句文雅的話說，他們的靈魂深處還是一個共產黨的王國……」

但是，誠如毛澤東先生所說：「……要徹底解決這個問題，非有十年八年的時間不可。但是時間無論怎麼長，我們必須解決它，必須明確地徹底解決它。我們的文藝工作者一定要完成這個任務，一定要把屁股移過來，一定要深入工農兵，深入實際鬥爭的過程中，在學習『馬列主義』和學習社會的過程中，逐漸地移過來，移到工農兵這方面來，只有這樣，我們才有真正工農兵的文藝。」

但是在毛澤東先生所實施的文藝政策看來，他真正的意思並不是這樣的，因為如果如他所說，那麼，如此愛工農兵，如此對工農兵有接近、有瞭解、有研究、有知心朋友，經過了三十年火熱的革命的鬥爭的毛澤東同志，他的屁股該已經移到工農兵方面了吧？可是他的作品——那首成熟的〈沁園春〉——所表現的，則決未完成這個任務，所完成的是他的屁股壓在工農兵的頭上而已。如果把毛澤東先生的雄圖坦白出來的話，他的話應當是這樣的：

「……要徹底解決這個問題，非有十年八年的時間不可。但是時間無論怎麼長，我們必須解決它，必須明確地徹底解決它。我們的文藝工作者一定要完成這個任務，一定要把屁股移過來，深入工農兵，深入實際鬥爭的過程中，在學習馬列主義和學習社會的過程中，逐漸地移過來，移到工農兵的頭上，只有這樣，我們才能消滅真正工農兵的文藝。」

毛澤東的話是不錯的，站在統治階級的立場，當所有出版物印刷所一律都控制以後，那些舞弄筆墨小資產階級的職業文人，一份小鍋菜就可以使他們對你歌功頌德了。但是對於人民大眾，勞苦大眾的萌芽文藝，是不是這樣輕便就可以消滅的，他必要使用御用文人到工農兵去做特務文藝工作，與工農兵的萌芽文藝作「實際鬥爭」，才能夠消滅真正工農兵文藝而代以共產黨的文藝。解放以後所發表的如〈我如何超越生產任務〉、〈我們小組作競購公債的挑戰〉的文章，都是地道的特務文藝的表現。

特務文藝工作是：一方面滲入勞苦大眾群中，寫作、號召、提倡、獎掖向統治階級獻媚的文藝，一方面是無情地作監視、摧殘、壓迫真正工農兵大眾文藝崛起的工作。

這就是毛澤東所要求職業文人、職業作家的任務。而這也正是蘇聯所實行的文藝政策裡的作家們的任務。

但是文藝創作，因為是作者性靈或意識直接的流露，雖然是可以不斷的歪曲與矯揉做作，但仍難免露出自己真正的感情與思致，所以理論與談話可以十分有「正確」的黨性，一點不違背黨的要求，而再創作上就流露出作者的「自由意念」。毛澤東的〈沁園春〉就是一個最好的例子。否則毛澤東先生這樣悠久的生活在工農兵裡，經過了無數次「火熱的鬥爭」，何以其文藝作品竟完全不是他所推倡的工農兵的文藝呢？

在蘇聯，我們知道蘇聯作家協會主席法捷耶夫（Alexander Fadeyev）是一個十七歲就參加共產黨而一直忠於史達林政權的人，那麼他的作品總應當是反映正確的黨性了吧。他寫一本《青年守衛軍》，敘述一群青在德國占領的後方愛國鬥爭中英雄行為。該書於一九四五年出版，甚受各報頌揚，但接著一聲批判，謂其故事中，忽略了也即輕蔑了黨的高級領導，法捷耶夫馬上受到了狂風暴雨的打擊，他當時隨即承認錯誤，隱退一時，改寫《青年守衛軍》，一直到一九五一年十二月改正本方才出書，內容當然對史達林下的高級領導，歌頌一番。於是法捷耶夫恢復了地位，仍任蘇聯作家協會的主席。

這就是證明：（一）文藝創作，雖可以歪曲矯揉做作，但有時仍不免流露了自己真實的情感與思致的。（二）作為作家，不管他的如何與無產階級或工農兵有多久的相處，他的作品還是他個人的。毛澤東的作品，因為沒有人敢批評，沒有人可以批評，所以他不必做作，但仍不免被自己的理論打了耳光。法捷耶夫如果不認錯，不改版，他就馬上無法再做作家，而且無法再寫什麼了。（三）共產黨所號召的深入工農兵、深入人民大眾，完全是要文藝家去向真正大眾文藝爭鬥，要窒息大眾文藝而提倡向統治階級獻媚的文藝，完全是特務文藝。

而實際上法捷耶夫是黨的作家，他的《青年守衛軍》也只是黨的文學，因為是「文學」，就無意識地遠離了統治階級。文學的本質原是大眾的，越接近被統治階級，自然也就越遠離了統治階級。在戰後，蘇聯所清算的許多作家中，有兩個有名的作家，一個是諷刺作家佐琴科（Mikhail Zoshchenko），一個是女詩人阿瑪妥娃（Anna Akhmatova）。前者用了寓言的方式（也就是毛澤東所說的在黑暗勢力統治的時代，魯迅所用的方式）寫人民對於統治階級的感覺，如借用猴子的話，說在籠子裡生活比在蘇聯社會中生活為自由等；後者隱誨地抒寫對現實生活的不滿與沈痛的哀訴。他們就從此無法再存在了，這因為他們所寫的正是把屁股移在大眾的座位裡的真正反映了大眾的情緒，而這正是共產黨統治階級所不能容的。

據一九五二年九月一日柏林的電訊，載有東德共產黨警告滑稽的丑角們玩笑開得太大了，東德共產黨發現觀眾對於諷刺共產黨的笑料的狂笑與歡迎，因此發此警告。黨認為遊戲場娛樂場供給觀眾以笑料是可以的，但不准針對政府。

這可以見到共產黨是怕大眾文藝的，即使是「萌芽狀態」的大眾文藝，毛澤東叫御用的作家們重視這些，其用意不難洞悉。這所以在中國，一切民間娛樂，如大鼓、如說相聲、如彈詞、如各種地方戲都在被肅清與控制，而許多御用文人在製作這類底本，而不允許有創作能力的如說相聲、說書的、唱大鼓的、說滑稽的與丑角等自由插科打諢了。這因為這些藝術家都是大眾的一員，他們是常常會反應大眾的情緒與感想的，自有戲劇以來，始終有丑角可以臨時插科打諢，以開玩笑的姿態給統治階級以諷刺與譏笑的，如今連這個也被特務文藝作家所剷除了。

儘管毛澤東的文藝口號是工農兵文藝，無產階級文藝，革命文藝，但是他所要的只是巫女文學與特務文藝。號召改造知識階級，與工農兵相處參加實際鬥爭的言論中，所要求的是要統治階級的作家用他的天才與筆來偽造人民大眾對統治階級獻媚的情緒，而在這個過程中要毀滅一切，剷除一切真正的大眾文藝。

從蘇聯所宣稱的蘇聯作家們優越的生活，我們知道他們都不是可以用「存在決定意識」的理論來說明他們有無產階級的意識，共產黨說蘇聯的作家是人民的，是人民的作家，所以他的書可以如此暢銷，他的生活可以如此優越。其實，如果這作家真是人民的，他也就無法出書了。蘇聯的作家是黨的作家，是黨所豢養的作家，因此一本書，可以通過黨而叫全國的圖書館與其他組織來購買，而這些圖書館原是黨從人民頭上剝削來的勞力所建造的。而蘇聯人民，除了統治階級文藝以外，也再無法獲得，而看到其他的文藝了。

作為作家，在共產黨統治之下，除了寫巫女文學與特務文藝以外，是無法存在的。祇因為共產黨的皇冠上鑲著「無產階級」與「人民」「革命」的寶石，所以毛澤東可以無恥的自稱這些巫女文學與特務文藝為無產階級文學與革命文學。

摘下這頂眩目的皇冠，毛澤東所要的文藝，其實只是三種。這三種是寶塔式的。

第一種、我是皇帝（〈沁園春〉作者，獨此一家，別無分店的作品。）

第二種、皇帝萬歲（巫女文學，代表作有〈親愛的鋼〉、〈東方紅〉。）

第三種、把一切獻給皇帝，生的光榮屬於皇帝，死的愉快屬於自己。（特務文藝，沒有代表作，因為它還不能追隨政治的要求。）

在這三種文藝中，第一種是個人主義的，是貨真價實的個人主義，即全中國只許一個人存在的個人主義文學，因此一首〈沁園春〉同幾首歪詩，已經繪下了清楚臉譜。

第二種巫女文學，幾個文化官在寫已經夠了，模仿去寫的人是搶巫女的飯碗。而千篇一律的話，不過是「全能的英明的皇帝萬歲」而已。要點新花樣，就是為皇帝，鼓勵下屬寫特務文藝。在毛澤東〈在延安文藝座談會上的講話〉發表十週年時，每個巫女都有紀念性的文章，但只是號召而已，並沒有創作。這號召就是對於特務文藝創作的鼓勵。那麼為什麼這群巫女自己寫不出什麼呢？郭沫若的供詞是非常坦白的，他說：

我自己也是一個文藝工作者，以前曾從事創作，也曾經批評，而今天也負擔著文藝行政的責任，但兩年多來可以說是毫無成績的。原因就由於我脫離了群眾，脫離了生活。我沒有「長期地無條件全身心地到工農兵中去，到火熱的鬥爭中去」，因而我失掉了創作的源泉，沒有可以加工的原料和半製品了。（〈在毛澤東旗幟下長遠做一名文化尖兵〉）

但根據毛澤東的話：「……在我們這裡，情形就完全兩樣，我們是鼓勵文藝家積極地親近工農兵，給他們以到群眾中去的完全自由，給他們以創作真正革命文藝的完全自由……」

我們就會奇怪，這個「曾從事創作也曾從事批評而今天也負擔文藝行政的責任」的郭沫若先生原來也「脫離了群眾，脫離了生活」的。「脫離了群眾，脫離了生活」的人，而仍可以「負擔文藝行政的責任」，那倒真招供了毛澤東政權上所掛的「人民大眾」「無產階級」的招牌是怎麼一回事了。

第三種是特務文學，這是巫女文學所鼓勵所要求的文學。但是，雖然鼓勵，而據周揚先生在《毛澤東同志〈在延安文藝座談會上的講話〉十週年》一文所說的：「目前文藝創作遠落後我們的人民的偉大鬥爭和國家建設的嚴重現象，其根源就是相當多的文藝工作者相當長時間地脫離實際，脫離群眾……」（原來也是脫離實際，脫離群眾！但周揚先生自己也曾幹過創作，何以也寫不出什麼呢？難道也是脫離實際，脫離群眾？）他又說：

文藝的落後現象，主要的還不在作品量的方面，而是在質的方面。文藝表現新的人物，新的生活不夠有力；反映人民生活的方面不夠寬廣，作品缺少應有感動人、鼓舞人的力量。這就是說，創作上嚴重地存在著概念化的傾向。……

概念化，公式化傾向所以能夠「合法」存在，沒有受批評，有時甚至受到鼓勵，主要原因是文藝工作者以及一些文藝工作的領導者錯誤地瞭解文藝服從政治的正確關係和正確意義。我們的文藝必須服從政治，必須以黨和政府的政策作為指針，這是確定不移的。毛澤東同志〈在延安文藝座談會上的講話〉中說：「藝術既然是服從階級，服從黨，當然就要服從階級與黨的政治要求，服從一定革命時期的革命任務，離開了這個，就離開了群眾根本的需要。」因此我們必須反對文藝脫離政治的傾向，這實際上就是使文藝服從資產階級政治利益的傾向，但是我們也要反對概念化公式化的作品，反對在服從政治任務這個藉口之下任這種作品的製造與氾濫，因為這樣的作品，是不能夠達到為政治服務的真正目的。毛澤東同志說：「文藝是從屬於政治的，但反轉來給與偉大的影響於政治。」而概念化、公式化的作品是不能發生這種影響的。

這裡周揚同志很清楚地闡明瞭毛澤東同志對於特務文藝的要求了。文藝必須以「黨和政府的政策作為指針」，這裡所說的黨當然是共產黨，不是國民黨，政府也當然是共產黨的政府。而這又是「確定不移」的。但如果黨和政府不斷地「脫離實際，脫離群眾」，而人民大眾又有革命的思想，文藝是不是可以寫這革命的情緒呢？

當然是不。因為這和確定不移的「以黨和政府的政策作為指針」是違背的。周揚同志接下去就說：「……我們的文藝應當培養人民特別是青年一代的新的品質，培養他們對祖國對人民的忠誠熱愛，高度的勞動熱忱，自我犧牲的英雄氣概，遠大而高尚的理想。」

好漂亮的話！但是，如果培養了一批「針對共產黨獨裁政權」的前進有為的革命青年，那麼恐怕又是違背了「以黨和政府的政策作為指針」的文藝原則了吧。所以周揚同志的話，為求坦白與明確，應常改作：

「培養他們對共產黨與其政府的忠誠熱愛，高度的勞動熱忱，自我犧牲的英雄氣概，而毫無其他遠大而高尚的理想。」

寄語忠貞的周揚同志，如果人民「有遠大而高尚的理想」，那就是需要一個新的革命了，是讓他們「毫無」吧，這是很明顯也是很自然的事實，人民的「遠大而高尚的理想」絕不是服從統治階級的政治利益的，而文藝往往就是要不斷的表示「遠大而高尚的理想」。

周揚同志用冠冕堂皇的話說「我們必須反對文藝脫離政治的傾向」，實則他所說的真意是「我們必須反對文藝違反統治者的意志」。如以「文藝不脫離政治」的話為標準，那麼你對當局諷刺譏誚，發露統治階級的無恥，揭發蘇聯對於中國的控制，都沒有脫離政治吧，但這都是被認為大逆不道而不許存在的。

服從統治者的要求與其政治上的口號來寫文藝，這文藝自然是概念化與公式化了。要不概念化與公式化，去接近生活、接近群眾，深入工農兵是對的，但可惜接近了群眾，深入了工農兵，作家所看到、所聽到、所經驗到的，如不是反統治階級的革命情緒，就是在統治階級的高壓下的哀怨、呻吟與哭泣。周揚同志之反對「概念化公式化」的用意是因為：「只有真實的，生動的人物才能吸引讀者觀眾，打動人的心靈，使他們接受作品中的思想。」這是不錯的。但是「真實的生動的人物」如果又有「遠大而高尚的理想」，那百分之一百是反統治階級的。當共產黨還在地下活動以及有別的統治集團可以做革命對象時，這樣的話是可以號召一時的，但當共產黨已經是統治階級的現在，沒有經過特務訓練——即尚有一點良心的作家，是永遠無能為力。其結果只有兩種，一種是產生了共產黨認為是錯誤的作品，一種是概念化、公式化、閉戶造車而毫不動人的作品，周揚先生八股式論文也就是後一種的製品。

對特務文學的要求，從周揚同志的文中，我們看得很明顯，他要決不違反統治者的政治意志，而寬廣地反映人民生活，寫生動的真實人物，使這些人物對統治階級忠誠熱愛，有高度的勞動熱忱，為統治階級自我犧牲。這就是說，作家在每一個人民生活的角落裡，採取了那些生活的外形而改變了他們「反統治、反壓迫、反剝削」的情緒，包辦了人民大眾的「壁報，民歌，民間故事」，這就是所謂「給與偉大的影響於政治」了。

我記得在故宮博物院看到一幅「春耕圖」把田野畫得美麗萬分，山青水秀，桃紅柳綠，裡面的農家如在桃花源，人物都是面白唇紅，滿面笑容。男女都在勞作，但其表情，則表示這些勞作是毫不費力的遊戲，這就是御用藝術家對人民生活的歪曲。但它只是粉飾太平，與共產黨所要的特務藝術大有不同。共產黨的文學藝術，不說勞動是輕而易舉，但要說人民是有勞動熱忱的，肯自我犧牲的，每日工作十四小時還是壯健如牛，因為他們自知在為人民服務，而且看到了光明的遠景的。對壓迫剝削他們，屁股坐在他們頭上的人，他們覺得，是可親可愛來教導，並來向他們學習的同志，是他們階級的先鋒。因此，文學藝術所要表現的無非是表現過去統治階級下的人民，在解放後的，都是壯健的、富裕的、樂觀的、積極的。可惜這只是「概念」與「公式」，看過現在中國的人民大眾的生活——他們在監視中不敢抬頭，在工作中沒有休息，在飢餓中沒有糧食，在疾病中沒有醫藥——你就會知道這種特務文藝歪曲的程度。他們要人民讀了看了這些藝術品以後，不但不覺得有剝削階層，而還不斷的怪自己不夠勞作，不夠刻苦，不夠英雄，不夠犧牲，而鼓起殘餘的生命去捨獻最後的血肉，以至帶著笑容死去，臨死時還要叫一聲：「毛澤東無產階級萬歲！」

這種特務文藝，共產黨稱之為革命的現實主義。如果文學要現實主義，那一定是反映人民生活中之痛苦。如果要浪漫主義，那一定是反映不滿現狀的人民之理想，即使是空幻的理想。如果要革命文藝，那一定是鼓動在痛苦中的人民向統治階級進行反抗與鬥爭。

而共產黨之革命現實主義，是既怕人民暴露現實諷刺現實，又怕人民有不滿現狀的空想——包括革命的空想——是既不革命又不現實，只有解作鎮壓革命、掩飾現實，才是名副其實的；是地道統治階級的特務文藝。而此類文藝，一有作家良心，就不能產生，產生出來也一定不合特務標準的。除非有特務素養的文藝天才，而這又是多麼少呢！

郭沫若、丁玲、茅盾、周揚、老舍都曾致力過創作的人，雖沒有什麼大成就，但也都吸引過社會的期望；而在毛澤東〈在延安文藝座談會上的講話〉十週年紀念時，竟沒有一個人寫出「特務文藝」之標本，也足見特務文藝運動雖易，特務文藝創作殊難。要不犯錯誤而又不概念化公式化，還是寫巫女文學，歌頌歌頌開山老祖吧。於是郭沫若寫了：〈在毛澤東旗幟下長遠做一名文化尖兵〉，老舍寫了〈毛主席給了我新的文藝生命〉。更容易是引證了毛澤東的幾段話，加上了「我們一定要依著毛主席指示的方向前進」，再加上「我們所以沒有出色的文藝，是因為沒有完全照著毛主席的指示做。」這就是道地的八股。也是毛澤東〈在延安文藝座談會上的講話〉所切實反對的「洋八股」、「教條主義」、「尾巴主義」的樣本。丁玲、茅盾、周揚都是這樣繳卷的。

為紀念毛澤東〈在延安文藝座談會上的講話〉的十週年的文藝整風運動，就是指出文藝的特務工作沒有做好。特務文藝不發達就是大眾文藝的種子還未消滅。而這是必須號召重新加強戰鬥的。而叫御用文人到工農兵中去「學習」的，也就是加強對大眾的民間文藝壓殺與強姦。

歷史上都有統治階級包辦文藝的事情，他們從大眾文藝提煉了華麗而空虛的為點綴自己以外，所做的只是輕視被統治階級的文藝，不給與獎掖鼓勵，聽他們在民間流傳，與低級的甚至下流的玩意兒混在一起，但從來沒有像共產黨那樣，發動文藝的特務深入工農兵中，剿殲所有大眾文藝的萌芽的。因此，在時代的變化之中，一面統治階級的文藝漸趨枯萎，一面就有高超的作家吸收了大眾文藝與民間文藝的活素而產生偉大的作品。但在共產黨統治下，統治階級文藝一開始就沒有什麼了，除了八股與巫女文學以外，就是概念化、公式化的作品了。那麼，在他們如此無情的發動特務文藝對大眾文藝的鬥爭中，大眾文藝是不是真的會被統治階級剷除呢？

我個人相信是不可能的，唯一的證明就是蘇聯的情形。蘇聯在共產黨統治了三十多年的現在，仍是有非統治階級的文藝產生（雖然是不斷的清算），也足見文藝這東西是不容易剷除了。不但如此，即如忠貞的黨作家如法捷耶夫，其作品之《青年守衛軍》還可以發生「非純粹統階級」的疑問，也足見即使是特務，作為「作家」，也會在無意之中反映了大眾的情愫與觀點。再其次，誠如辯證法所啟示的，在某一種東西長成的過程中，也就蘊蓄了與他矛盾的對待物。共產黨的幫會文藝運動的時期，從他革命的號角中，也已經有了自己做了統治階級時的被革命的聲音了。

列寧時代革命詩人葉遂寧（Sergei Yesenin）的詩歌在蘇聯之被禁就是很明顯的例子。但葉遂寧還是蘇聯所最崇拜的詩人之一。貝德洛夫（Vladimir Nikolayevich Petrov）就在列寧格勒的牢獄中遇到七個十六、七歲的青年，因從手抄本傳誦葉遂寧的詩歌而被捕的囚犯（見Petrov: My Retreat From Russia）。在中國，如細讀魯迅的雜感，也就可使對於現在統治階級諷刺與譏誚的靈感，這所以毛澤東同志整風運動時，要把魯迅的雜感文當一個課題來發揮了。其實，焚書儘管徹底，在未焚的書中，始終有反統治階級的字句。即以統治階級的文學來說，其階級面目雖戴著面具，還是不難為被統治階級所認清的，毛澤東〈沁園春〉一類的詩詞，在被統治階級眼中，決不會把毛澤東先生當作同一階級的人民的。

在蘇聯，這些特務文學家是被譽為「人民靈魂的工程師」的，但可惜的是人民大眾的靈魂不需要工程師。大眾文藝就是大眾靈魂的光照，它會在各種形式之下發芽與崛起，正如有泥土的地方就有花草一樣。特務文藝的工作者是剷除這些花草，他們在泥土上澆水泥，造牌樓，裝霓虹燈，固然一時可以使大眾文藝絕跡，但只要這水泥有一絲裂痕，頑執的綠草就會伸出頭來的，除非你不斷的澆水泥，否則綠草雖微，數量可多，它會彎曲地從崩裂的水泥裡挺出，最後把水泥衝開，當牌樓大柱朽爛的時候，那滿地的小草野花就已經蓬勃燦爛了。

新個性主義文藝與大眾文藝

馬克思無產階級專政的理論是一種空想，到了俄國革命以後，無產階級應如何專政就成了課題，考茨基（Karl Kautsky）是主張議會政治的，但是列寧反對，於是所謂無產階級政權就落在共產黨手裡，變成了共產黨專政。

在中國，當共產黨統治好幾年的現在，當初相信這是「人民民主專政」與「無產階級專政」的幻夢也已經幻滅。大家都知道專政的是共產黨，既不是「人民」也不是「無產階級」，而是一群自稱「無產階級先鋒隊」的共產黨。「人民」是不分階級的都一律淪為聽憑壓迫剝削的「無產者」了。這些「無產者」則正合於馬克思所說的：「只有當他們能找工作時才能夠生存，但他們又只有當他們的勞動還能增殖資本時才能找到工作」的階層。這時候，我們如果要提倡革命文藝，如共產黨以前提倡的，則文藝應常是號人民大眾向統治階級進行革命的號角。文藝應當是表現人民在統治階級壓迫剝削下的血汗與淚滴，文藝應當是暴露統治階級之殘暴無恥與醜惡了。而這個要求，正是從共產黨的暴政下覺醒的人們共同的政治要求，他們認為在這文藝的低潮中，應當有革命文藝與暴露文藝來填充這低潮的空虛。又因為大陸沒有文藝的自由，而希望流落在海外的文人會掀起革命文藝的怒潮，希望文藝成為為反共的號角。換句話說，就是要文藝再度做政治的武器。

但在共產黨，當政權在別人手裡時，他們要革命文藝、要暴露文學、要諷刺文學。抗戰時期，他們用抗戰文學掩護著「人」的活動，是文藝掩護政治的辦法。現在，在大陸，攤開牌，從頭到尾是要特務文藝了。所謂文藝是政治的武器，不過是保存「文藝」這個名詞而已。實際上根本是既不要文藝，也不要文化的；要的是如何獲得並維護他們專政的政權。

我們的政治要求是反共——反獨裁、反剝削、反壓迫，我們要人民大眾可以站起來，但我們並不要政權；我們要人民有能力在推翻這個獨裁政權後來掌握政治，使再不落於少數或一黨一派之中。同時我們不能不要文藝，不能不要文化，因為這正是我們的祖先，我們的人民大眾，從歷史上傳下來，從祖國土地上生長起來的結晶，這是代表我們人民的靈魂的。因此，我們對於文藝，主要的是一個文化要求。政治的要求，往往是短視的，在反共運動中或可以有一點作用，但是共產黨政權倒了以後，用什麼來掌握政權，多少人是沒有想到的。難道仍是由少數集團來操縱我們的人民大眾嗎？因此我們主要的要文藝負起文化的任務。

所謂文化要求，就是說，文藝應當是人民的靈魂的光輝，中國文學應當代表全中國人民共同思想情感與精神。

我們已經談到「人性」，「人性」的範疇中有「民族性」，「階級性」（統治階級與被統治階級），我們的文學是人性的，同時我們的文學是民族的，也因此我們的文學是被統治階級的，也是大眾的。（因為統治階級的文藝是特務文藝）

我們已經談到過「文藝的永久性與普遍性」，因此，我們所要的文藝運動是文藝的自由運動。只是讓文藝在最自由的範圍中發展，在許多姿態與各種形式的文藝作品中，才會產生偉大的作品。而這偉大的作品一定是革命的、大眾的文藝。

我們所期望的文藝是人性的、是中國的，因此一定是大眾的。而這自然是反統治暴政的文藝。

為這個緣故，我們要很明顯的叫出新個性主義的文藝。我所謂新個性主義的文藝並不是以個人利益為前提的文藝，這文藝決不會被人欣賞而流傳。我所謂新個性主義也就是真正的大眾文藝。它並非是移植到花盆的花朵，而是生在土地上的植物，是與許多植物生在一起的植物，但是由他個別的生命，獨立的人格，以及他生存的尊嚴。

胡秋原在《論中國文藝的前途》的書中，論到中西文化的命脈，曾經提出「人格尊嚴」與「理性主義」，這是很正確的見地。我個人的意見與他是一致的。一個民族，如果抹殺了個人人格的尊嚴，也就是抹殺了這個民族的尊嚴。所謂民族，所謂大眾，原是一個一個的人組成的。如果那個民族的每一個人都失去了做人的尊嚴，那個民族也就毫無生機。共產黨所以要抹殺人的尊嚴，是要所有的人民都沒有生機，都沒有自發的創造力量，因而可以被共產黨奴役。共產黨的文化政策是花圈政策，他是要一群做紙花的人去摹倣鮮花，造成沒有根、沒有生機的花卉，排成了一個花圈去獻給史達林的陰魂的。而我們的文化是希望有根、有生機，直接長在泥土裡，年年會發芽開花的。新個性主義就是每個人有「人格尊嚴」的自覺，而新個性主義的文藝就是使它自由的從泥土裡，從陽光中吸收力量而有自發的創造。而我們相信從泥土裡自發的生長的才不會是人造的紙花。

現在我們反對獨裁，反對奴役人民，我們頌揚民主，但民主精神，就在個人人格獨立的尊嚴，只有每個人自己有人格的覺醒而同時尊敬別人的人格尊嚴，那才有真正的民主基礎。所謂個人人格的尊嚴，就是他有個人的獨立的思想、情感、信仰的自由。他對於自己的所由來的歷史與地理的傳統以及自己工作與崗位有他的責任感與自尊。他對於別人的工作與崗位有認識與尊敬。

我們的新文藝運動起於「五四」，五四所呼籲的是「民主」與「科學」。胡秋原先生以為當時領導的人沒有從「人格」與「理性」觀念來理解民主與科學，這話完全與我的見解是一致的。但是，對於五四運動的果實，我與胡先生的瞭解稍有出入。他以為五四運動完全沒有「人格尊嚴」的覺醒，這點我覺得是不對的，因為「五四」如果毫無人格尊嚴的覺醒，它也就無法成一運動。五四運動並沒有從這根本的「人格」與「理性」的覺念上著眼，但在「打倒舊禮教」的信條下，個人的尊嚴有一部分是覺醒而得到解放的，這就是從家庭的藩籬中站起來的個人的尊嚴。

舊禮教的家庭，是只有家族的尊嚴，而沒有個人的尊嚴的，個人的尊嚴是靠家族的尊嚴來維護的。所謂「家醜不外揚」、所謂「倒楣」、所謂「敗門坊」、所謂「丟祖宗的臉」，可以看出某家的子女的行為與名譽即是對某家負責，不是對自己負責。一個人要「爭氣」要「好」要「向上」，不是為自己，而是為「家族」。當時的「非孝」說與「戀愛自由」說，完全是從家族關係裡跳出來的個人自覺，也即是要求個人的情感與思想的獨立，對自己的行為由自己來負責。易卜生所作之「娜拉」在常時可以轟動一時，就因為它具有這樣的姿態。

但是「五四運動」的精神只是到娜拉為止，當時曾經有人討論到出了家庭以後的娜拉，但並沒接觸到根本的問題。因為當時是由「打倒禮教」而解放個人，並不是因為有個人人格的自覺而打倒舊禮教的，所以突破禮教，就以為獲得解放，於是問題就沒有展開。

把個人從舊禮教解放出來，事實上也只隸屬於社會了。但是社會上並沒有尊敬人格尊嚴；在法律前，人並沒有平等；在生活上，人沒有保障。職業往往不看工作而看人事。那麼你叫娜拉到哪裡去？她可能因職業而做了軍閥的姨太太，她可能因找不到事而淪落，她跑到這個無個人尊嚴的社會裡，就到處碰壁，沒有辦法，也許重新回到跑出來的家庭裡。

五四的錯誤因為不是從「人格尊嚴」的覺醒出發，只是從「打倒禮教」出發，所以只將「個人」從「家庭」裡獨立起來，覺醒起來，並沒有能夠在社會上站起來。現在比方有一個女孩子，她反對父母之命、媒妁之言的婚姻，而愛上一個不是與家庭可以門當戶對的男人（這是當時最普通的小說題材）；經過種種鬥爭，終於與那個男人私奔了。這是五四精神所鼓舞的。但是奔出來以後怎麼樣呢？去找事，社會要他們鑽營，拍馬屁，工作苦，報酬少，不能維持生活。許多工作，有失身分，不能做；男子不負責，遺棄了她；諸如此類的際遇，馬上可以使我們女主角想到還不如不聽「五四」先生的話而服從父母之命為幸福了。所以這是一個非常不徹底的一種解放。

如果我們要求的是從人格自覺與個性尊嚴出發，我們第一就要求個人在成年後自覺地以依賴家庭為恥。第二、我們要求社會在法律上給予人人平等，沒有人能侵犯別人在法律面前的自由。第三、在工作崗位上，他有他的責任，他有他職業與工作的尊嚴。

在進步的國家中，職業的工作的崗位永遠是被人尊重而不受人侵犯的。在中國，軍人不買票可以坐車與看戲，賣票員、查票員不敢干涉；飯館、旅館的職員當然不敢干涉官僚之不法；公務人員遇到大官、顯要就不得不越規出格服務；諸如此類，都是侵犯了個人的尊嚴，使他失去了對於自己的崗位與工作的尊嚴感與責任感。這也是不負責，貪污的一個原因。

本文並不想在這方面多有發揮，這裡所說的只是說明人格尊嚴的認識原是民主精神的基礎。民主理論在希臘時代已有萌芽，到現在，即便是最進步的民主國家還未達民主的理想，但他們的人民都有了人格尊嚴的自覺，這就是一個了不得的成就。我們提倡新個性主義的文學，就是要喚起對於自己與對於別人獨立的人格的尊敬。最簡單的就是對於自己的言論，對於自己的工作有責任感。

工作有大有小，有重有輕，但責任與尊嚴是一樣的。總統與警察都是為大眾服務，工人與作家也都是為大眾服務，他們的責任與尊嚴是一樣的。在崗位上對於工作尊嚴的認識也就是對於自己人格尊嚴的自覺。

五四的個人從家族裡覺醒起來，但因為社會上沒有尊敬這覺醒的個人，他馬上就須走進幫口的圈子裡。在個人為家族尊嚴而存在的時候，個人在社會的尊嚴是靠家族以及家族的延伸（如同鄉會）來維護的。失去了家族的個人，到了社會裡就連家庭的支持與保護都沒有了。社會上不承認個人人格的尊嚴，離開家族的個人，除了進幫口派系……等組織，他是無法在社會生存而不吃虧的。個人在社會的尊嚴要靠這些組織來維護的時候，這個個人也決不會尊重別人的尊嚴，他很容易藉他所處背景的力量來欺凌別人的個人；他一定不會尊重別人的人格尊嚴與其應有的自由與平等；他一定對於自己的工作崗位不負責任，他對於工作崗位的尊嚴也無從認識。因為他的職業與地位是由幫口而得，他不得不為幫口的便利，而輕忽他工作的責任。譬如一個海關檢查員，他的地位是由幫口支持而來，他對幫口中人如何能執行其職責呢？以此類推，任何大小的職務，都是一樣。

反應在文藝上，這就是產生幫口文藝與市儈文藝的因素。幫口文藝是向心的，向幫口的文藝，捧自己的人，打壓外人；市儈文藝是依賴幫口的力量而向外賣稿的文藝。這二者都是沒有人格尊嚴的自覺，粗製濫造，不求上進，對自己工作不負責的文藝。

幫口文藝是共產黨在國民黨治下所活動的文藝，它也就種了市儈文藝的種子。自大陸「解放」以後，大陸的幫口文藝變成了特務文藝，大陸的作家已無文藝。寄居香港的作家因而也失去了對文藝的信心。而香港本來是一個商業的港口，作家為求迅速賣稿趕快換錢以外，再沒有想到自己工作崗位責任，於是就產生了一大批的市儈文藝。

本來，華僑在海外都沒有受過五四的洗禮，而他們又都要適應當地環境經商營利，他們並沒有文藝的要求。市儈文藝正是配合著這個環境而蓬勃。

要文藝復興，自然還要期望中國的本土。臺灣現在有很多有希望的、有誠意的作家出來，但似乎不知道應走什麼路好。配合臺灣的政治，他們要寫反共的文藝，但大都對於共產主義與共產黨基本認識不夠，生活經驗尤少，因此作品就顯得脆弱貧乏，沒有根，像牆上青草一樣。要打開新局面，擴大視野，還是需要有進一步的個人的覺醒。沒有這覺醒，文藝是不會蓬勃的。

其次是大陸。大陸現在雖只有特務文藝，但我們不得不相信文藝是不會在特務文藝壓迫下消滅的。除非他們殺光所有的人民。有人民存在，就有文藝，這文藝是大眾的喉舌也是大眾的靈魂。可能幼稚，也可能簡陋，但當統治階級崩潰的時候，大眾的文藝中一定會有奇花異木出現。也許這作家在大陸、臺灣，也許在海外，只要是一個健康誠實的作家，一接觸他們的本，他們的根會像花木接觸土地一樣地一定生長發芽而開。

但是我們要有個人的覺悟。個人尊嚴的覺醒並不光是對於作家的要求，是對於全人民的要求。反共的殖民地與臺灣的當局，如果是明智的，必須高呼個人尊嚴的覺醒；如果我們相信先進國家政治清明與貪污較少的原因是他們民主政治下尊重了個人的尊嚴，那麼我們要在海外的中國人必須有個人尊嚴覺醒的要求，正是民主力量的增加。這要求，一方面各地政府要有非常開明的措施，一方面文藝家要有這個呼號與表現。

為此，我要叫出新個性主義文學的標幟。新個性主義的文學，也就是新大眾文藝。只有人民大眾個個都有人格尊嚴的覺醒，才有真正的民主。新個性主義的文學就是要喚起人民大眾個個都有個人尊嚴的覺醒。

我因此要求文藝自由，而這當然也就是要求文化自由。

我們既認為文藝有它的永久性、普遍性與大眾性。我們以為自由的文藝，如果是成功的偉大的作品，一定是反統治的，真正的文藝永遠是人民大眾的喉舌。文藝永遠只有兩種，一種是自由的、自發的文藝，一種是統治階級御用的文藝。前者是真正的文藝，後者是虛偽的文藝。前者是有生氣的，呈現著各種姿態的，後者是死呆的、枯萎的、千篇一律的。在清朝，代表前者有《水滸傳》有《紅樓夢》，代表後者的是八股文。當時的統治者對於前者輕視，對於後者給以升官發財的獎掖；現在的共產黨，對於前者不但輕視，而且作更兇暴的摧殘，對於後者捧為無產階級文藝革命文藝，高官厚祿，在不同的方式中維持八股文學家之名利與地位。

文藝是大眾的，但同時是個人的創作。一個作家如果沒有被收買、被強制，他是大眾的一個成員，他的作品不管是什麼樣的姿態，總是大眾的。如果政治上有某種潮流，作家之感應是有他自由的趨勢，他是自由的、個人的，說他服從政治不如說政治的要求成為他個性的一部分。只有統治階級御用的作家，他們是根據公文程式八股條例來寫作的，掛什麼招牌都是一樣，他之不能得罪統治階級一點已是文藝生命的死路了。中國以前的詩人與文人，儘管是「忠君」，儘管是「做官」，但流傳的詩文，倘可以稱為成功的作品的，仍是可以代表大眾的情感與感覺。如果代表的只是統治階向與情感的作品，永遠是被大眾所唾棄，而不為人所傳誦的。

新個性主義文藝必須在文藝絕對自由中提倡，要作家看重自己的工作，對自己的人格尊嚴有覺醒，而不願為任何力量做奴隸的意識中生長。

我們由此才會有生氣的活躍的文藝，它是浪漫主義也好，是寫實主義也好，是象徵主義也好；這些分類，這些趨勢原是自然的生長，我們決不能也不必勉強。不久前，有人幽默地論到五四以來提倡的浪漫主義不過是情書文藝，寫實主義不過是雜感文藝，此言或有過分，但存至理，因為這些年來無論哪一種作品都感貧乏，都是無可諱言的。

在今日，覺悟的人民以及反共的政治運動者要求反共文藝的迫切是我們所瞭解的。但他們對於文藝迫切的政治要求，使他們走向共產黨以文藝為政治武器的路，他們要求作家們多寫或專寫反共文藝。我們相信臺灣的文藝低潮也是這樣來的。上面說過臺灣的文藝是反共的，但是幼稚的；其實香港、南洋也有不少量的反共文藝，但都是同一個水準的貧乏與幼稚，而使熱心人詫異的是越提倡越貧乏，同大陸的特務文藝一樣「概念化」與「公式化」了。

我曾在前章舉出一個反共的民間故事與農村壁畫，雖是粗陋，然而是生動的、新鮮的、有力的，而在許多反共文藝的作者筆下的作品，則連這個都沒有。如膚淺地寫一個老婦因土改而流落香港，寫一個小姐因「五反」而到海外作舞女，寫一個青年因反共而到臺灣，聽到家裡家破人亡……諸如此類，千篇一律，可以說是牆上青草，根淺基薄，是無法被讀者接受的。

喬治・奧衛爾（George Orwell）曾寫過《一九八四》，這不是一部了不得的創作，但是一部有力的作品，這因為他徹底瞭解共產黨的政治是什麼政治。反共就要反共產主義，要反共產主義必須使人瞭解共產主義。

因此我對於南洋與臺灣之禁止共產主義書籍入口，覺得有重新考慮的必要。

我以為迷戀共產主義的，都是對於共產主義沒有研究的人們。毛澤東是最怕人研究馬克思學說的，所以他反對「教條主義」。在大陸，對於共產主義是只許「學習」，不許「研究」的。我們應黨提倡人人去研究共產主義。我認為在現階段的教育上，我們須要從初中起，就該有健全的教本，使學生瞭解共產主義是什麼把戲。這正如我從小種牛痘一樣，使天花菌侵入時就有抗毒能力。

在共產黨佔領大陸以後，據我所知，被他的理論吸引的都是不懂政治，從未接觸過馬克思主義的人們。凡是接觸過的，即使他原是相信馬克思那一套的，只要未被奴化，古本對照，他馬上也發現共產黨所行的與馬克思所說的完全是不一致的。不要說研究過而不相信那一套的人了。

共產主義沒有什麼可怕，他的理論是淺薄、簡單、幼稚的；而共產黨的政策與他所說的共產主義又完全相反。拿共產主義的理論來看，革命的對象就是共產黨，這是他們逃避不了的。否則他們用不著怕得什麼都用特務，連民間文藝都要派特務去監視與剷除了。可怕的是人們沒有哲學的、政治的、歷史的常識。

作家不一定要瞭解政治，但要寫牽涉政治的作品，必須要瞭解政治（至少對於所涉的一部）；這正如作家不一定要瞭解醫學，但要寫牽涉疾病的作品，就必須要瞭解醫學（至少對於所涉的一部）。如果一篇小說寫到醫治瘧疾，不知道用金雞納霜而用烏雞白鳳丸，那麼這篇小說之不被人接受是可想而知的。

現在要文藝與政治聯繫，而不許作者瞭解政治，要反共文藝而不許作者瞭解共產主義與共產黨面目，那不是同要作者寫瘧疾而不許他瞭解瘧疾是什麼一樣嗎？

我曾經到過許多東南亞殖民地，當局對於文化始終是古舊殖民地政策，這正是共產主義的溫床。在馬來亞，如今發現中文學校的教師多有同情共產黨的色彩，於是有人以為教師們待遇太壞，加點薪水就好了。這可以說還是不瞭解「人性」。

人要求的不光是生活，黃種人同白種人一樣，都是有理想的動物。否則一個割樹膠的人活的飽暖舒適，遠超於奔走流離於叢林中的馬共，為什麼他們竟會聽共產黨的煽惑。問題就在不平等，一個中國人的教員同一個英國人的教員待遇上有差異是永遠會使中國教員感到不平的。（且不說法律上、社會上，其他的不平）這不平也夠使一知半解的知識階級很容易接受馬克思與列寧的話了。當然史達林與毛澤東的話也都是站在他們立場說的。

在國民黨統治下的中國，政府也曾用金錢來維持知識階級的人心，但是效果是毫無的。我可以舉一個小範圍的例子來說。在抗戰時期，我也曾在孔祥熙主持的機關裡做個小職員，其待遇已經比其他機關好得多。但是機關裡上上下下沒有一個人是滿意的。這因為裡面薪俸是既不憑學歷資格，也不憑工作忙閑，也不憑學問修養來分等級，完全是憑人事的關係。所以，當毫無學識不必來辦公而領著高薪俸的人被別人發現時，人人都覺得自己的薪俸太委屈自己的工作了。所以大家抱馬馬虎虎混口飯吃的態度。

這也就是社會不維護個人人格尊嚴、工作尊嚴的一個最好例子。而殖民地當局如果要在殖民地一些地區建立反共的力量，號召當地人民參加的話，他必須使每個人，不論種族的都有個人人格與工作的尊嚴，使他在法律與條例所給他的職權中完全平等。

如今，也許許多殖民地當局已有這個覺悟，但這只限於有智慧的高級的官員，大多教下層公務人員則並未覺悟。譬如海關檢查，如果一個中國關員對一個白種旅客也像檢查中國旅客一樣時，這位被檢查的白種人和高級白種關員打個招呼，就可以馬虎的話，那麼這個中國關員從此就再不會意識到他自己工作的尊嚴，也不會瞭解他人格的尊嚴了。

這些話都是因談到人格尊嚴而引起的，並不是本文的範圍。但是所以要如此詳盡的解說，因為人格尊嚴的意義，不但是民主的基礎，而且也是反共的力量。

這因為共產黨是最怕人有人格尊嚴的意識，共產黨要的是他政權的尊嚴。一切其他的尊嚴都有礙於他的政權的，他們必須一一加以摧毀。

我們知道每種尊嚴都是有它的道德來維持的。譬如說家庭尊嚴，有父慈子孝兄愛弟敬的道德；友誼的尊嚴有患難相助，緩急相濟的道德；黑社會幫會的尊嚴也有不背叛幫會，不出賣弟兄，不洩漏祕密的道德。這些關係之中，個人對關係外雖要靠團體的尊嚴，在關係內還是有個人尊嚴的。因為關係內的聯繫是相對的。共產黨將一切這些尊嚴都摧毀了，而要人人單方面的對他政權盡一切道德的責任。這就是說人人對共產黨的政權負「慈」、「孝」、「愛」、「敬」、「助」、「濟」、「不背叛」、「不出賣」、「不洩漏祕密」……等等的責任，而共產黨的政權對人民則可以不負任何道德上的責任。因此，在與共產黨關係上，個人的尊嚴就再不許存在了。如果中國的人民一直有個人的尊嚴，中國共產黨是絕對無法成功的，除非是蘇聯來征服我們，但這也是暫時的。

我說過中國舊禮教所維護的是家族的尊嚴。個人的尊嚴，是依靠家族尊嚴而存在；但是這是對於「庶人」的說法。而對於「士」的階層，歷來學說與主張中都是有要求他們有個人的尊嚴的，如孟子所謂「浩然之氣」，如「威武不能屈，富貴不能淫」，如「氣節」之提倡，如「一簞食，一瓢飲，回也不改其樂。」這都是對於個人尊嚴的要求。中國「讀書人」也曾有過「尊嚴」的骨氣，但所謂這些道德上的標準是相對的。社會如果對「士」

的「尊嚴」並不負相對的維護責任，這尊嚴是絕不會存在的。民國以前，科舉時代的秀才、舉人的特殊地位並沒有傳給民國以後的中學生、大學生，因而再要向「士」的階層要求「浩然之氣」，這是不可能的。五四使「庶人」從家族尊嚴中解放出來，但社會並沒有給予維護「個人」尊嚴的責任，士的階層也是一樣沒有維護。從此所謂「讀書人」再也沒有「個人尊嚴」的意識了。當社會上「家族尊嚴」與「個人人格尊嚴」消滅以後，黑社會幫會，黨團派系的組織就應時而起，因為投靠了他們就可以維護了一部分個人的尊嚴。一切失去尊嚴的人，都很自然流入這些組織之中；共產黨的地下組織也是這麼一回事。共產黨在國民黨治下時代的文藝運動中也是這樣一種集團。當一個作家的作品被國民黨無知的檢查員們刪改批示以後，作者之流入共產黨的集團，以求小圈子裡個人尊嚴與工作尊嚴之維護是很自然的事情。

如果我們從這個瞭解中覺悟過來，如果我們從過去錯誤中清醒過來，如今我們只有要整個的社會力維護個人人格與工作尊嚴，我們只有來提倡新個性主義的文學，才是我們正大光明振發人民與民族的精神，以與統治階級對抗的出路。

許多對於共產黨失望的人，許多在思想在政治上反共的人，許多研究反共的政策與戰略的人，因鑒於文化在共產黨手裡作為武器的成就，認為現在的文藝應當是反共文藝，文藝應當作政治的武器來向統治者革命，因此他們要求自由作家配合著政治要求來創作。這是不懂文藝的文化要求，而是效共產黨故技的一種想法。

我們知道共產黨的文藝運動，並不是文藝上的一種運動，是文藝服從政治的運動，即是政治運動的一支，是因政治而變的。以前最熱鬧所謂普羅列塔利亞（Proletariat）的文藝，並不是他們現在敢要的文藝。普羅列塔利亞的文藝已成為最反對改良主義，是最反對人道主義的，因此既不是同情無產階級，也不是鼓勵無產階級的一種文藝，是燃起仇恨的感情的一種文藝。

我上面說過，一切偉大的文藝都是同情被統治階級。俄國十九世紀的文藝在世界的文學史上曾發過燦爛的光芒。當時偉大的成功的作品，在寫到農奴貧民等題材時，也是沒有不同情被統治階級的。托爾斯泰的作品就是一個很好的例子。但是托爾斯泰的作品到了二十年代，當蘇聯革命剛剛勝利的時候是被禁止發行的。這件事，現在似乎也很少有人想到了。

在中國，當所謂普羅列塔利亞文藝口號盛行之時，魯迅就是反抗這種文藝的敵人。當時批評魯迅有名的話是「阿Q時代已經過去了」。

以文藝為煽動無產階級燃起仇恨情緒之工具，《阿Q正傳》當然是不合乎政治要求的。阿Q始終沒有認清階級，始終沒有仇恨封建的老闆階級，始終沒有仇恨統治階級，阿Q只是一個糊塗的、可憐的典型。

在文藝上講，《阿Q正傳》這篇小說雖不是完整的藝術品，但是阿Q這個人物典型是創造得很成功的。這因為阿Q的心理正是一種「人」性的。

但是這不是「普羅列塔利亞文藝」的要求。合於這個要求的標準是蔣光赤所寫的一類小說。這類小說當時很風行，但馬上就過去了。

但是為什麼所謂同情無產階級的文藝，人道主義的文藝與人性的文藝都為共產黨所提倡的普羅列塔利亞文藝所反對的呢？

這因為這些文藝的要求是「人」的要求，人的要求是希望革命，希望政治改良、社會改善，是以事論事，不是以人論事的。共產黨當時所求的文藝雖也是革命的，但他的革命不是要求改革或進步而是要求當政，是共產黨的當政。如果真的無產階級或別的政黨照著共產黨的口號與理論改變了社會，共產黨是不認為正確的。共產黨的要求只是黨的要求。因此，當共產黨在蘇聯握了政權，這類文藝在蘇聯就認為過時，但他們偏要求在別處展開那類文藝。

可是在西歐，在美國這些進步的民主的國家，普羅列塔利亞的文藝，始終掀不起一個運動，而在落後的國家則成為一時的風尚，這又是為什麼呢？

這因為在民主的有法律尊嚴的國家，個人人格的尊嚴是醒了的。而在一尊重個人人格與工作的社會中，階級的仇恨是很難強調的。

在只有家族尊嚴的社會裡，個人只有在家族尊嚴掩護下才有心理的個人尊嚴，所以為維護家族尊嚴兩姓可以發生械鬥。在黑社會裡也是一樣，個人在社會上沒有人格與工作的尊嚴，但是依賴這個黑社會的尊嚴，個人在社會上就有一點保障。因此個人就需要維護這個黑社會的尊嚴。如果個人在社會上有人格與工作的尊嚴，他沒有理由要依靠家族（同鄉會等）及黑社會了。

共產黨的強調階級，同白蓮教、義和團之強調排外一樣，是要人向黑社會組織投靠，以維護個人的尊嚴的；而事實上這正是在一個沒有個人尊嚴的社會裡，個人所需要的精神上與實際上的依靠。

我還記得鄒韜奮的《生活雜誌》裡對於讀者通信，譬如一個學徒，受店主的虐待，他的覆函總是勸他「反抗」、「鬥爭」；一個雇員受老闆的氣，他也覆信鼓勵他「反抗」、「鬥爭」；如果這個雇員因此失業，則被社會遺棄，被家庭輕視，他唯一的出路而又可以維繫他心理人格尊嚴的，就是投靠共產黨了。如果這個學徒、店員因為仇恨店主或老闆而偷了錢跑了，社會與家庭都認為是不道德的，但是共產黨則認為這是對的，這也是革命的行為。這無形中也維繫了他心理上人格的尊嚴。

我曾經說過，五四文藝運動並沒提出人格尊嚴的覺醒，但在「打倒舊禮教」的口號下，個人人格的尊嚴在家族的尊嚴中解放出來。此後五四運動並沒有向人格尊嚴的方向努力。其實所謂人格尊嚴的建立，是要從公民教育、社會改革上努力的。五四運動的本質沒有意識到所謂民主是需從個人人格尊嚴出發的。

普羅列塔利亞文藝，也沒有人個尊嚴覺醒的意義，但是在反抗統治階級的口號中，也的確有維護被統治階級個人尊嚴的作用。而這正是五四運動所沒有顧到想到的方面。這所以是普羅列塔利亞文藝之被苦悶的青年所接受的原因。

此後魯迅轉變了，他的轉變，與其說是他的投降，毋寧說是他被「說服」。所謂被「說服」，就是失去了自信。這因為魯迅始終是一個舊式文人，對於哲學，對於社會科學，對於歷史的修養很淺，尤其因為本質上他同所有文藝家一樣是同情被統治階級的，所以接受了共產黨一套哲學與社會科學的說法。以後像他這樣的人當然很多。

魯迅轉變後，在他所領導的共產黨的文藝運動中，叫的口號雖是革命的現實主義，實際上並沒有這個東西。革命的現實主義是在蘇聯與蘇區的口號，是下級服從上級，把勞苦大眾寫成甘願粉身碎骨受統治階級剝削，而又認為是為人民或革命服務的文藝，是把史達林、毛澤東的統治領導當作神一樣來愛戴、崇拜、歌頌的文藝。難道在別人的統治下，也是這樣的叫勞苦大眾粉身碎骨的去奉獻嗎？難道也是把別人的統治領導當作神一樣來愛戴、崇拜、與歌頌嗎？當然是不。因此對於文藝並無要求，所要求的只是「不滿現狀」而已。而我們知道文藝的本身就是「不滿現狀」的，所以這個要求等於沒有。可是對於

「人」（作家）有要求，就是要他相信蘇聯的蘇區的都是好的、都是進步的、都是有「可滿」的現狀，而別處的都是不好的。恰巧外來的文藝，只有蘇聯是滿於現狀，別國的都不滿於現狀。因此簡單而學淺的文人，對於哲學、社會科學、歷史、素來無修養的文人很容易就被吸引了。至於魯迅本人，他再沒有寫什麼，寫的是雜感、雜感、第三個雜感，這雜感是針對現實來咒罵、諷刺的。當共產黨被勦的時期，為求解圍，要求聯合戰線一致抗日，魯迅領導著抨擊國民黨「先安內而後攘外」的政策。那時候，共產黨已經不用階級的口號，而用民族的理論了。不用說，這當然很容易使人同情，因為勦共到底是中國人打中國人，而抗日則是抵抗外來的欺侮。抗戰開始，共產黨強調抗戰文學，在前面已提及，這裡不再多敘。

縱觀這一連串的共產黨的文藝運動，只是掩護政治的策略。以作品來論，共產黨只提倡過普羅列塔利亞文學，但當時最紅最響亮的馮乃超的詩與蔣光赤的小說都已不值一讀，提也無人提起，還不如早被認為「過去了的」魯迅的《阿Q正傳》了。

而後此的文藝，只是文藝自由的產物，除了「不滿現狀」是文藝自然的特徵以外，文藝在共產黨是不計較的，計較的是「人」。所以，以魯迅為領導的共產黨文藝策略，是文藝掩護著吸收人的工作。除了「不滿現狀」者有明顯的不滿於共產黨之表示者，他們認為無法吸收而要加以排斥、打擊以外，其他都是他們想吸引的。這吸引是黑社會的吸引，是使作家可以在這幫口中維護個人部分的心理的人格尊嚴。

現在，當共產黨已經統治了中國，在黨尊嚴嚴格的要求下，個人的尊嚴已完全摧毀，我們的文藝在民主的信仰下，建立個人尊嚴的覺醒，是最基本也就是最切實的工作。

所以我要提出新個性主義的文藝，而因為每個人有表現個性的自由，才是大眾的自由，所以這也是新大眾文藝。

許多革命者要求文藝再做政治的武器，摹仿共產黨的故技。作為政治工作，也許是對的；但是在共產黨治下，這份工作是無法展開，甚至是無法存在的。要是在海外展開，其沒有意義同在海外展開游擊隊一樣。說是暴露共產黨統治下的黑暗，那麼這位作家身在海外，是無法暴露的，而許多發表的報導文學已盡了一部分的責任。而真正有力的暴露文學，恐怕要到了共產黨政權倒了以後，大陸上身歷其境的年輕作家，會拿得出來。而問題還在革命文藝所喚醒人民的是革命，革命以後的政治，到底怎麼樣是不管的，假如仍被一個黨所操縱，是不是再來一個革命文藝呢？

我們現在的新大眾文藝，是要喚起每個人有人格尊嚴的覺醒，是要喚起臺灣及各反共國家的政府當局者的覺醒，對於人民大眾的個人人格與工作尊嚴的覺醒，在社會、在教育上有配合的措施與提倡。因為人民大眾每個人的人格尊嚴的覺醒才是真正民主的基礎。沒有這種覺醒，即使共產黨獨裁政權崩潰後，也還是不會有民主的政治的。在日本被打垮了以後，他所統治的殖民地始終沒有健全的民主政治可以為我們的前車。

新大眾文藝的意義，是在個人原為大眾的一員，因而永遠會有富於同情的文藝。不用說，作家必須是對於人格尊嚴有覺醒的人，對於自己的工作有責任感，承認別人的人格與工作的尊嚴，這是最基本的要求。我們並不要求文藝的類別，浪漫派也好，寫實派也好，我們希望文藝有自由發展的權利，我們希望我們貧瘠的文壇有各種姿態的花木。這方面講來，我們的文藝是個性主義的。但這花木必須自然地在泥土中生長的，而土地是我們共同的母親，這方面講，我們的文藝是大眾文藝。

如果是人為的紙花，想混在我們花木叢中來爭艷競嬌，我們就要拆穿它揚棄它，因為它不是自然地在泥土中生長的；如果是一根木頭用人力插到泥土裡來冒充樹木的，我們就要拔去它，因為他是假的，是沒有根，沒有生命的。

因此，新個性主義文藝必須是大眾文藝，是有根、有生機、有活力的，那怕是小草，也是具有生命的。我們不怕現在長出來的是一片小草，在小草之中，我們知道會生長奇花異木，而這些小草在枯萎時也就會成了奇花異木的養料的。只是組成大眾的每個人都有他的個性，這大眾才是真實的，否則只是一架機器，是一些零件的組合。森林是各種有生命、有個性的樹木所組成，而一張板桌，則是死木頭的併湊，我們的大眾當然是前者不是後者。如果要人民大眾像森林一樣，有各種不同的葉子花果，每株樹都有生命，那麼其文藝必是新個性主義，也正是新大眾主義的文藝。

新個性主義因是個性的，所以是大眾的，它的根始終在人民大眾群中，他的養料是大眾的情感與思想，它的基礎是大眾的常識。離開了大眾的常識與大眾的情感與思想，就不會有文藝的生命的。

新個性主義文藝，是喚醒人民大眾個人人格尊嚴的文藝，是先有人格覺醒的意識而發揮的文藝運動，是五四運動以來所未意識的一種根本覺醒的文藝運動，也是想從這個覺醒而培養出真正的民主精神的文藝運動，祇有在這個覺醒的基礎上，中國人民在流血流汗求解放的過程中，不會被幫口政黨及其他小團體黨派所強姦、所利用、所欺騙、所操縱。

自由主義與八股的概念把戲

毛澤東的創作，以〈沁園春〉為例，則完全是一個自由主義的作家，但是他的文藝理論以〈在延安文藝座談會上的講話〉為例，完全是個黨八股專家。

這個矛盾，對照起來是非常有趣。

那麼什麼是黨八股？用毛澤東先生自己的話（一九四二年月八日的「反對黨八股」的演說詞）

> 黨八股也就是洋八股，這洋八股，魯迅是早就反對過的。我們為什麼叫它做黨八股呢？這是因為它除了洋氣之外還有一點土氣。也算是一個創作罷，誰說我們的人一點創作也沒有呢？這就是一個！（大笑）黨八股在我們的黨內已經有一長久的歷史，特別在內戰時期，有時竟鬧得很嚴重。

這是一九四二年的話，到現在又已經有幾十年了。所謂「我們的人」有些什麼創作呢？是不是不過馬恩列史的洋氣加上毛澤東的土氣而已？這個悠長的歷史，除了毛澤東〈沁園春〉等一二首小詩之外，有一篇論文或創作是超於黨八股範圍以外的嗎？

在毛澤東先生〈在延安文藝座談會上的講話〉發表十周年紀念之時，諸凡郭沫若、茅盾、周揚、夏衍的論文以及各報的社評，有哪一篇不是黨八股呢？不是馬恩列史的洋氣加上毛先生的土氣的宣揚、歌頌呢？

毛澤東先生既然反對黨八股，何以繞來躲去還是跳不出八股的掌心呢？這很簡單，因為只有在思想上與文化上有自由自然的發展，我們可以跳出八股的掌心，否則如果以一套教條或理論來束縛人民的思想，那就只能成為另一種八股的。

毛澤東先生在反對黨八股的文中，又說：

> 從歷史來看，黨八股是對於五四運動的一個反動。
>
> 這話怎麼講？
>
> 五四運動時期，一般新人物反對文言文，提倡白話文，反對舊教條，提倡科學與民主，這些都是很對的。在那時，這個運動是生動活潑的，前進的，革命的。那時的統治階級都拿孔夫子的道理教學生，把孔夫子的一套當作宗教教條一般強迫人

民信奉，做文章的人都用文言文。總之那時侯統治階級及其幫閒們的文章和教育，不論它的內容與形式，都是八股式的，教條式的。這就是老八股，老教條。揭穿這種老八股，老教條的醜態給人民看，號召人民來反對老八股，老教條，這就是五四運動時期的一個極大的功績。五四運動不止這一個功績，它還有與這相聯繫的反對帝國主義的大功績，但反對老八股老教條是它大功績之一。但到後來就產生了洋八股教條，我們黨內一些人則發展這種洋八股，洋教條成了主觀主義，宗派主義與黨八股的東西。這些都是新八股，新教條。這種新八股新教條，在我們許多同志的頭腦中弄得根深柢固，使我們今天要進行改造工作還要費很大的氣力。這樣看來，「五四」時期生動活潑的前進的革命的反對封建的老八股、老教條的運動，後來被一些人發展到了極端，發展到了它的反對方面，成了新八股，新教條。不是生動活潑的東西，而是死硬的東西；不是前進的東西，而是後退的東西了；不是革命的東西，而是阻礙革命的東西。這就是說，洋八股，或黨八股，或新八股，新教條，是五四運動本來性質的反動。

不錯，這些話對於八股的來源說得很清楚，十年到如今，以他對於老八股的批評用於毛澤東先生所領導的新八股，竟也是十分恰當的。

因為，毛澤東是用列寧、史達林的一套「當作宗教教條一樣強迫人民信奉」而「統治階級及其幫閒們的文章和教育，不論它的內容與形式都是八股式的，教條式的。」

很明顯的八股的存在完全是因為有「一套」東西「強迫人民在信奉」。如果人民可以不信奉，八股也就不存在了，所以當八股統治了文化的時候，要「生動、活潑、前進的、革命的」文章與教育，那就只有求於民間與山野了。

毛澤東先生一方面「死硬」的固執著一套東西強迫人民信奉，另一方面他想反對黨八股，於是要作家學習群眾的言語；不錯，群眾要的言語是「生動、活潑、前進、革命的」，可是，到現在悠悠十年，幫閒作家們沒有學到群眾的語言，倒是生動、活潑的群眾的言語被束縛得死硬的「概念化，公式化」了。他又要「文藝工作者自己的思想情緒和工農兵思想情緒打成一片」，可是，這些工農兵的「生動活潑前進革命的」情緒沒有使文藝工作者脫離教條，而文藝工作者倒把教條束縛了「生動、活潑、前進、革命」的工農兵的情緒了。原因還在毛澤東先生要強迫人民信奉那「一套」，所以套到人民頭上，「生動、活潑、前進、革命」的一切，都變成「死硬的」、「無生氣」的八股了。

在《毛澤東同志〈在延安文藝座談會上的講話〉發表十週年紀念》的文中，周揚先生寫了一篇道地的八股文章，其中有一段很可借鑑，特謹錄如下：

在形式問題上語言是有頭等重要意義的。毛澤東同志〈在延安文藝座談會上的講話〉中關於「大眾化」作了最正確最科學的定義：大眾化就是「我們文藝工作者自己的思想情緒應和工農大眾的思想情緒打成一片。」接著他又指出：「要打成一片，應從學習群眾的語言開始」。毛澤東同志在「反對黨八股」的有名演講中特別說明了學習人民語言的重要。他對那些「洋八股，洋教條」的先生們，那些口講大眾化而實是小眾化的人，那些寫起文章來，句法有長到四五十字一句的，其中堆滿了魯迅所說的「誰也看不懂的形容詞之類」的作家們給了多麼鋒利的無情的批評呵！「洋八股，洋教條」的惡劣傾向在目前文藝工作上還是嚴重存在的，其主要表現是盲目地膜拜資產階級藝術，輕視自己民族的藝術傳統，輕視民間藝術。這種「洋八股」，「洋教條」的惡劣傾向又是常常和上面所說的「概念化，公式化」的傾向結合的，這就使得我們的許多作品既內容空虛又語言無味，給我們藝術來了最破壞，最有害的結果，另外則有些文藝作家在自己的創作中不適當地任意採用方言土語，對人民語言不做加工和提煉工作，在言語上不下苦工，有些通俗化的文藝作家滿足於沿用封建舊文藝中的陳詞濫調，而不去努力吸取新鮮活潑的人民語言，也是錯誤的。我們必須強調提出為保護我們民族語言的純潔健康而鬥爭，文藝家應當站在這個鬥爭的前列，他們的作品語言應當「成為國民語言的模範」。

這一段文章所批評的對像是什麼呢？作為批評毛澤東先生領導下的作品是非常恰當，但作為批評毛澤東先生自己的演講詞與文章則更為恰當，而特別恰當的恐怕還是用於批評這一段周揚先生自己的文章。

第一、周揚先生當然以為這是「大眾化」的文章了，而「實是小眾化」的。

第二、句法不是也有長到幾十字一句嗎？

第三、「洋八股、洋教條」的惡劣傾向不是正充滿在這段文章裡嗎？

第四、這段文章不正是「概念化、公式化」傾向相結合著嗎？

第五、不是「對人民言語不做加工和提煉工作在語言上不下苦工」而寫就的文章嗎？根據周揚先生的話，請問我們這樣的八股文是不是該為「保護」我們「民族語言的純潔健康」而「鬥爭」呢？要的，那就是要毛澤東同志不要把那「一套」當作「宗教教條」一樣強迫人民來信奉了。頭腦上，手腳上「死硬」地套著枷鎖，要生動、活潑、前進、革命是不可能的。文藝工作者如果要與工農兵大眾的思想情緒相結合，要重視自己的民族藝術傳統，那麼所產生文藝必須是：

一、自由的，自然的，多方面的。

二、反抗統治階級所加的枷鎖，物質的、經濟的、精神的、思想的枷鎖。

三、抒寫工農兵的痛苦，與其所想而不敢言的怨恨。

請問毛澤東先生的那一套允許我們文藝這樣發展嗎？這發展唯一的是反八股的發展。除此以外，文藝不過是黨八股而已；要文藝工作者接近大眾，毛澤東用意無非是要特務文藝來毀滅或強姦大眾文藝，要八股文學來壓殺民間文學而已。

毛澤東先生對於八股的罪狀有很好的論列，他說：

現在來分析一下黨八股的壞處在什麼地方？我們也仿照八股文章的筆法來一個「八股」，以毒攻毒，就叫做八大罪狀吧。

這八大罪狀，他說得很清楚，讓我現在把它抄下來看看：

（一）空話連篇，言之無物。
（二）裝腔作勢，藉以嚇人。
（三）無的放矢，不看對象。
（四）語言無味，像個癟三。
（五）甲乙丙丁，開中藥舖。
（六）不負責任，到處害人。

（七）流毒全黨，妨害革命。

（八）傳播出去，禍國殃民。

這八大罪狀，我以為如果把第七條改為「流毒種族，妨害革命」，那就可以加於現在大陸任何的文章——演講、社論、論文、文藝作品、文告、廣播詞——而不會冤枉他們的。（除了毛澤東的〈沁園春〉）但是有一條大功是對於「黨」的。那該說是：「為黨服務，維護政權」吧。

這些黨八股，為什麼會「空話連篇，言之無物」呢？因為他們老是那一套，繞一個彎是那一套，套一個圈子又是那一套，不是那一套就是「反動」，就是「小資產階級的意識」了。

為什麼會「裝腔作勢，藉以嚇人」呢？因為它必須標榜出它的權威與正統。以前舊八股寫文章必需「子曰」。「子曰」以後，就都沒有什麼話可說，別人也不許有異見；現在的黨八股是「毛澤東同志說」，或「史達林同志說過」，或「高爾基有過這樣的話」，剛才所引周揚的八股就是一個例證。

為什麼又是「無的放矢，不看對象」呢？因為在共產黨得了政權以後，要放矢「的」，如資產階級、如封建意識、如剝削、如貪汙、如官僚、都是他們自己，現在就只好隨意冤枉人民大眾是潛伏的或是遺留的什麼什麼了。譬如周揚先生的八股，他的矢放了出去，結果恰巧射到自己的弓上，就是很好的例子。

為什麼又是「語言無味，像個癟三」呢？毛澤東說「如果一篇文章，一個演說，顛來倒去，總是那幾個名詞，一套『學生腔』，沒有一點生動活潑的語言，這豈不是語言無味面目可憎，像個癟三嗎？」這就是因為毛澤東的「那一套」永遠不過允許幾幾個名詞顛來倒去的。所謂生動活潑的語言，當然我們有豐富的傳統，但都不是「那一套」，一用出來，就是反對「那一套」的。

為什麼又是「甲乙丙丁，開中藥鋪」呢？因為可以不與「那一套」違背而矛盾。毛澤東說：「這種方法就是形式主義的方法，是按照事物的外部標幟來分類，不是按照事情內部聯繫來分類的。」這話很對，但是如果按照事物內部來分類，那麼必須把外部的標幟撕去了。譬如說：在八股中我們總是把馬倫可夫與毛澤東的政權貼著無產階級的標幟，把邱吉爾與艾森豪威爾的政權貼著資產階級的標幟。我們是否可以撕去這標幟？而想到二者所代表都是統治階級，而兩方面的人民大眾才都是被統治階級呢？或者想到邱吉爾、艾森豪威爾隨時可落選而失去政權，而毛澤東的政權則是固定的，所以前者是民權的後者是皇權的呢？這樣想法，自然不是毛澤東那一套所允許的，所以黨八股就只好「甲乙丙丁，開中藥鋪」了。

為什麼又是「不負資任，到處害人」呢？這因為作者既然要對「那一套」負責，又不允許人得罪毛澤東，於是就不得不到處害人了。像這樣的黨八股如果統治了文化，壓殺了大眾文藝與民問文學的產生，當然是「流毒種族，禍國殃民」了。

這原是毛澤東與共產黨的用意，他們是不喜歡人民對他有革命的情緒的。誠如毛澤東先生所說：「揭穿這種老八股老教條的醜態給人民看，號召人民起來反對老八股老教條，這就是五四運動時期的一個極大的功績。」那麼現在正是我們要揭穿這種黨八股黨教條的醜態給人民看，號召人民起來反對黨八股黨教條的時候，我們要的是一個「生動活潑前進革命」的運動。要生動、活潑，它必是自由的，多方面的，具有個性的；要前進、革命，它必是大眾的，反映大眾的對統治階級的怨憤與不滿的。而「揭穿這種黨八股黨教條的醜態給人民看，號召人民起來反對黨八股黨教條」則正是現在我們文化工作者的使命。

我們知道歐洲有一個文藝復興的時代。文藝復興就是一個從八股教條的鎖鍊中解放的運動。在中世紀黑暗時代，哲學是宗教的侍臣，文學是宗教的婢女，文藝復興，就是這侍臣婢女從鎖伽中擺脫出來成為平等的獨立的人了。現在這些毛澤東所領導的黨八股與黨教條，也正是在據哲學為侍臣，強文藝為女婢，以維護他黑暗的統治。我們的運動也是從這黑暗統治中解放哲學、文藝的思潮，使其蓬勃的生動活潑自由的發展。這就是我們所要吶喊的新個性主義文學的運動。

我們知道五四運動原來也是有這個意義的運動，但是這意義是無意識的，他的出發點是科學與民主，沒有號召人格尊嚴、個性覺悟，所以很容易被另一套八股所束縛，正如政治上人民在革命勝利後仍是被另一批人、另一個黨所統治壓迫一樣。文化上，人民如沒有人格尊嚴的個性覺悟，解放了一種桎梏也就會套上另一種桎梏的。

五四以後，曾經有短時期洋八股勃興。洋八股就是一些懂得一點洋文的人，搬一點洋文來「裝腔作勢，藉以嚇人」的，但是這洋八股並不能興盛得可以統治一切。原因是第一、洋八股的作者來源不一，懂德文的搬德八股，懂俄文搬俄八股，懂英文的搬英八股，互有消長，所以未能成為唯一勢力；第二、是這些洋八股的作者對於洋文經典並不精通，往往把第三、第四流的作品當作經典，搬出來嚇人，結來被別人戳穿，變成笑柄。這一個時期的中國，在政治上是派別分歧，軍閥割據，留日、留德、留英、留美的學生各成門戶，依附這些政治上的派別與軍閥的領域而存在。他們想把主子扶成元首，使他的洋八股一統江山的，但是都沒有做到。於是北伐軍興，國民黨的黨八股隨著軍事流傳全國了。不過國民黨的黨八股雖是統治階級的文化，是升官發財的敲門磚，對於民間文藝，大眾文學是放任的。這同清朝一樣，雖是以八股取士，但並不取締人民的自由創作；到了國民黨的政權穩固一點以後，一些有舊學根基的黨國元動，到外洋跑跑過的新進黨要，也漸漸覺得這些黨八股竟是千篇一律，空話連篇，言之無物。而自由文人，或因商人支持或由洋人捧場，辦報出刊物，常有新鮮活潑的文章出現，此類作品，反被統治者賞識起來。於是仕途開於黨外，名流教授，言重一時，而一群黨八股的作者，倒反而被統治者所輕視與冷落了，這是國民黨「黨義」的沒落，也是「黨八股」的瓦解。共產黨的文化運動就是在國民黨統治下自由文藝中崛起的，他掛的是自由文藝的招牌，掩護著幫口文學的組織。但其作品在自由文藝的招牌下，作暴露諷刺的現實主義的表現中，是不需要都是黨八股的，所以可以盡量拉攏愚蒙不滿現狀的文人，成為文藝界的一個團結。

要知這所謂共產黨對於自由主義的意義，毛澤東先生在〈反對自由主義〉的文中，有很明確的自白。這是很值得我們來注意的，他說：

> 自由主義是機會主義的一種表現，是和馬克思主義根本衝突的。它是消極的東西，客觀上起著援助敵人的作用，因為敵人是歡迎我們內部保存自由主義的。自由主義的性質是如此，革命隊伍中不應該保留它的地位。

這就是說，他歡迎別人的內部保存自由主義，而自己的隊伍則不要自由主義，因為，這樣他可以自由地擾亂別人的生活，而別人無法在他的團體內發表意見和主張。

這個反自由主義的原則，原是流氓組織黑社會幫口的原則，在幫中有嚴密的紀律與誓約，在外面自由地擾亂社會的安寧。共產黨在別人治下的文化策略就是自由主義的招牌，而這招牌正是文藝本質的要求，使對於共產黨不認識而對於自由有要求的作家都做了他們的外圍，諸凡與共產黨為難的言論與政策都是侵犯神聖的自由，獲得了愛好自由的同情。

但是在共產黨治下的天地中，毛澤東對於「自由主義」，是主張：「『革命』的隊伍不應該保留他的地位」的，那麼，除了他們「革命」的（應該說是「統治」的）隊伍以外，還有些什麼呢？是「人民」，人民是他們唯一的敵人，他是歡迎敵人的內部有自由主義的，所以他要求人民的內部有自由的爭鬥，他要求兒女批判父母，妻子攻訐丈夫，職員揭發經理，同事控告同事，學生清算老師，同學批評同學。但人民對統治階層（所謂「革命的隊伍」）是決無批評的自由的。

毛澤東先生說：「集體組織中的自由主義是十分有害的，他是一種腐蝕劑使團結渙散，關係鬆懈，工作消極，意見分歧，使革命隊伍失掉嚴密的組織與紀律，黨的組織與黨所領導的群眾發生隔離，是一種嚴重的惡劣傾向。」

而毛澤東先生與共產黨就是要用自由主義來腐蝕別人的世界——民主的社會，和諧的家庭，團結的學校，親切的夫妻……

當所有人民原有的聯繫都被破壞以後，大家都成為單純的黨、單純的群眾，那麼在下級服從上級的系統中，那裡還能有生動活潑前進革命的語言與文字呢，不要說是文化與教育。這就沒有東西可以不違背嚴密的組織與紀律了。

要揭穿這種黨八股，黨教條是一種工作，號召人民起來反對這黨八股，黨教條又是一種工作；前者是提高的工作，後這是普及的工作。這工作正是自由世界的文化工作與教育者的責任。但是怕讓人民看到黨八股，黨教條則是幼稚淺見短視的官僚政策，是輕視人民向人民蒙蔽的低能行為。

其實要看黨八股的真面目，不需要我們再來揭穿，毛澤東先生自己的黨八股的八大罪狀已經把自己的嘴臉畫得非常清楚。不過毛澤東與其共產黨是專門把自己的嘴臉掛在別人的面孔上來罵別人的，譬如地主，資本家，封建餘孽，小資產階級意識，知識階級的個人主義，毛澤東都有滔滔的言論來攻擊，但如果我們把問題分析一下，就可以發現用他攻擊別人的辭令與邏輯來攻擊他自己正是非常切合的。

他這各做法，正是他自己所說的黨八股「甲乙丙丁，開中藥舖」的辦法。毛澤東自招的說：「你們去看一看中藥舖，那裡的藥櫃子上有許多抽屜格子，每個格子上面貼著藥名、常歸、熟地、大黃、芒硝，應有盡有。」

共產黨的中藥櫃就是這樣，「人民」、「地主」、「富農」、「小資產階級」、「知識階級」、「無產階級」、「帝國主義」、「前進」、「國特」、「毒素」、「革命的現實主義」、「唯物辯證法」……諸如此類的應有盡有。

你看他們與中藥鋪一樣吧，但是他們沒有中藥鋪的老實。中藥鋪的藥櫃子，貼著「大黃」的，裡面放的總是「大黃」吧。共產黨的櫃子則不然，貼著「無產階級」的藥櫃子裡面放著「共產黨」，貼著「人民」的藥櫃子裡面放著「毛澤東」。藥方說是請「無產階級專政」，他打開抽屜，給你一大包「共產黨」，於是「共產黨專政」了。你說「共產黨」與「無產階級」有何血緣，他說他們抽屜裡的標幟明明寫著「無產階級」，決不會錯的。說是為「人民」服務，他找出「毛澤東」請你為他服務。你說「毛澤東」難道就是「人民」？他說，怎麼，你難道不認識字嗎？藥櫃子的抽屜上明明寫著「人民」的標幟。那麼真正的無產階級與人民放在什麼地方呢？他已經分放在幾萬隻標幟著各種名詞——地主，知識階級，國特，勞模，美帝走狗，有神論者，形式主義，主觀主義，資產階級毒素，民族資產階級，突擊工人……等的抽屜裡了。但是這並不是說這些抽屜裡存放的是貨真價實的東西。你以為你的舅父既在「勞模」的抽屜裡，就只要打開那抽屜就有你的舅父了；不是的，第二次你去找的時候，他也許已經被搬到標幟著「國特」的抽屜裡去了。同樣的，你的叔父今天在「民族資產階級」的抽屜裡，明天會被搬到「資產階級毒素」的抽屜裡的。只有兩個是不搬動的，那是「毛澤東」與「共產黨」，不僅不搬動，而且貼上了萬能、萬靈的標幟，如「無產階級」、「人民」、「太陽」、「救星」……。日子一多，大家也就不再問共產黨是不是無產階級，毛澤東以外是不是還有人民與太陽了。

這就是起、承、轉、合、黨八股的起點，我們認清那些藥櫃子抽屜的虛偽欺騙，你馬上可以發現這些黨八股不過是「裝腔作勢，藉以嚇人」，戳穿了實在是「空話連篇，言之無物」的。要驗明這中藥舖賣的是假藥，我們最好瞭解一點藥物學，究竟新謂「無產階級」這味藥是什麼樣一種東西。我的的話也許你不相信，馬克思的話總是可靠的吧。他說：

> 他們僅能在工作時可以生存，而他們僅能在他們的勞力會增進資本時可以有工作，這些勞動階級必須零星地出賣自己像商品一樣，像一切其他商業上的貨物，而且經常受競爭起落與市場波動的影響。

那麼請問毛澤東以及共產黨一群朋友，他們的過去與現在是不是這樣的勞動階級呢？黨八股的「起」點，是從不討論、也不懷疑中藥舖的藥櫃子的。他們並不是根據病家的病來寫藥方，而是依照藥櫃子的分類來寫藥方的。

隨便舉個例子來說，《人民日報》有題目叫做〈繼續為毛澤東同志所提出的文藝方向來鬥爭〉的一篇社論，原文盡「裝腔作勢，藉以嚇人」的能事，戳穿了則真是「空話連篇，言之無物」的，我們只要拿一段來看看也就夠了。它說：

要改進和提高文藝之工作，就必須繼續認真地深入地學習毛澤東同志〈在延安文藝座談會上的講話〉……根據毛澤東同志的文藝思想，進行批評和自我批評。事實證明，在文藝工作上也和其他工作上一樣，當我們依照毛澤東同志的思想進行工作時，我們的文藝就取得了新的成就新的勝利，而一旦離開他的思想，放棄他的方針，那就是實際上離開了群眾，離開了了生活，離開了革命的階級鬥爭，我們的文藝工作就失去了生命，失去了戰鬥的目標與戰鬥的力量了。

這裡說：「根據毛澤東同志的文藝思想，進行批評和自我批評。」為什麼不根據無產階級或人民的文藝要求，而要根據毛澤東的文藝思想呢？又為什麼不根據毛澤東的作品〈沁園春〉做模範，而要根據〈在延安文藝座談會上的講話〉呢？這裡又說：「事實證明……當我們依照毛澤東同志的思想進行工作時，我們的文藝就取得了新的成就新的勝利」。這「成就」是什麼「成就」？「勝利」是什麼「勝利」？是不是控制人民喉舌的成就，壓殺民間文藝的勝利？

下文，又為什麼離開「他」的思想放棄「他」的方針，就是實際上離開群眾，離開了生活，離開了革命的階級鬥爭呢？「他」的什麼，又憑什麼忽然變成「群眾」，忽然又變成「生活」，忽然又變成革命的「階級鬥爭」呢？怎麼下文又變成「文藝生命」、「戰鬥目標」與「戰鬥力量」了？

很簡單，毛澤東的抽屜標幟上是「百補仙丹」、「萬能萬靈」，隨時可以「裝腔作勢，藉以嚇人」的。

關於〈在延安文藝座談會上的講話〉，是一篇短短的不過二萬字的八股文，我以前已經論到很多。這篇《人民日報》的社論則在毛澤東的八股文上又寫了一篇萬言的八股，在讀過毛澤東的講話再讀這篇社論，實在有毛澤東所說的「語言無味，像個癟三」的感覺。

假如再想瞭解這種八股的作法，我們當看看他的「起」點，一開頭他說：

十年前的今天，毛澤東同志在延安文藝座談會上發表了關於文藝問題的具有歷史意義的講話，在中國革命文藝運動上第一次明確地深刻地解決了文藝工作中的根本問題——文藝和工農兵群眾結合的問題，並由此給文藝工作者和一切革命知識分子指出了如何改造自己以求得和工農兵相結合，如何為工農兵群眾服務的正確道路。毛澤東同志在這個講話中結合著中國文藝運動的實踐，卓越地發展了關於文學藝術的黨的原則。同時，這些問題，不僅在文藝工作中是最重要的，而且對於一切文化思想工作中，同樣是根本性質的問題。因此，這個講話，不僅對於文藝工作的前進和發展，具有偉大的指導意義，而且對於一切思想工作一切革命工作的前進和發展，都具有偉大的指導意義。這是一部關於革命文藝的也是關於革命的思想工作的輝煌的科學著作。

你看這麼一大段的話，多嚇人！究竟意義不過是兩句話，即：「十年前的今天，毛澤東同志〈在延安文藝座談會上的講話〉就是一部關於革命文藝與革命思想工作的指導性的著作」。而這句話還是重複了這篇社論的小標題：「紀念毛澤東同志的〈在延安文藝座談會上的講話〉發表十週年」。你說這是不是「空話連篇，言之無物」呢？誠如毛澤東先生說：「真是懶婆娘的裹腳，又長又臭。」

但分析其內容，繞來繞去，盤來盤去，都是些標幟，與標幟形容標幟，又形容第二標幟，這就是黨八股的公式。黨八股，戳穿了，就是教條中的概念，依照八股的公式排列而已。

概念這東西，在橫湊豎拼之中，常常會使人頭昏眼花，以為他們講了什麼大道理。實則只是一些繞口令。以毛澤東的那篇〈講話〉來說，實際上是「發展了列寧關於文學藝術的黨的原則」，那麼，也是一篇從列寧八股頭上做八股的八股。

玩弄概念標幟使人頭昏眼花而終於信以為有大道理，這是共產黨的把戲，但是這把戲原是士大夫階級讀書人欺侮鄉下人的把戲，也是年紀大一點的人，多認識幾個冷僻的「古」字駭嚇年輕人的把戲。

原來所謂概念，都是有對象的，狗是狗，人是人。但是概念同對象不同的地方，就是概念總是抽象的，比方說「狗」，是指一切的「狗」，但是有各種各樣的狗，在種類方面有蒙古狗、愛爾蘭狗、德國狗……在顏色方面有白、有花、有紅、有黃……你如光說「狗」，是沒有具體的狗可以代表的。如果你說「蒙古狗」，這概念雖是比較清楚，但還是一個概念。因為蒙古狗裡面有大大小小的不同，有長毛短毛的分別，有各種顏色的參差，有力氣大小，性格凶馴的異殊；如果你說「長毛白色大力而有六尺高的蒙古狗」當然比較清楚。但這樣的「狗」也決不止一隻，有的眼睛較大，有的嘴部較長，有的耳朵較高，其次所謂「長毛」，也是一個概念，可以是一尺，可以是兩寸；所謂「大力」，也是一個概念，能拉五百磅的車子是大力，能拉三百磅的車子也是大力。所以無論把概念怎麼縮小，始終還是一個概念，而概念縮小的方法，也只是用另一個概念去限制那個概念就是。

但是在我們人類的常識裡，說狗就是狗，狗雖有種種不同，但我不會把人當作狗。人是人，我們大家都明白，但人類因地域傳統制度習慣文化不同，於是分為中國人，蘇聯人，日本人。我們也很清楚，現在毛澤東，把蘇聯人當作「老大哥」，郭沫若把史達林當作「爺爺」，而把許多不同意共產黨的中國人說是國民黨的走狗，於是中國人就分為兩家，一種是蘇聯的一家，一種是非蘇聯的，前者叫「人民」，後者叫「國民」。於是這兩個概念就把「中國人」這個概念混淆了。這也是玩弄概念的把戲。

於是共產黨開始玩弄「階級」的概念。「階級」在馬克思主義中，當然是一個重要的概念，但是馬克思對於階級的說法，很容易明白。所謂資產階級與無產階級的對立，因為前者是剝削階級，後者是被剝削階級，前者是以資本去剝削剩餘勞動成為自己的利潤，後者是出賣勞動而變成了商品一樣的隨市場的變化而升降。

中國既然沒有到資本主義的階級，所以也沒有這樣的兩個對立的階級，於是共產黨就以蘇聯的八股方式在人民中間玩弄這個階級的概念。如民族資本家，工人階級，知識階級，小資產階級，官僚資本階級，地主階級，富農階級，貧農階級……。

這些看來是很明白的概念，但玩弄起來就使人莫名其妙了。

譬如資產階級既是剝削階級，是革命的對象，何以又分民族資本家與官僚資本家呢？前者是他所愛護的，後者是他所要打倒的。於是他在要用的時候，就可把資產階級叫作民族資本家，不要你的時候，就可以把你叫做官僚資本家。而實際上，中國的資本家大多數是官僚——過去的或現在的——或是與官僚有勾結的。

譬如工人階級，好像是很明白的一個概念，說就是無產階級。可是實際上也是兩可的。大都市裡，如天津、上海的工人，當然是近代資本主義社會的工人了，但是他們往往是賺了錢拿到鄉下去買田的，這在他們是一種積蓄，預備老年的時候來養老的，所以往往也是地主階級。前者是領導革命的階級，後者則是該清算的階級。

共產黨又把自耕農分為「富農」，「中農」，「貧農」，這裡面是決無界限，富與貧原是比較的概念，如果說，今天說有十畝以上的人算富農，十畝以下算貧農，將十畝以上的農人清算了一下；到明天，五畝以上又成為富農，五畝以下才是貧農了；後天則有兩畝者都是富農，兩畝以下才是貧農了。中國共產黨在玩弄「富」與「貧」二個概念，不斷的清算農民。

其次所謂僱農階級。僱農階級，在中國是非常流動的，他不是農奴，他隨時可以流動。據我所知，江北的僱農常常是流動到上海拉人力車，而江南的僱農，許多都是從山瘠之區來，他們積了點錢，總是帶到老家去買山田。抗戰前，在浙東富庶產米區，一個僱農大概是一百五十元——二百元銀圓一年。他們膳宿都是地主供給的。而他家鄉的田是二十元——三十元一畝。一個人二十歲出來，到二十五歲，他們憑積蓄所購的田地，在故鄉已經是地主了。

在上海有一個流傳的故事，是講孫傳芳時代一個局長的。這個局長大名叫做江可三。

說他的出身是江北的一個傭農的孩子，父母早亡，他一直在鄉下農家幫活，大家叫他阿三。十七歲流到上海，拉人力車，後來為孫傳芳部下一個師長拉包車，大家叫他江北阿三。等到那位師長升官，他活動到一個局長，但是沒有像樣的名字，於是把「江北」兩個字改成「江」字，「阿」字的耳朵去掉，變成「可」字，保留著阿三的「三」字，於是成為「江可三」。

還有一個傳說，說是孔財神夫人的一個梳頭娘姨，懇求孔夫人為他兒子謀一個官，這兒子當然不是「知識階級」，所以最好是掛名差使，於是在國家銀行經濟研究處充「專門委員」，與一等分行的經理有同等的待遇。

這兩個傳說，是否事實難以證明，但成為故事，也就是可能的事。所謂可能的事實，即是有這類相仿的事情的。有這類的事情，就是說明，在混亂的腐敗的中國政治下，經濟的階級並不是固定的。經濟的階級是在一定的經濟制度中產生的，而這經濟制度一定是產生了一個穩定的法制的社會。資產階級須憑「自由競爭」的制度來「剝奪」工人。這些在官僚政治中是沒有的。

在混亂的官僚政治中，統治階級只要憑一句話、一個命令就可以隨地隨時去剝削人民的勞力，沒收人民的財產，這豈不直截了當，所以用不著去憑生產關係去剝削人民。而依附官僚階級生存的人，只要拉好人事，拍足馬屁，也就成為官僚階級。馬克思所想到的無情無義冷酷的機器工業社會中的無產階級，是除了每天出賣勞力無法生存，既不能改行轉業，亦無法易地生活的階層，在中國是從未有過的。

在這樣的政治中，階級只是兩個，一個是統治的官僚階級，一個是被統治的人民，軍閥時代如此，國民黨統治下也是如此。拉好人事，拍足馬屁，流氓可以是官僚，共產黨的特務也可以是官僚。

在共產黨治下，階級也祇是這兩個，不過這階級是完全固定了。「人事」、「馬屁」也只是統治階級裡面的把戲，被統治階級是無法爬上去的。諸凡靠攏的政客官僚，原本想以「人事」、「馬屁」來活躍的，現在都已經排斥了。但是共產黨就是怕按統治階級有階級的覺悟，覺悟就是團結的曙光，為阻止被統治階級的覺悟，他就在被統治階級中劃分階級。

現在比方有四個人在一起，一個是中學教員，一個是農民，一個是工人，一個是兵士，都不是有工廠有資本的人，例應可以是一個階級了；但是共產黨把他分為四個階級，第一、中學教員是屬於知識階級，知識分子有動搖性，有小資產階級的成分，要警覺地提防。第二、農民是農民階級，農民有保守性，有私有財產的企圖，要堅強地克服。第三、工人當然是無產階級，當然是領導階級了，但是他的表現似乎還有封建情感，丟不下包袱，也許是國民黨時代的遺毒未淨，要正確地教育。第四、是兵士，那該是跟了共產黨的領導，教育多年，可以放心了吧，但是共產黨說他「在進入城市以後，受了資產階級的侵蝕與影響，迷失了原來的方向」了，要重新改造，而共產黨的教條是對自己以外還要幫助人家的。這就是說知識分子在提防自己以外，要幫助農民克服保守性，幫助工人教育自己的正確性，幫助兵士改造，「有原來的方向」。作為農民，則也要克服自己幫助另外三個人，工人與兵士也一樣。

於是這四個被統治階級的人民就永遠互相監視，彼此攻訐，不斷坦白與揭發，在不知道有統治階級在剝奪他們了。

這就把「階級」這個概念，豎分橫裂，耍出來的把戲。如果光是要耍弄「階級」的概念，還不容易迷惑人，迷惑人的是他拼湊了許多抽象的概念，如「動搖性」、「保守性」、「領導」、「教育」、「改造」、「迷失了方向」、「克服」……。

但是要揭發這些把戲，最好請教共產黨是屬於什麼階級？

我們知道中國共產黨中的人物沒有一個真是馬克思所說的資本主義下的生產工人的。現在我們不妨請教毛澤東先生。

「毛澤東先生，你領導的中國共產黨是無產階級的政黨嗎？」

「自然，是無產階級政黨。」

「那麼你自己是屬於無產階級嗎？」

「自然。」

「但是你的出身？」

「啊，我是個學校裡學生子出身的人。」他在〈在延安文藝座談會上的講話〉自供地說。

「那麼怎麼是無產階級呢？」

「因為革命了，同工農兵一起了，我逐漸熟悉他們，他們也逐漸熟悉了找，這時只是在這時候，我才根本變化了資產階級學校所教給我的那種資產階級與小資產階級的感情。」毛澤東在〈在延安文藝座談會上的講話〉自供地說：「這時，拿未曾改造的知識分子與工農兵比較，就覺得知識分子不但精神很多不乾淨處，就是身體也不乾淨，最乾淨的還是工人農民，儘管他的手是黑的，腳上有牛屎，還是比大小資產階級都乾淨。這叫做感情起了變化，由一個階級到另一個階級。」

這幾句話很漂亮，一個大權極位的元首，說這樣的話，是很可以說服一些人的，因為人們無從知道他的感情的變化。但如果我們不憑小資產階級的感情，只憑客觀的科學的事實，我們馬上發現這些話只是玩弄概念的把戲而已。

根據馬克思的學說，無產階級的意識完全是因這一階級的人處於同一的命運——沒有生產工具，沒有恆產，唯有出賣勞力才可以生存，而唯有勞力可被剝削成為利潤才有出賣的機會——所以這一群人產生了一個共同的意識，即是革命的意識，即使除了革命決無其他生路的意識。在這點上，馬克思根本無法解釋自己究竟是什麼樣的意識的，當然也無法為毛澤東製造無產階級的意識了。農民階級所以沒有無產階級的意識，因為他有私有生產工具而或還有一點田地。知識階級所以動搖，因為他不從革命還有機會爬上去。至於兵士，根本不成階級，兵士如果屬於國家，則任何階級的壯丁都是兵士，職業兵士如成為階級，則不過是僱用階級而已，與近代工人的無產階級是風馬牛不相及的。

毛澤東第一玩弄概念的把戲就是製造了一個「工農兵」的概念。我們知道毛澤東是搞農民運動出身的，他並沒有和近代工人——所謂無產階級——在一起過。所以造出這個「工農兵」的概念，以表示他是接近無產階級的。第二，所謂「在一起」也是一個模糊的概念，過去軍閥也同兵士在一起，留美工程師也同工人在一起，地主也同農民在一起，毛澤東不過是同「工農兵」在一起。第三，所謂「熟悉」又是一個知識分子的概念，我們讀一張報告與呈文可以說是「熟悉」，騎著馬坐著汽車在農村兜過圈子也是「熟悉」，強迫農民到你幹部開會也是「熟悉」。

就憑著這三個糊裡糊塗的概念，於是毛澤東超越了馬克思的學說，他的感情起了變化了。這裡「感情」又是一個概念，「變化」也是一個概念。感情有久有暫，變化有大有小，其中有千萬次有一次；而感情的變化，決不是永久的，也決不能「從一個階級到另一個階級」。我們看殺豬，也會生惻隱之心，但最多使你不想再吃豬肉，可決不能使你從人變成豬。我們知道唯物論基本的學說是「存在決定意識」，即是「豬的存在才有豬的意識」，「人的存在才有人的意識」，你是無產階級才有無產階級的意識，而並不能因你感情的變化而改變了階級的。

馬克思對於自己階級的變化有一個勉強的解釋的。他在〈共產黨宣言〉裡說：「……所以，正如先前有一部分貴族分子曾轉到資產階級方面一樣，現在也有一部分資產階級分子轉到無產階級方面來，而這便是已經進步到理論上認識全部歷史運動進程的那一部分資產思想家。」這就是說馬克思自己就在這個認識之中，轉到無產階級上去了。

這裡馬克思竟犯了毛澤東所說的「主觀主義」的錯誤了。所謂「認識全部歷史運動過程」，是誰承認的呢？無產階級承認，還是馬克思自己以為呢？歷代思想家，每個人都以為自己是認識全部歷史運動過程的，怎麼馬克思可以說別人的認識不確，而自己才是正確呢？馬克思死後，歷史運動的過程證明並不是馬克思所認識的過程。到現在，社會主義者，工團主義者，無政府主義者，狄托主義者都是承繼馬克思理論認為自己認識了「全部歷史運動過程」的人，而竟是彼此水火不相容呢？所以馬克思的話，只是非常牽強的解說自己及恩格斯一群人怎麼會改變了階級，而且毫無辦法地把屁股移到唯心的靠墊上了。

毛澤東在〈矛盾論〉中，也說到精神決定物質的話。他說：「因為我們承認總的歷史發展中是物質的東西決定精神的東西，是社會的存在決定社會的意識；但是同時又承認而且必須承認精神的東西的反作用，社會意識對於社會存在的反作用……」。

不錯，這話是很合辯證法的。但如果第一個無產階級革命思想與理論發源於無產階級的人，由他的社會存在決定社會意識，那麼這是講得通的；但可惜第一個思想家是馬克思，他的學說竟是躲在書房裡產生的，而這種書房裡精神的東西竟決定了許多知識階級的轉變。中國共產黨的勝利，根本沒有農民與工人的革命，而只是一群熱情的知識分子先由精神上的同情改變了思想的。既然所謂無產階級思想是由知識階級所創造，而意識可以決定了存在，那麼，毛澤東為什麼要號召或強迫知識階級到工農兵群眾裡去，參加火熱的鬥爭，要在勞動中去改造自己呢？而他自己則可以因感情的變化而改變階級，而馬克思可以在大英博物院的歷史材料堆裡改變了階級呢？

這就是毛澤東先生的另一種玩弄概念的方法，那就是對於他自己或對於他批准的人可以由精神去決定物質，而別人則必須由物質去決定精神了。

當然，毛澤東先生會說他是曾長期地在工農兵群眾中火熱地鬥爭過的。但所謂「工農兵」這個概念是不是無產階級——資本主義下的工人階級呢？如果只是長期地同農民在一起，是不是只會產生保守的落後的農民意識？是不是會同李闖、張獻忠一樣，產生封建的落後的土皇帝的意識呢？還有，所謂「火熱地」「鬥爭」是你在鬥爭農民叫他們變成你的兵士，還是你也變成了農民而同他們一同「鬥爭」？

再者，在「五反」的時期，多少經過幾十年火熱鬥爭的所謂無產階級戰士的幹部，幹出了貪污腐化的勾當，不是說是因為在大都市受了資產階級意識所腐蝕嗎？那麼毛澤東到了大都市，做了主席，住了洋房，坐著汽車，是不是也因落後的「社會存在」而產生了落後的「社會意識」？是不是還與在農村中的貧農，在工廠的工人，與在韓國前線壕洞裡的兵士有同一意識呢？為什麼現代工人在大都市的工廠中日夜做工，才產生了無產階級的意識，而毛澤東的幹部，說是無產階級的先鋒隊，一到大都市，反而失去了無產階級的意識呢？

要回答這些問題，無論是從「存在決定意識」或是從「意識決定存在」來辯證，都無法證明毛澤東的共產黨是屬於無產階級，而有無產階級意識的。現在我們且看看毛澤東所有的起了變化後的感情。唯物論如果承認文藝是反映作者的意識的，那麼毛澤東先生的〈沁園春〉正是十分坦白的抒寫了他的起了變化後的感情了。他說：

……山河如此多嬌，引無數英雄折腰。惜秦皇漢武，略輸文彩；唐宗宋祖，稍遜風騷；一代天驕，成吉思汗，只識彎弓射大鵰。俱往矣，數風流人物，還看今朝。

鏡子一照，原來仍是「英雄」、「帝皇」、「風流人物」的感情呢。除了多一點文采，我們竟是覺得是李闖與張獻忠一流的土皇帝的情感罷了。

如果要從這感情變成無產階級的感情，那麼該到勞動集中營還是到英雄博物館呢？以這份情感與這份文采，寫了所謂「一部關於革命文藝，也是關於革命思想工作的輝煌的科學著作」那篇〈在延安文藝座談會上的講話〉，也無怪乎盡是些玩弄概念的八股把戲了。

分析玩弄概念的把戲，不外乎把原有的不同的概念，拼湊新概念，或是把一個概念故意分為不同新概念，以適應他的八股文化宣揚上的便利。

毛澤東忽而把自耕農階段分為富農、中農、貧農，這是分裂概念的把戲。忽而把工人階級，農民階級，兵士，合而為「工農兵」，「工農兵群眾」，這就是拼湊概念的把戲。

這些把戲，並不是毛澤東先生所創造，在毛澤東以前，早就有人玩弄過，但是把戲人人都玩，目的各有不同，有專謀八股文氣之暢達者〈拿破崙論〉曰：

> 夫崙而能破者豪傑也，破之而能拿之者英雄也，拿破崙者誠豪傑而英雄者也。

這是一個笑話，但其分裂概念的把戲是一樣的。只是把拿破崙這人名，在中國譯名上拆分，所以變成莫名其妙而已。

實則個體的概念是不可分的，一分我們會覺得可笑。但如分拿破崙的階級意識，則他是平民階級，兵士階級，帝皇階級。他也曾長期地與「工農兵」在一起，也熟悉「工農兵」，工農兵也熟悉他，他的感情也起了變化。他是「英雄」、是「帝皇」是「風流人物」。我們要說他好，祗要把他同好的概念聯在一起；不好，只要把他同壞的概念聯在一起。這就是八股論文的做法。其實每個人如果把他祖先的根挖掘起來（共產黨最愛這樣做），他的階級成分永遠不是單純的。無產階級是近代的產物，不要說中國也許還沒有無產階級，就是有，他的祖先，也是封建社會的人。而且共產黨執政不久，這些工人也都曾在美帝與國民黨做過工，所以共產黨隨時隨地可以把他同壞的概念合在一起，如封建殘餘，美帝的走狗，國民黨的特務，而成為被肅清的對象；而也可以隨他們的所欲，而變成無產階級的英雄，是革命的工人。於是這些玩弄概念的把戲就成說服人民的正確領導了。

在併湊抽分拆概念的把戲以外，還有一種最普通的玩弄概念的把戲，就是對同一概念，作不同的解釋，即代表不同的意義，或對同一個對象用不同的概念。

如「毛澤東是無產階級」，這句話裡的無產階級是代表學生子出身熟悉工農兵感情起過變化的一個人。

如〈共產黨宣言〉裡的話：「資產階級即資本愈發展，無產階級即現代工人階級也愈益發展起來」則明白地說明無產階級即現代工人階級了。

這是同一概念，指兩個不同的對象。

又如對這一個學生子出身，自稱熟悉工農兵，感情起了變化，寫了〈沁園春〉這樣作品的毛澤東，我們稱他屬於英明正確的無產階級。

但如對另外一個學生子出身，自稱熟悉工農兵，感情起了變化，寫了封建的自我的詩歌的人，我們要說他屬於知識階級，有自私自利的個人主義者了。

這是對同樣的對象，用兩種概念。

這些把戲，原不是新的，許多士大夫與舞弄文墨的人都在玩弄，如以前稱外國為夷為狄，自己則稱天朝，稱外國人為洋鬼子，以別自己是「人」。但是這些有具體的對象的概念，我們還容易認清這些玩弄的把戲。而有許多概念是非常抽象，如廉恥、如道德，如中學為「體」，西學為「用」，如仁義，如忠信，這些概念，橫拼豎湊，就使人很難拆穿這些文人學士的把戲。

最近在香港，有一位曹聚仁先生，他以他巧妙的筆，舞弄文墨，許多人卻不知道他真正的主張。他自己也總是前擺後搖的，說出不一定的態度，於是有一位「王君」寫信給他，他寫了一篇「答王君」，在真報一九五三年三月一日副刊上發表了。他說：

首先，請王君把我所說：「我不是反共的」那句話和另外一句話：「我也不是親共的」合起來看。共產主義社會，乃是往古來今所有政治思想家（連宗教家在內）的共同理想。孫中山說，民生主義便是共產主義，並沒有錯。囫圇吞棗地說反對共產主義，那是錯誤的。但是，我是反對獨裁專政的，任何形式的獨裁專政都是民主的敵人，要剝削人民自由，我們自該反對共產主義旗幟下的獨裁專政（世間並無實行專政，才可以實現社會主義理想之理！）

這是很清楚的一個自白，分析起來，意義很簡單：

「我不是反共的。」

因為「共產主義社會，乃是古往今來所有政治思想家（連宗教家在內）的共同理想。」原來不反「共」的「共」字是指「古往今來政治思想家宗教家的共同理想」。根據這個「共」字的意義，我想曹先生說「我是不反共的」改為「我是親共的」也不會錯吧？

「我也是不親共的」。

因為「我是反對獨裁專政的……我們自該反共產主義旗幟下的獨裁專政。（世間無實行專政，才可以實現社會主義理想之理！）」

原來這個「我也是不親共的」的「共」字是指現在大家所說的蘇聯、中國……的共產黨獨裁專政的「共」字。

那麼，根據這個「共」字的意義，我想曹先生改說「我也是不親共的」為「我也是反共的」也沒錯吧？

曹先生說得頭頭是道，實際上是「我是親共的」，同時「又是反共的」自相矛盾的糊塗頭腦。要不，則不過也是玩弄「共」的概念的把戲，以炫惑欺騙比他年輕純潔的王君罷了。

其實，曹先生說了兩個概念，兩個命題，還是沒有說出他的主張如態度。

原因是他所親的「共」包括的實在太廣。「古往今來的政治思想家宗教家的共同理想的共產主義社會」，這豈不是等於什麼都沒有說嗎？正如有人問他：「你的母親是誰？」他說：「往古來今有養孩子的機能的共同特點的女人。」豈非笑語。

問題就在共產社會的理想各各不同，天主教的同耶穌教的，耶穌教的同回教的同孔子的，孔子的同莊子的，莊子的同馬克思的，馬克思的同列寧的，列寧的同費賓社會主義，同三民主義，同史達林、毛澤東的；其中有真有假，有目的有手段，有急進有緩進，……而人類的爭鬥，正往往是同一目的掛著不同招牌的爭鬥，也有掛著統一招牌抱著不同目的的爭鬥。前者如社會主義與共產主義的爭鬥，後者如狄托主義與史達林主義（都是共產主義）的爭鬥。而我們的曹聚仁先生都「親」，也都「反」。那麼說了不是等於不說？進一步講，曹先生這一套話用於國民黨也是一樣。因為三民主義也是古往今來的所有政治思想家的共同理想，所以值得曹先生去「親」；而又說其獨裁專政，所以以也值得曹先生去「反」。那麼，曹先生不是也可以說是親國民黨的，而同時是反國民黨的嗎？

因此這裡面，如果不是曹聚仁耍弄概念的把戲在愚弄誠懇地寫信給他的王君，那麼就是曹先生被共產黨的中藥舖抽屜外的標幟所迷惑，以為「共產」的抽屜裡面一定有古往今來政治思想家共同理想──「共產社會」的理想了。

所謂概念的玩弄是「古已有之」的事，古希臘的詭辯派，就是以玩弄概念來迷惑自己與別人的；如「飛矢不移」如「寸木平分，萬世不絕」之類，都是概念的玩弄。後來亞里斯多德奠定「邏輯」，這些詭辯的學說才被戳穿。

所謂邏輯，正如我上面所說的辯證法一樣，是從人人共有的思想規則提煉而來，所以使人人在他所指點的推理與判斷的方法中，看到人人可信的真理。在印度，有因明學，也是為辯論與思考的一種準則。在中國，春秋戰國的諸子百家，大都也是詭辯家，許多也只是玩弄概念，愚人愚己，比較嚴密是墨子，但可惜仍未奠定論理學（或邏輯）這個科學的基礎。我以為這是中國思想史一種最奇怪的缺點。所以這些堅白異同的問題，始終沒有論理上的分析，以孟子的雄辯，大部分也只是玩弄些概念的詭辯而已。

舉例以說明這些思想家如何在玩弄概念，我可以引一個白馬非馬的命題為例。所謂「白馬非馬」這個命題，馬與白馬不是相等的概念。馬裡包括白馬，也包括黑馬，黃馬，如果我們見了「白馬」說牠是「馬」當然沒錯，因為這個「馬」正是具體的馬。但如說

「白馬」不是「馬」這個概念，這也是沒有錯。因為「馬」這個概念廣於「白馬」的概念。先說「馬」，我們不能知道是「白」，但說「白馬」，則必是「馬」無疑，所以白不過是限制「馬」的某種性質而已。所以所謂「白馬非馬」只是玩弄這個「馬」的概念，似乎神祕，實在很平常。

比較複雜的，我且引一段孟子的辯論。

告子曰：「生之謂性。」

孟子曰：「生之謂性也，猶白之謂白歟？」

曰：「然。」

「白羽之白也，猶白雪之白；白雪之白，猶白玉之白歟？」

曰：「然。」

「然則犬之性，猶牛之性；牛之性，猶人之性歟？」（孟子曰）

以下告子就沒有話回答了。

我們當然也以為孟子的話是對的，但是嚴密的分析一下，我們很容易發現孟子也只是玩弄概念而已。

告子曰，生之謂性。這個「性」字是生物之性。

孟子將它比作「白之為白」很有趣。

告子當然說：「對的。」

於是孟子就說：「白雪之白與白羽之白，白羽之白與白玉之白是不是一樣呢？」

告子說：「對的」。

孟子繞了這個彎，於是說：「那麼犬性牛性同人性是一樣的性嗎？」

於是告子被孟子迷惑了。實則這一句的「性」這概念已不是上面的生之為「性」的概念。如果要與白雪之白、白羽之白、白玉之白、這個「白」的概念相比，這一句話必須是：「犬之生性，牛之生性與人之生性是一樣的嗎？那麼當然是一樣的。犬性不是牛性，牛性不是人性，這當然是對的，但犬、牛、人所共有的生物的性，則是相同的。

白羽，白雪，白玉，三樣東西的共同點是「白」其他不同點很多，如重量，硬度……等，我們不妨說白以外的不同是「羽性」、「雪性」、「玉性」。

犬、牛、人、三種動物的共同點是「生」，即告子所謂「生之為性」的「性」，其他的不同點才是「犬性」、「牛性」、「人性」。

中國以前讀書人，沒有論理學的修養，所以不做這些分析工夫。而事實上大部分的人也都被孟子的辯才所炫惑，只看到華巧的文字，而沒有注意概念的含義。

孟子的巧辯是很才氣的，在告子章中還有一段也很有趣：

告子曰：「性猶湍水也，決諸東方則東流，決諸西方則西流。人性之無分於善不善也，猶水之無分於東西也。」

孟子曰：「水信無分於東西，無分於上下乎？人性之善也，猶水之就下也。人無有不善，水無有不下。今夫水，搏而躍之，可使過顙；激而行之，可使在山。是豈水之性哉，其勢則然也。人之可使為不善，其性則亦猶是也。」

表面看起來，孟子的話很有理，實則孟子只是在比喻之中淆人耳目而已。不信，我且把孟子的話改動一個字，還是一樣顯得漂亮有理的，如：

「水信無分於東西，無分於上下乎？人性之『惡』也，猶水之就下也。人無有不惡，水無有不下。今夫水，搏而躍之，可使過顙，激而行之，可使在山，是豈水之性哉，其勢使然也。人之可使為『善』，其性亦猶是也。」

而孟子可變成「性惡論」者了。「善、惡」是一個籠統的概念，並沒有一個一定的定義，孟子所能講的，只是舉出「仁」、「義」、「廉」、「恥」一類個別的道德觀念而已。當時的辯論，似乎常常用比喻，比喻有時往往不恰常，但很能炫人的耳目。這個辯論始終是沒有結果。不過我們可以看出不論告子與孟子，都承認人有「人性」的。毛澤東詭辯地否認「人性」。他認為人性，「當然有的，但是只有具體的人性，在階級社會裡就是帶著階級性的人性，而沒有超階級抽象的人性。」這裡，短短幾句話好像很有道理，實際上他還是在玩弄「具體」與「抽象」二個概念。

以「具體」來講，階級既然劃分得這麼碎瑣——如貧農、中農，富農……而一個人的階級成分又是如此混淆複雜，那麼應當一個人有一個「性」了，怎麼他接下去說說：「我們主張無產階級的人性，而資產階級、小資產階級則主張小資產階級的人性。」在「我們」裡當然楚也括「毛澤東」自己。毛澤東這個人，是個小地主家庭出生，學生子出身，「覺得世界上乾淨的人只有知識分子」，於是「革命了……感情起了變化，由一個階級到另一階級」這是具體的人。其「人性」是混雜著各種階級的人性的，硬說只有是無產階級人性，那麼我們可以找一個真正工農兵出來，看他是否會寫出〈沁園春〉這種意識的詩歌。這是馬上就可以證明的。其實任何一個工農兵找出來，他的具體的屬性是不同的，是複雜的。科學的概念一定是抽象的，譬如說「水」這個概念，是指H_2O，但是隨便哪裡找來的水，除了實驗室裡非常小心保存著的以外，具體的水決不光是H_2O的。所以如果說人性是沒有的，階級的人性也是沒有的，具體的說，一個人就只能說有一個個性。

以「抽象」來講，這個個性中有與一群別個個性相同的地方，我們可說地方性、民族性、階級性，以別於別個地方、別個民族，別個階級，這是對的。但他們的共同點則是「人性」，以別於其他的動物性。毛澤東的父親是地主階級，毛澤東是知識階級也好，是無產階級也好，但是毛澤東與他的父親一定有共同的「性」，這「性」就是「人性」。毛澤東是無產階級，可是並不能把他的父親升為無產階級，更不能說他的祖父、曾祖父也有無產階級的階級性。不過說封建官僚階級的曾祖，地主階級的父親，生出演變為無產階級的毛澤東主席，這是大家都覺得很平常。因為「人」總是「人」，「人」總是「人」生的，如果說毛澤東的父親是一條蛇，曾祖是一隻猛虎，那是沒有人會相信的。因為「人」不當是別的動物所「生」的。人所以生「人」，而生下來的人，雖可以是無產階級，但竟也是兩手兩腳，一個頭顱……同普通的人一樣。所以我們這個「人」還是具有同他父親一樣的「人性」的。

孟子把犬性、牛性、人性、混淆告子所謂「生之為性」，毛澤東把「階級性的人性」混淆「人性」，其實是同「白馬非馬」的詭辯一樣，不過是玩弄概念而已。你說「馬」，我說世上沒有超顏色的馬，具體的「馬」不是白就是黑，不是黑就是黃，既然沒有一匹「馬」不是有顏色的，那麼這「馬」不是不存在嗎?而實際上，人的對「馬」的抽象概念，正是對於「非馬」而別，一個十歲的兒童，已經能夠分別「馬」與「牛」的分別了，雖然牠們的顏色是同的。毛澤東先生的思想也許同馬倫可夫先生相同。但是在膚色、形狀、舉動、習慣上講，我們說「中國人」這個概念時，毛澤東是包括在裡面的，馬倫可夫則不在其內；說「蘇聯人」這個概念時，馬倫可夫包括在裡面，毛澤東則不在其內。你能說「中國人」這個概念是「超階級抽象的」概念而不准存在嗎？

孟子雖是玩弄概念的把戲，但有雄辯的才氣，宋元理學吸收了佛教的哲學，有些新內容，再以後為孔孟說教的，就大都陷於八股，連才氣都沒有了。

我們談恩格斯、馬克思的著作，覺得還有生氣，列寧愛外行地談哲學，亦見頗具辯才，到史達林以後，就完全是毫無生氣的八股了。

八股，即是玩弄概念與搬動章句的把戲，也即共產黨一再提出的「概念化」與「公式化」。

毛澤東的詩詞很有生氣，批評他黨內錯誤的雖是玩弄概念，也還有辯才，至於其所謂「科學」的文章已完全是標準八股；等而下之，其他一切黨老爺，在共產黨掌政後所發表，則完全是八股的八股，除了玩弄概念，搬動章句以外，幾乎再沒有什麼內容了。怪不得在毛澤東〈在延安文藝座談會上的講話〉發表十週年紀念的紀念文章中，大家都攻擊「公式化」與「概念化」了。可憐的是那些批評的文章，出於文藝領導者之手，也只是「公式化」、「概念化」的八股而已。

原因很簡單，在政治生活上要用耍弄概念的把戲以愚弄人民與青年的統治中，要產生非八股的文化是不可能的。

毛澤東本身要據最純粹無產階級的寶座，而其思想又一定要據「最正確」的寶座，這就毀滅了所謂唯物論辯證法的立論，所以必須在最純粹無產階級與最正確思想外，製造出許多莫名其妙，空無所指的概念，以作八股上的耍弄。如右傾機會主義，左傾幼稚病，如前進，如靠攏，如改造，如主觀主義、宗派主義、群眾、爭鬥、清算、偏差、毒素……諸如此類，在這些概念之中，方才可以耍弄出上級永遠是對的，是「正確」的，而「錯誤」不是在下級，就是在被統治階級。

在任何一個政策執行時候，在它右的是「右傾機會主義」，在它左的是「左傾幼稚病」。一切的遺害不是太右就是太左的偏差，領袖則可以永遠保持「正確」。這些莫名其妙的概念，不但是唯心的，而且是機械的。倘若你用他們所謂唯物論辯證法的武器來看這些概念來看這些概念，那就可以看出，這些耍弄概念的把戲是非常可笑的。

如「毒素」這個概念，共產黨用來加於不合他的口號的文藝作品：事實上什麼樣東西有毒，什麼樣無毒，辯證法所教我們的則是相對的。砷是有毒的，但也可用作補劑；維他命有益的，但過量的服用也產生害處。任何東西不會普遍有益的。還有對甲是有害的，對乙往往有益的；成人可吃的滋養，於孩子是不能消化的。以文藝作品而論，沒有一個文藝作品對一人可以絕對有益，也沒有一個文藝作品對一人絕對有害。托爾斯泰的作品，蘇聯曾以其宣揚人道主義為有害，但也為其崇高的偉大的特質認為有益。任何的思想有他的好方面也有他的壞方面，就是因為這樣緣故，我們要思想自由，使各種不同的思想都可以並存，因各人之需要愛好去捨取。只有以自己的思想為絕對「正確」，而不許別種思想存在者，才是真正有「毒素」的思想。那麼共產黨或毛澤東的思想則正是真正有毒素的了。

如「靠攏」這個概念，在共產黨始終沒有明白地宣稱向誰靠攏，他在理論上是要人民向無產階級靠攏，但是實際上則要人民包括無產階級向共產黨靠攏，那麼為什麼執政的共產黨不向人民靠攏，而要人民向它靠攏呢？

如「偏差」，共產黨的政策曾經毒害過不少的人民，他們自己是承認的，但是他們不承認政策錯誤，而認為是下級幹部執行政策時的偏差。下級幹部既然偏差，為什麼又不讓人民自己來執行呢？而且根據毛澤東在〈實踐論〉裡講：「馬克思主義者認為，只有人們的社會實踐，才是人們對於外界認識的真理性的標準。實際的情形是這樣的，只有在社會實踐過程中，人們達到了思想中所預想的結果時，人們的認識才被證實了。」一個出於毛澤東思想的政策在實踐中毒害了無數人民的生命，那麼為什麼證明的不是毛澤東思想政策的錯誤，而是下級幹部的偏差呢？而且下級幹部也是毛澤東思想訓練出來的人，在實踐中犯了偏差，那麼為什麼不是毛澤東思想的錯誤與有毒呢？

諸凡這些概念，毛澤東用於別人身上，同用於自己身上的總是不同的，說是「批評」

與「自我批評」為黨的武器，毛澤東則竟是一個懦夫，他始終不允許人們對他批評，也不敢作「自我批評」的。據毛澤東講，無產階級的德性就在坦白、真實、批評、有勇氣接受批評、有勇氣做自我批評的；而毛澤東則正是沒有無產階級的性格，這原因也許很容易瞭解，因為毛澤東根本不是無產階級。

現在文藝上的要求所謂是革命的現實主義。什麼是現實主義，簡明的說，現實主義就是正確而嚴謹的反映現實生活。現實生活是豐富的，有喜怒哀樂，痛苦哀怨，如果加上「革命」，應該是解釋為在文藝中號召這些苦難的人民向統治階級革命了。但是共產黨在玩弄概念的把戲中，「革命」竟要解作犧牲忍受。革命是犧牲忍受，這句話好像不通，但是為革命而犧牲忍受，這句話就通了。現在再把革命的標幟貼在共產黨的抽屜外面，於是就可以變成為「為共產黨而犧牲忍受」了。

所以「革命」二字的解釋正是八股式地玩弄概念。要正確地說，所謂革命的現實主義也即是八股的現實主義，也即是現實主義在八股的方式之中表現出來，可是八股表現出來的現實竟完全不是現實的了。它不再「生動」也不再「活潑」，永遠是死硬的一套公式而已。

要反八股，還是要有五四的精神，五四精神是科學、民主。它的姿態是生動、活潑、革命的、多方面的、自由主義的。但是這還不夠，我們還要這精神不再被新八股所束縛與操縱，要這精神不被新八股所駕御操縱，我們必須要有人格尊嚴的覺悟與個性覺悟。

這就是為什麼我們要提倡新個性主義的文化了。

新個性主義是自由主義，不錯的，但如果這只是幫口的自由，政黨的自由，新八股的自由則還不是新個性主義，沒有個性的自由主義當然也不是新個性主義。

新個性主義的文藝一定是大眾的文藝，是被統治階級的文藝，它是反獨裁統治的文藝，但決不是擁護另一個統治階級的。在任何政權統治之下，它永遠是人民的，而是要對任何美滿無缺之政治，保留他的抱怨、訴苦、控告、暴露的自由的，不但對於人治、法治是如此此，對於上帝、對於命運、對於自然的安排，他也是要表示不滿而控訴的。

在最美滿的社會中，文藝的使命還是要求有更完美的生命。新個性主義，我不用說是最反對歌頌文學，八股文學的，但也輕視沒有個性的文藝。

因為從新個性主義觀點來看，沒有個性的文藝實際上是並不珍貴，也不瞭解「自由主義」的。它往往是不負責任的市儈文學或者賣身投靠的政黨文學，他們的反獨裁統治，只是因為這個統治者不是他們的老闆，而希望自己的老闆來統治罷了。

新個性主義所要求的自由，是真正的文化的自由、文藝的自由，他可以個別有政治原則上的信仰，但無服從政治的教條的義務。

人性文學與黨性文學

一九五〇年列寧在〈黨的組織黨的文學〉一文說過這樣的話：

無可爭論的，文學事業不允許機械的平均、劃一、少數服從多數。無可爭論的，在這種事業裡無條件地必須保證個人的創造性，個人所愛好廣大領域——思想和幻想，形式和內容的廣大領域。

這裡很明顯，列寧的專政還是希望有點真正的「文學事業」的。而真正文學是無條件的需要個人的創造性的。中共對於列寧一切的話都引用到了，獨獨對於這句話，始終沒有人引用，一直到一九五三年十月，中國文學藝術工作者第二次代表大會以後，大家才把它搬出來了。這原因，很簡單，即便是共產黨，也感到「文學事業」已經在「機械的平均、劃一」的統治下變成完全死僵了。

《人民日報》開始說出共產黨對於文藝領導的偏差：「……有的採用簡單的行政方式去領導。甚至不顧作家具體條件和創作意願，主觀地生硬地規定題目題材，作品式樣和創作時間，向他們『訂貨』，並且對作家的作品實行任意的修改和輕率的否決。」

他們開始認為「目前文學藝術界最迫切的任務，就是用一切辦法來鼓勵創作、幫助有創作才能的作家走上創作的崗位、使作家的創作活動和作品的發表（包括出版表演放映和展覽）得到必要的便利條件和親切的關懷、鼓勵作家和藝術家堅持不斷的創作和表演、使好的作品和表演能夠得到廣大群眾的欣賞和得到國家的鼓勵。……」

於是在自由世界中，就有人幻想中共感於「文學事業」的萎縮，會改變政策要求創作活動的自由了。但是，這只是一種幻想，因為在以黨為領導的文化政策是決無自由的。列寧雖是想在文學事業中保證個人的創造性，個人所愛好的廣大領域，但也只是一個幻想，文學事業在黨的領導下始終不能有「個人的創造性」的。且不說別的，這裡所說的「好的作品」是什麼標準呢？這些作品裡可以批評「共產黨」嗎？可以說「蘇聯是侵略」嗎？可以說「毛澤東是獨裁」嗎？可以說「共產黨是統治階級」嗎？決不可以的！為什麼呢？因為接下去他們就說：

在文學藝術團體中工作的黨員，必須嚴肅地服從黨的領導，必須和有些黨員文學藝術家脫離黨的領導、違反黨的紀律、在工作中缺乏黨性的惡劣傾向進行堅決的鬥爭。

很清楚的這裡的是「黨」，並不掩飾地用「人民」來代替了。請問在這個領導與堅決鬥爭的下面，列寧所幻想的無條件的「個人創造性」還可以存在嗎？

共產黨既不肯不要文藝，又要文藝服從黨的領導，那麼他要的文藝是什麼呢？據他們說：「我們把社會主義現實主義作為我們整個文學藝術創作和批評的最高準則。」又說：「我們的現實主義，必須同時是革命的理想主義者。」（一九五三年九月二十四日周揚在中國文學藝術工作者第二次代表大會上的報告）這些話是很好聽的，但拆開來一看，請問不滿政府，不滿獨裁，不滿所處的現狀，是不是現實主義呢？請問不滿共產黨的特權，不滿共產黨高級幹部的優越，要求平等，是不是「社會主義」呢？請問對於統治階級有革命的意向有更高的理想推翻統治階級是不是革命的理想主義者呢？

而這正是共產黨所絕對不允許的。

周揚又說：「當前文藝創作最重要、最中心任務，表現新的人物和新的思想，同時反對人民的敵人，反對人民內部的一切落後的現象。」

這話自然很動聽，但是新的人物和新的思想是什麼呢？人民的敵人又是誰呢？人民內部的一切落後現象是什麼？

在國民黨統治大陸時，說新的人物是共產主義者，新的思想是共產主義，是很容易被人相信的。但是在中共統治了幾年以後，新的人物新的思想總已不是相信共產主義的人了，歷史是無情的，共產黨既然相信辯證法的發展，如今為什麼不相信由「正」而「反」呢？人民的敵人現在已經輪到你們自身了，人民內部的一切落後現象的因素就在你們的束縛與控制了。

在關於電影《武訓傳》的批評中：

毛澤東同志更明確地尖銳地指出：「在許多作者看來，歷史的發展不是以新事物代替舊事物，而是以種種努力去保持舊事物使它得免於死亡。不是以階級鬥爭去推翻應推翻的反動的封建統治者，而是像武訓那樣否定被壓迫人民的階級鬥爭，向反動的封建者投降。我們的作者們不去研究過去歷史中壓迫中國人民的敵人是些什麼人，向這些敵人投降甚至為他們服務的人是否有值得稱讚的地方。我們的作者們也不去研究自從一八四〇年鴉片戰爭以來的一百多年中，中國發生了一些什麼，向著舊的社會經濟形態及其上層建築（政治、文化等等）作鬥爭的新的社會經濟形態、新的階級力量、新的人物和新的思想，而去決定甚麼東西是應當稱讚或歌頌的，什麼東西是不應當稱讚或歌頌的，甚麼東西是應當反對的。」

毛澤東先生這些話，的確可稱為「更明確地尖銳地」「指出」了。可是毛澤東先生少了一面鏡子。沒有看到自己的面貌在歷史發展中他已經老了，也已經變為「舊事物」了。我們看到許多女人在老去的時候往往還以為自己是代表新時代的，她們把她們已經長成了的女孩永遠當作「小孩子」似的不許露面，而英雄毛澤東也是一樣，「以種種努力去保持舊事物使它得免於死亡」，這正是用胭脂花粉使自己年輕而已。「不是以階級鬥爭去推翻反動的封建統治者，而是像武訓那樣否定被壓迫人民的階級鬥爭，向反動的封建階級投降。我們的作者不去研究過去歷史壓迫中國人民的敵人是什麼，向這些敵人投降甚至為他們服務的人是否有值得稱讚的地方……」。

不錯，但是「我們的作者們」應該研究現在歷史中「壓迫中國人民的敵人是什麼人」了。偏偏毛澤東先生在他統治下所要的文藝則永遠是寫「光明為主」寫「正面人物」。而這，在今天周揚先生在上述的文中還是這樣的呼喚：

> 文藝作品所以需要創造正面的英雄人物，是為了以這種人物去做人民的榜樣，以這種積極的先進的力量去和一切阻礙社會前進的反動的和落後的事物作爭鬥。

可是這裡所指的英雄人物可並不是想推翻反動的封建統治者的英雄人物，而恰巧是毛澤東先生所批評武訓這樣，不但投降甚至為他們服務的人，而且還要「對勞動具有無限熱情」、「對黨（統治者）有無限忠誠」的人，而以這些「武訓」去做人民的榜樣呢！

毛澤東文藝，在這地方可以看出，他是在任何統治者下要求革命，要求新事物，而在自己統治下則要求「擁護」、要求「舊事物」的。所謂社會主義現實主義與革命的理想主義，到這裡就變成獨裁的現實主義與奴隸的理想主義了。

可是確切不移的，是文藝的本質永遠是革命的理想主義，它的本質是「解放」的，是不斷的要求開放，文藝的高貴就在它本質是不斷要求解放。有的作品是掙扎，有的作品是鬥爭，有的作品是呼籲，有的作品是呻吟，但是它永遠是要求改善現實，它永遠是要求人性解放，要求擺脫人性的各種桎梏。共產黨在別人統治下，他的希望正合於文藝本質的要求，可是在自己的統治下他的要求可不是文藝本質的希望了。

共產黨所要的是對黨無限忠誠的文學，因此他要的是黨性文學。

黨性在領導革命時可能是英雄的、熱情的、活潑的，可是在統治的時候就是奴隸的、冷酷的、死呆的了。黨性在領導革命的時候，為要求「新事物」而存在，在統治時候，就只為維持「舊事物」而存在了。

在要求新事物的時候，他與文藝是一致的，在維護「舊事物」的時候，它與文藝是矛盾的。這也就是為什麼到現在許多人還在奇怪，這許多文藝作家在國民黨治下而為共產黨所領導的理由了。在維護「舊事物」的現在，他是怕「新事物」起來的，他就不惜用無情的殘酷的手段來壓迫新文藝了。他所要的黨性文學就變成兩種文派，一種是特務文學，另一種就是奴性文學。特務文學是抱著黨性來壓迫摧殘新文藝的出現的文學，特別是文學理論；奴性文學則是表現對勞動表示無限熱情，對黨表示無限忠誠的文學。前者就可以周揚、茅盾之流的八股理論為代表；後者就可以老舍、丁玲之流的公式創作為代表。文學理論變成八股，文藝創作變成公式，這就是新事物變成舊事物的「現實」。而對著這個現實，引用列寧的話想保證「個人的創造性」來改善，也許是一種解救，但是列寧的失敗也正是中共的失敗，因為黨的統治要求與文藝本質上的反統治要求，二者是無法並存的。

如果我們不要文藝或文化則已，要文藝就不得不在被僵封的水泥地下，從民族的人性中崛起人民自然的呼聲來，這就是說由文藝的本質上產生出文藝來。

因此這文藝是與黨性文學相反的人性文學，這文藝是與奴性文學相反的個性文學，這文藝也是與死僵的傀儡文學相反的，活生生的人生文學。

中華民族如果要靠文化而復興，那麼現在必須認真地來把握我們文化運動的方向了。在所有的人民已經被共產黨奴役，所有的文化已經被共產黨毀改的現在，海外的文化工作朋友，只要是愛祖國的，都應當看清楚這點。共產黨占據大陸三十年、五十年都沒有關係，如果我們的文化與藝術有一脈尚存，中華民族隨時都會重新發揚過去的光輝；如果我們的文化真的完全中斷，那麼即使共產黨退出中國，我們也無法重建我們民族的精神的。

在國民黨統治下，以自由中國自居的臺灣，如今已經痛定思痛，想以待罪之身，作復國之圖，我覺得特別應當把他們的文化政策重新檢討，才不致再誤民族。

臺灣的文藝口號是「反共抗俄」，這口號並不是有什麼不對，但單憑狹義的口號並不能建立文藝，並不能掀起新文化運動。如果覺得文化戰是總體戰的一支，則文化力量的培養是需要深厚廣濶的，比其他戰爭更要有深厚廣濶的基礎。不用說這戰爭並不是一年、兩年的事情，靠「反共抗俄」的口號，是無法持久的。即使是一年、兩年的事情，則在共產黨打垮以後，請問憑「反共抗俄」的口號可以重建被共產媒所毀改的中國悠遠的文化嗎？

我們知道臺灣有希望的青年作家很多，而且其中有許多人也肯埋頭認真努力，但是因為這口號的要求，使他們的題材流落於公式化，主題沉陷於概念化。在大陸，當中共發表作品公式化、概念化的時候，他們要求作家與生活聯繫，雖然於作品的成就上不會有什麼補救，但是於題材的廣泛上至少可以多一點泉源。現在臺灣作家，譬如他們常寫人民在大陸上的被壓迫統治所受的苦難，而這些苦難偏是作者完全無法體驗的。本來這些描寫，只要參考一些大陸實際情形多方的報導也不是不可靠想像而創作。可是所謂多方的報導，臺灣當局是不易允許進口的。我曾經讀到一個青年作家的一篇小說，寫一個青年在共產黨中工作，因失望而跑到臺灣同其愛人會面。其「出境」的容易竟同日本到臺灣一樣，使人感到共產統治下有充分的個人自由的。我們雖可以說這是這位作家的幼稚，但也不能不說對於作品口號的要求害了這位作者，如果鼓勵這位作者寫他想寫、能寫的題材，也許會多一點成就吧。

「反共」這兩個字在老百姓看來，它本身實在是沒有意義的，如果共產黨好，老百姓有什麼理由要去反它？身居異地的許多有知識的華僑，都是這個態度。他們往往因為聽到中共一點行政上的有效率，建設上有點成就，就稱讚不已，這正是他們愛國心理的表現。老百姓在國民黨統治下二十年，國民黨對他們並沒有什麼深恩厚德，更談不到仁政治績，他們並沒有義務要為國民黨盡忠盡節，沒有理由要親國反共。如果他們「反共」，與國民黨的同志的出發點也是不同的。他們的反共只有兩種，一種是中了國民黨的宣傳，一種則是瞭解共產主義基本的毒害。本來國民黨的宣傳大可以揭穿共產主義基本的毒害，但是如果要揭穿共產主義基本毒害，就必須讓人先瞭解共產主義內幕，而這偏是國民黨所不敢的，因此這宣傳就變成非常浮泛膚淺了。我相信國民黨裡許多反共人士，對於共產主義是徹底瞭解的，只有徹底瞭解共產主義才會發現他基本毒害，也只有徹底瞭解才會有真正非共的思想與意識，可是國民黨對於人民則怕他們瞭解共產主義，因此只好以膚淺空泛的甚至虛構大陸的現狀來對人民宣傳了。

如果要找一句簡單的話來說明共產主義基本的毒害，說明真正「反共」的意義，我倒以為說共產黨是違反人性、縛束人性這句話比較根本而有意義。如果這句話沒有錯，那麼我們文藝的提倡人性與解放人性，也正是真正反共的文藝。

共產黨的文學是要以黨性竄改人性。我們的文學則是發揚人性。這並不是說因為要宣傳「反共」而提倡人性文學，而是因為文藝本質是人性的，我們要維護文藝所以要反共。也因為共產黨是違反人性，所以我們才「反共」。

其次，說到「抗俄」的口號，「抗俄」這兩字同「反美」這兩字，在老百姓看來也都是一樣的，只有瞭解蘇聯的奴役中國與統治中國是毒於其他帝國主義，只有瞭解蘇聯對中國的侵略，是要侵略到中國人的人情、傳統文化與思想，是要侵蝕每一個中國人的靈魂，「抗俄」的口號方才有內容。因此如果要文藝掀起抗俄的意義，那就是要提倡國民文學。

文藝的本質是人性的。只要你是人，你有文藝的創作，一定是人性的。只要你是中國人，你有文藝的創作，也一定是國民性的。共產黨的暴政是要硬把人性改為黨性，硬把國民性改為階級性，這是與文藝的本質相違背的，所以他在文學藝術上是無法有什麼創造的。

這因為人性是天生的，是人，就有共同的人性。國民性是自然的，身為中國人，承受了中國的血液、文化、傳統與習慣，他就是中國人。雖然也可以學洋語，吃洋菜，改變國籍，彷徨於紐約第五街，但是別人還是叫你「中國人」。可是「黨性」是人為的，今天國民黨，明天可為共產黨；今天是共產黨，明天也可變為非共產黨。因此要維護「黨性」，就必須常常用紀律、用組織、用特務、用學習、去教育、訓練、監視與督促。黨性如此，階級性則更是欺人了。共產黨人根本不是無產階級，而無產階級也隨時可變有產階級，有產階級也隨時可成小資產階級。馬克思的階級理論，本來是不合事實的。中國的階級尤其是不可劃分，這在前面已有多處論到了。共產黨要把國民性竄改為階級性，就必須經常用鬥爭、清算、檢討、自白來教育，來製造，但要中國人叫「史達林萬歲」，則始終還是使人感到肉痲與可笑。

共產黨如果反人性，蘇聯如果不侵略中國，不侵蝕中國的國民性，我們老百姓實在沒有理由要同非親非眷，無恩無德的國民黨一同反共抗俄的。因為共產黨的共產主義是有基本的毒害，所以我們作為中國人，是與國民黨有同一意向了。

國民黨如果瞭解這一點，痛定思痛，有復國的大志與氣派的話，他的文化政策必定不光以反共抗俄的宣傳為目標，而且是要在復國以後在殘瓦破礫的文化上建立中國的新文化，那麼在文藝上他必須是提倡人性文學與國民文學。

所謂人性文學與國民文學，在表現上是必須是個性主義的文學。因為要充分表現人性是只有每個人有個人獨立的人格尊嚴，要充分表現國民性也只有每個國民有國民的自覺。只有尊敬每個人的人格尊嚴、尊敬每個國民的國民身分（國民的義務權利保障）的社會，才能夠領導整個新的文化運動。

要掀起這個人性文學與國民文學的運動，對於所謂「人性」與「國民」的概念，應當有個確切的瞭解。在中國，文藝批評，幾十年來，一向是衰微的，我最近讀到兩篇批評的文章，因其與所謂國民文學個性文學的意義有關，因此在這裡附帶提一提。一篇是批評文學的，有一個作家寫了兩本以西洋為背景的小說，那個批評家說這是與中國完全無關的。這種見解非常褊狹可笑，可以說是對於文學根本不懂的說法。小說的背景與故事其實只是小說的衣服，你不能說是穿了西服的中國人就是外國人。他倒沒有說莎士比亞以丹麥為背景的悲劇不是英國文學，奧尼爾（Eugene O'Neill）的《瓊斯王》以黑人為人物不是美國文學呢。其他如幻想的童話神話，難道應說是非人類的文學嗎？第二篇是一位批評家談到藝術的，說是繪畫裡的靜物和風景，只是沒有內容的形式美。這也是對於藝術完全外行的說法。如果一個畫家在所取題材中沒有內容，那麼那就不是藝術品。畫家羅特列克（Henri de Toulouse Lautrec）說，梵谷（Vincent Van Gogh）善於用花卉風景表現他的生命，我則必須在都市中的女性形態中表現我的生命。藝術就在用簡單的題材表示作者的理想與情感，其題材的取捨，則是作者的熟識程度所認為合宜的媒介而已。

這兩篇文章，前者所及的就是對於國民文學的誤解，後者所及的就是對於文藝上的個性的不解。諸凡不瞭解藝術的人都犯這類褊狹毛病的很多，許多學科學工程的朋友看輕詩歌與小說，他們以為這是無價值之消閒品；而幹政治的人，則就以為藝術家的題材就是藝術的內容，無怪乎臺灣的有志之士以為文學必須寫些「反共抗俄」的口號才是反共抗俄了。於是淺薄的作品應運而生，最可憐的是流行於市場的一些在黃色的故事加上一些「反共抗俄」的尾巴，文藝界人士明知其無聊，但因其有幾個反共的口號與抗俄的尾巴，就覺得他是有十足存在的權利了。

希特勒在發動侵略時對人民演講說：「我們要為哥德為席勒而戰！」哥德與席勒幾曾為法西斯張目，但哥德、席勒是德意志國民文學的代表。國民文學的意義就是要表現優美的國民性，使人民認識自己優美的國民性、可崇視的傳統，愛護而珍貴自己血液中的優美的國民性。有悠長歷史的中華民族，它的堅韌、它的深沉、它的良善、它的愛好和平而又不畏艱難，值得我們用任何的色彩形象來表現，也值得我們用神話、用寓言、用詩歌、用小說、多方面來表現的，為什麼如今要限於狹窄題材，以簡單的口號，為主題來表現呢。到底我們培養我們國民優美的堅韌，智勇的特質，深沉反省，埋頭苦幹，來重新振作，可以反共抗俄呢？還是先用刺激、呼號，叫每個人滿頭青筋，躍躍欲試，可以反共抗俄呢？在戰略上講，如果現在軍事的戰爭已經發動，這些刺激口號也許有用，但軍事發動無期，長期的刺激、呼號，不過使人厭倦而已，等到你需要人民躍躍欲試時，這些刺激呼號，怕反而喚不起什麼反應了。

民氣士氣這東西，就要在鼓起來了時候就用，不用就洩氣了。而且必須配合著勝利，一次敗仗以後，氣也就沒有了。凱撒與希特勒發動戰爭雖是靠刺激、呼號，可是在凱撒、希特勒失敗以後，重振羅馬、德國的則是他國民的優秀特質，這就是文化傳統所培養所繼承的沉毅、堅韌、深慮遠矚的國民性了。

在大陸崩潰以後，國民黨黨員中有多少要人與幹部在氣盡勢去的感覺中作搖尾乞憐的「靠攏」與「獻媚」？有多少要人刮錢出國而放棄「鬥爭」呢？請問他們的領袖與黨所號召的口號於他們生過什麼作用？那些刺激的呼號所打的「氣」到那裡去了？而現在退到臺灣的一些國民黨的有志之士，他們每一個人可以捫心自問，究竟他們是憑什麼而有幹到底、拚到底的反共的決心呢？是憑「反共抗俄」一類標語口號的刺激與鼓勵呢？還是因為他們具有我上面所說的兩個條件，或兩個條件之一呢？這就是第一，徹底瞭解共產號是違背人性，他們是要摧毀人性與竄改人性的；第二，具有優美的中國國民的傳統，愛自己傳統與文化，不願意被毀絕而改制。如果這些有志的國民黨同志，在反省以後，發覺自己所以別於那些無恥的國民黨黨員，的確是因為自己比他們瞭解共產黨，的確是因為自己比他們更富於中國國民的自覺與自愛，那麼現在，在力求振作，戴罪圖功的時候，自應當覺悟應該徹底的使人民在這兩點上培養深厚廣濶的基礎，這就是說，要作一個人性的國民性的文化運動，而不是在簡單的口號上作為士氣民氣的鼓吹就算了。退一步講，所謂士氣與民氣，雖說是可以靠刺激鼓吹而來，但也要看人民的國民文化基礎而定。國民文化基礎越深厚，在緊要關頭，憑刺激、鼓吹而起的士氣與民氣也會比較堅強與沉著，勇敢與持久的。

燕太子丹使荊軻刺秦王，找了一個燕國的勇士秦舞陽為副，秦舞陽在十三歲時候就殺過人，那麼應該是氣盛力壯了，但到了咸陽宮，從階陛走上去，就嚇得顏色大變，而荊軻則還從容地為其解說。荊軻與秦舞陽的不同也正是「基礎」不同。靠攏共產黨的國民黨一群黨員，大多數以前也都是「年十三殺人，人不敢忤視」的一類勇士；「反共」一類的口號恐怕叫得比誰都熟；但到了緊要關頭，掉轉尾巴就叩頭，恨不得殺幾個「同志」的頭去獻功呢。這些醜態，是中國國民性所絕對沒有的。在敵偽時期，做漢奸的人固然不少，但總是暗地裡放鬆同胞的。我有一個朋友，到自由區去的交界處，被日本人扣拘，跪在地下。後來倒是一個妓女說情，把他放了的，而這妓女並沒有接受到我的那個朋友任何賄賂或報酬的。這就是我們國民性最正常的表現。

國民黨也曾提倡三民主義文學過，但三民主義始終未產生過三民主義的文學理論與作品。這因為，真正民權主義的文學，則需要人民要求政治平等，這於國民黨統治是有害的；真正民生主義的文學，即人民要經濟平等，於國民黨統治也是有害的。共產黨用「階級鬥爭」的理論，解作實現民權與民生的正確手段，就把它強佔為自己的武器了。只有民族主義的文學，還可以成為一種異於共產黨地下文學的口號，但是一到共產黨被圍剿，而日本侵略中國之時，民族主義的口號，又被共產黨搶先利用了。

在共產黨的理論中，認為帝國主義的國家，因為要緩和國內的階級覺悟，所以用民族主義來號召人民，作向外擴張。共產黨則是利用民族主義來求「一致抗日」以解除自己的危機。自從抗戰以來，共產黨所幹文化運動是二元的，在國民黨治下是「民族主義」，在共產黨治下則是「階級鬥爭」。這與現在共產黨所策動的東南亞文化運動是「民族主義」，在鐵幕內是「階級鬥爭」，是一樣的。即在殖民地或次殖民地的地區，他要用「民族主義」來號召人民反抗政治的或經濟的統治者，在鐵幕後面，譬如在中國，他就是用「階級鬥爭」以緩和「民族主義」了。大陸人民對於蘇聯，侵略與霸道，很自然的發生了民族的敵愾，共產黨則要把這些敵愾移到「階級鬥爭」上。可是所謂「階級鬥爭」，共產黨當然不允許你以「被統治階級」向「統治階級」鬥爭，他於是把人民硬分「階級」，叫你們互相鬥爭，把整個的「統治階級」貼上「無產階級先鋒隊」的商標，永遠成為領導鬥爭的「階級」。在開始時，因為社會裡，的確有貧富懸殊的現象，他們的辦法很收效，等到幾次鬥爭清算以後，人民漸次覺悟誰是真正的剝削階級時候，共產黨也只能倒過來用「民族主義」來緩和階級覺悟了，於是，反美帝、反英帝、抗美援朝就成了刺激與鼓吹的口號了。換句話說，共產黨是把人民分為階級以緩和人民仇蘇的民族意識，同時以仇美為緩和人民的反共的階級意識。所以所謂民族主義文學，雖是國民黨所提倡而一度為共產黨所反對的，最後還是成了共產黨的武器，這武器的運用第一就是以「一致抗戰」解除了國民黨對共產黨之威迫，第二就是以「抗美援朝」及「反美帝及西方毒素」的文化運動以緩和人民反共的階級意識。第一點是勝利了，第二點尚不得而知。

如果人民反共意識只是因為想到「國民黨比共產黨好」，那麼「國民黨」三個字也夠成為宣傳的標語了，用不著「反共抗俄」的口號；如果人民的反共意識，是因為看到或聽到在共產統治下的生活，或徹底瞭解了共產主義是什麼，真正發現了他們是一種要毀滅人性，抹殺民族的主義與行為，那麼，人性的與國民性的文化運動才是真正的反共文化。

如果國民黨的當局與有志之士以為人民的反共意識是因為「他們感覺國民黨比共產黨好」，那麼這正如一個家庭裡辭去了一個傭人，換了一個新傭人，因為新傭人更不好，而想到前任傭人；或者正如一群學生轟走了一個教師，換了一個，從新教師的不好，而懷念前任教師一樣，那麼這個前任的傭人與教師再去的時候，也還是他們所不滿意的。而這種「懷舊」的想法是多麼被動可憐、消極與脆弱呢？

問題是在如何啟發人民的自覺，他對於「人」的本質的自尊，他對於「國民」傳統上的自信，在幾十年的混亂中，外侮內患，獨裁專制，中國的人民的自輕，傳統崩潰，道德淪亡；這時候，我們的文化如果要復興，則必須建立這份人的自尊與國民的自信上。而這是為什麼我要在這裡提出人性文學與國民文學了。

我所以用「國民文學」這個名詞，而避免用「民族文學」者，有一點小小的用意。這就是用民族文學的名詞往往是宣揚民族的自大與優越，作愛國的刺激與鼓勵，像希特勒所為者。所說的「國民文學」的含義，則是一種在反省與覺悟之中，尋求我們傳統上血液中的優點與弱點，揚棄這些弱點，宣揚這些優點，作為我們重新建立文化與國家的基礎。其次我認為民族文學往往會把漢滿蒙回分開的。德國的民族主義後來就狹到以亞利安種為真正血統，這實在很可笑。我不相信世上現在任何社會有純粹的民族，但是我相信每一個國家有他國民的傳統的。

一個政權如果是為人民服務的，他要人民建立的文化當然是為人民自己的；那麼這文化就決不是為黨服務，鞏固黨的政權的文化。而是為一個民族在這個無法同世界孤立起來，而將在這世界文化上發揚光大的文化，這在文藝運動上，因此必須是人性的文藝，也必須是國民的文藝了。如果從這個文藝立場上講，我們要選擇的政府，一定是它把文藝政策放在人性文藝與國民文藝上，因為只有這樣的政府，這樣的政黨，它對中國的每一個國民有尊敬有信仰，而且希望它與世界的文化不脫節的。

中國老百姓，對某個政治失望而擁護別個政黨，如果有這個自由的話，那倒是中國的進步。除非你給中國老百姓對共產黨有基本的認識，否則他們不反共是自然的趨勢，向共產黨靠攏倒是他們的進步；可是在敵偽時代做出賣同胞，向敵人討好的勾當，則是國民性的墮落了。國民性與黨性的不同就在這裡。

本來口口聲聲反共的國民黨黨員，一旦在國民黨大勢已去的時候，滿口罵國民黨同志，向共產黨獻媚，則是國民黨的恥事。勝敗乃兵家常事，光是軍事的失敗我覺得沒有什麼可恥，可恥的倒是國民黨擁有如許的卑鄙無知的黨員，而這些黨員都是「為民先鋒」的。為什麼「為民先鋒」的同志會這樣沒有骨氣呢？是沒有「反共」的口號刺激嗎？是沒有三民主義的認識嗎？不是的，他們是失去了中國國民性優美的傳統，他們始終沒有瞭解共產主義的基本毒害。

失去了國民性自信的人，做政黨的黨員也是不會有「黨性」的，所謂「黨性」還是要以「國民性」為基礎。如果不培養國民性而培養「黨性」，那麼即使有成就，結果也往往會出賣祖國，不惜用外國人力量以傾覆敵黨的。在這裡，我們當可以悟到，為什麼許多先進國家在國家危難時候，國內敵對的政黨可以和衷共濟，一致對外呢？很簡單，這就是人家對於國民性的培養先於「黨性」。

我們既是中國的國民，我們的國民對中國都有忠貞的要求。可是這「忠貞」並不是對某一個政黨，政黨儘管可以要「黨員」對「黨」忠貞，但無須，也無權利要求人民對「黨」忠貞的。作為人民謀幸福利益的政黨，只有整天問自己是不是對人民「忠貞」，而不是不斷的要求人民對黨忠貞的。也只有你的黨多多地對「人民」、「民族」忠貞，你才有資格希望人民多多地成為你的黨員，而要求你的黨員對黨「忠貞」。人民很自然的會敬愛為他們謀生存、謀光明的政黨，但人民也自由離棄，甚至推翻給他們災禍的政黨。

提倡三民主義的文學無疑地也是黨性文學，我不反對國民黨同志個別的有標揚黨性的作品出現，正如我不反對信奉任何宗教的人士含有教義的作品。因為這也是文藝園地裡個別的花朵。但作為文藝思想或文藝政策或是一種文化運動的話，那麼，其結果由此而產生的作品，也只是一些八股的渣滓而已。

如果一個作家不瞭解共產主義基本的毒害，他的「反共」文學，不但沒有啟發讀者「反共」的意義，而且也許反而會使識者發生「反共」的疑問的，如果一個作家不瞭解「蘇聯」的特質，那麼他的「抗俄」的意義與「反美」的意義有什麼兩樣呢？

把「反共抗俄」的口號收在狹窄的含義上，來要求合於這含義的作品，那等於製好了一定尺寸的鞋子來徵人套穿；滿以為穿得上這鞋子的腳方才是會走路的腳，可是結果真的會走路的腳都不合尺寸，只有專根據這尺寸的而製的塑膠或泥土塑造的假腳才穿得上。於是尺寸是合了，可是這腳則是不會走路的，穿上了固定的鞋子，只能放在櫥窗裡做樣品了。

在許多反共作品中，比較深刻的，我們很容易想到《毀滅了的上帝》（The God That Failed）一書，這本書的六個作者以前都是共產黨員或親共分子，他們之所以深刻，因為他們並不是從枝枝節節來「反共」，而是從根本上或整個精神上來反共的。臺灣一些比較深刻的反共作家，如胡秋原、如鄭學稼……也都是從相信過他們一套而覺悟過來的，其他許多國民黨的有識有志之士，也多是以前做過共產黨信徒或讀過共產主義的經典而徹底瞭解共產黨的人。

在「反共」這個口號的意義上，「瞭解」才是最堅固基礎，否則始終是沙上的泥塔而已。這些反共的有識之士，所以會根本否定這種思想與態度，我相信並不是由於他們獲得了另外一種黨性，而是他們看清了共產黨所要求的黨性是違反人性的。儘管許多從共產主義信仰中跳出來的人士，如Ignazio Silone所說，有走到法西斯主義去的，但這個極端只是作為反共的手段而已，而當時也只有法西斯主義是堅決反共的。這就是說他們因人性而反共，因反共而成為法西斯的。但是這條路不通已經很明顯了。在文化上，與獨斷的對壘的將是寬容，在文藝上與黨性對壘的將是人性，這正因文化的本質要求是如此，人性的本質要求是如此的。

從「人性」出發來「反共」，這「反共」才有基礎；從「國民性」出發來「抗俄」，這「抗俄」才有內容。這所以我們要提倡人性文學與國民文學。

如果想以其他的「黨性」文學來對抗共產黨的黨性文學，那麼，你必須做到像共產黨一樣不要文化，像共產黨一樣的不要中國，像共產黨一樣殘酷，像共產黨一樣摧毀人性，否則你的「黨性文學」將永遠無法與共產黨的「黨性文學」抗衡的。

文藝從人性，從國民性來的。我們應當從人性來建立我們的文藝，從國民性來建立我們的文藝，在這個文藝上，我們全國人民對自己人的地位有新的覺悟，對自己國民的傳統有新的認識與自信。只有這樣，我們反共抗俄不會沒有根基，也只有這樣，我們將來在共產黨所摧毀的文化廢墟上會重新生出蓬勃的花卉，得與世界文化一同在燦爛的陽光中繁榮。

為建立中國新文化的前途，我希望作為自由中國臺灣的文化領導者，對這個問題有一個整個的思索，認識這個不能離世界孤立的中國與不能與世界文化脫離的時代，以及歷史在這塊土地上所交給我們這一代的使命。

而這是一個重大的使命，因為在共產黨的摧殘與統治下，如果我們要繼承我們中國悠久的文化並且要我們以後子孫來發揚光大我們的文化，我們現在只能在狹小的地區與有限的人力來負荷這個空前艱難的工作了。因此，我們的方向是更需要正確，我們的口號更應當慎重。而這是值得一切反共的文化人士來思索的。

普及與提高

文藝的課題中，在毛澤東先生及其同志們有一個「普及與提高」的問題，這問題實際上是很簡單的，但是在故弄玄虛，牛頭不對馬嘴的拼湊下，就變成了相當複雜。現在讓我們先看看毛澤東先生的論據。他在〈在延安文藝座談會上的講話〉裡說：

我們的文藝，既然基本上是為工農兵，那麼，所謂普及，也就是向工農兵普及，所謂提高，也就是從工農兵提高。用什麼東西向他們普及呢？用封建的東西嗎？用資產階級的東西嗎？用小資產階級的東西嗎？都不行，只有用工農兵自己的東西。因此在教育工農兵任務之前，就先有一個學習工農兵的任務。提高的問題也是如此。提高要有一個基礎，譬如一桶水，不是從地面上提高，難道從空中去提高嗎？那麼所謂文藝的提高，是從什麼基礎上去提高？從封建階級的基礎嗎？從資產階級的基礎嗎？從小資產階級的基礎嗎？都不是，只是從工農兵的基礎，從工農兵的現有文化水準與萌芽狀態的文藝的基礎去提高。而這裡也就提出了學習工農兵的任務，只有從工農兵出發，我們對於普及和提高才能有正確的瞭解，也才能找到普及和提高正確關係。

不錯，我們的文藝基本上是為工農兵，但如工農兵不瞭解文藝，我以為這責任並不是在文藝身上，而是在社會身上，在政府身上，在教育身上。毛澤東先生沒有取得政權，責任不在毛澤東身上；但毛澤東先生取得了政權，而這政權又是以工農兵為招牌的政權，那麼如果要普及文藝，問題在普及教育，要提高文藝，問題也就在提高教育。

我已經論過藝術上的界限，文藝的高低只是好壞，是價值上的高低，並不是算術一樣，深淺有程度上的高低的。文藝的深淺只是界限，這界限上面也曾經論及。我現在把它分三種。第一種是文字。文字我們已經從文言文改到白話文，從白話文也許可以改到大眾語。但不管怎麼改，談到文藝，就必須閱讀，閱讀就必須識字。中國工農兵識字的程度，平均起來恐怕還不到小學三年級的程度。我們要他們欣賞文藝是不可能的。第二個界限是知識，關於地理、關於歷史、關於社會科學與自然科學。如果讀者沒有「秦皇漢武」、「唐宗宋祖」、「成吉思汗」的知識，讀者絕對看不懂毛澤東先生的那首〈沁園春〉的。第三個界限是人生。如果一個人從小關在書房裡或從小羈縛在工廠一部機器邊，從未接觸過人群，他也無從瞭解文藝。實際上當然沒有這樣的人，每個人都有每個人人生的經歷。但是一直在熱帶生長的人讀毛澤東的「北國風光，千里冰封，萬里雪飄……」，同見到過「冰」「雪」的人感覺也是不同的。人生與知識是配合互補的。如熱帶的人連關於地球的寒帶的知識都沒有，連水在某種溫度會變冰的知識都沒有，那麼讀毛澤東的〈沁園春〉則更是莫名其妙了。除了這些界限以外，文藝就無所謂程度上高低，只有價值的高低。但是價值上的高低是趣味的高低，趣味的高低在藝術是沒有階級的。我已經說過，許多大學教授可以對音樂、文藝毫無興趣，根本不懂好壞，而勞苦大眾中倒很多有欣賞的能力的。我們常見到舞臺上的丑角，開一個玩笑，就很有文藝價值，而資本家則可對文藝毫無興趣。許多鄉下瞎子的說書，插穿了一點噱頭，也很有文藝氣息，而讀了許多年書的人倒可毫無文藝意味。魯迅曾經講到民間文藝中的紹興目蓮戲的武松打虎，有希臘諷刺小劇的意味，而一個工廠的老闆或工程師可能還不能欣賞到目連戲〈武松打虎〉的文學趣味。一個農民雖不全懂毛澤東先生的〈沁園春〉，但逐字逐句一一講給他聽後，他可能悟到了裡面文學味道，而在一個米店老闆，他雖看得懂所有的字句，而可能反不能體會到裡面文學的意味。

所以文藝的意味，不是程度的高低，是價值上高低。關於價值的高低之欣賞，如果說三分是天賦的，七分只是靠接近。所謂天賦是因人的個性而不同，有的人根本對文藝沒有興趣，接近幾次也就不願再接近，有的人接近一次就有興趣再接近，於是不斷的接近，他的文藝趣味就提高了。文藝如此，別的藝術也是一樣，有人愛音樂，有人愛圖畫，但愛音樂的人不見得愛文藝，愛文藝的人不見得愛圖畫，這是個性與興趣的不同。

我是一個鄉下生長的人，在我們鄉下，廟會裡常有社戲。我認識許多農民在白天勞作以後，仍愛深夜擠在人群中看社戲，看得多了，什麼班子裡的生旦是誰都知道。他們很能分出誰唱得好，誰唱得壞。而許多比他們多受過教育，會記帳、寫字、看書的人，倒毫不知道什麼是好壞，反倒要聽他們的意見。這就是說，藝術欣賞的高低是因人不同的，不是因教育因階級而不同的。

我們常常發覺有藝術天才的人，他們因環境不好，沒有機會讓他們發展；這種現象是社會不平等所致。如果社會進步，應當人人有機會去接近藝術。所謂音樂教育、文藝教育，就是要在教育的課程與材料，使人有接近音樂與文藝的啟發，並不是以音樂與文藝去做教育的工具。

所以我們如果談到普及，第一步是要使教育普及，要使工農大眾人人有受教育的機會。第二步，如果要談普及文藝教育，那就是說在教育課程中要多使學生接近文藝。普通我們所謂淺近的文藝，並不是文藝價值的高低，而是界限多少的問題。譬如說，我們讀一段《水滸傳》較讀韓愈的文章易懂，這並不是說《水滸傳》的文學價值比韓愈的文章低，而是韓愈的文章有較多的界限，這些界限要有更多文字上的知識與時代上的知識才能夠超越的。

我有幾個在上海做小學教員的朋友，他們同我談到國語教科書的教材。他們說教科書上有清明掃墓這類文章，使一直在上海生長的兒童莫名其妙。這些掃墓文章總是先寫春光明媚，再寫一路風景，三寫掃墓禮節，這是上海兒童在生活中從來沒有經歷過的，所以就無從欣賞。這並不是說掃墓的文章深於別的教材，而是生活經驗上的界限，他們無從超越。

我們要普及教育，我們當然要向農工大眾普及，否則無所謂普及，這就是要使人人有歷史的、地理的、生活的知識。我們要普及文藝教育，那就是要人人有機會接近文藝。

我是在中國受過小學教育的人，但是文藝教育則受得很淺。這因為當時大家提倡實業救國，工業救國，學校裡注意數、理、化，國文教育不注重不必說，而選的材料都是經史論文，所以始終不知道有所謂文藝，更不知道文藝與文化有什麼關係。文藝以外，音樂、繪畫的教育更是可以說根本沒有。音樂在當時公認為無用的功課，除了學唱幾隻校歌國歌以外，根本不使我們學生知道什麼是音樂；繪畫到初中三就畫幾何畫，好像將來人人是預備去做建築師的。如果我們要普及文藝教育與藝術教育，我們就應當在課程與教材，以及教育的態度上有所改進。

我對於文藝的愛好與接近，是在大學的時代，但並不是大學的教育叫我接近，而是從幾個愛好文藝的朋友，從幾個文藝的刊物才開始接近的。至於音樂與繪畫，則是到了社會以後才接近。我不敢說我現在懂音樂也懂繪畫，但是我因為接近而愛好，因為愛好而更接近，就在接受之中，我的趣味就逐漸提高，而在我與內行人談談我的愛好時，他們竟也以為我是內行的。

所以，藝術的價值欣賞完全要靠接近，如果我們要普及藝術教育，就要在學校課程之外，多有使人民看到聽到的機會，如音樂會、展覽會、無線電、電影……等。這也是教育上的課題。

注意工農大眾是對的，普及與提高也是對的，但這是教育的課題、社會的課題，不是文藝的課題。既然是教育的課題，是社會的課題，為政者自然要遍設學校實施強迫義務教育——八年或十年，同時一方面要提高人民的生活水準，多有閒暇。而不是叫文藝工作者「從工農兵現在的文化水準與萌芽狀態的基礎上去提高」了。

說到用什麼東西向他們普及，毛澤東先生的答案是要用工農兵自己的東西。這就越說越離題了。我倒要問什麼是工農兵自己的東西？毛澤東先生既然口口聲聲在說知識及文化過去都是封建階級資產階級、小資產階級把持的，現在工農大眾已經解放，為什麼還要只用工農兵自己東西去普及呢？譬如說，現在大部分工農大眾是不懂電燈，不懂自來水，不懂抽水馬桶；我們還是要這些現代的東西普及於工農大眾使他們都有這些享受呢，還是說這些是資產階級的東西，不使它們普及呢？藝術也是一種享受，如果說普及的是工農大眾自己的東西，那麼就是說工農大眾永遠是不能與統治階級有一樣的生活水準了。這是什麼話？

但是毛澤東先生的用意不難明白的。在上海解放以後，幹部們都迷戀於都市，中共中央曾經有一個檢討，頒佈了明令，認為這是不對的。毛澤東的意思就是要不讓工農大眾知道統治階級的生活水準的。如果一部文藝作品有了工農大眾所不懂的生活經驗，如毛澤東先生及高級幹部們所坐的汽車、冰箱、無線電、飛機……等，在毛澤東先生講起來，這些文藝不合工農大眾的水準，是資產階級、小資產階級的水準。在我講起來，應普及的正是汽車、冰箱、無線電、飛機……等，應提高的是工農大眾的生活水準，不是這種文藝有什麼階級的錯誤。請問毛澤東先生與我，是誰在敬愛工農大眾，是誰在關心工農大眾？如果有人寫到毛主席與藍蘋同志坐在沙發上，說毛主席站起來的時候，藍蘋同志因沙發彈簧的震動，手上的香煙灰掉了。工農大眾是無法懂的，這並不是他們文藝欣賞能力低，而是他們生活水準與毛主席、藍同志不是在一個水準。他們沒有見過沙發，更不知道沙發有彈簧，彈簧因毛主席肥碩的身軀站起來而有振動，因振動而掉了煙灰，這就是生活經驗上的界限。毛澤東先生的意思是不是因他們的不懂而不該寫呢？可是我的意思，雖然不能使每個工農大眾有沙發，但至少要給他們有關於沙發的知識。請問毛澤東先生與我，究竟是誰敬愛工農大眾呢？

毛澤東先生說：「但是普及工作與提高工作是不能截然分開的。普及者若不高於被普及者，則普及還有什麼意義呢？普及若是永遠停止在一個水準上，一月兩月三月，一年兩年三年，總是一樣的貨色，總是一樣的〈小放牛〉總是一樣的『人，手，口，刀，牛，羊』，那麼，普及與被普及者豈不都是半斤八兩？這種普及豈不又變成沒有意義了嗎？人民要求普及，跟著也要求提高，要求逐年逐月的提高。在這裡，普及是人民的普及，提高是人民的提高，而這種提高不是在空中提高，不是關門提高，而是在普及的基礎上提高。這種提高，為普及所決定，同時又給普及以指導。就中國來說，革命和革命文化的發展不是平衡的，而是逐漸推廣的，一處普及了，並且在普及的基礎上提高了，別處還沒有開始普及……」。

不錯，普及工作與提高工作是不能截然分開，但是這問題則仍是教育的問題，如果人民的水準是零，我們教以「人，手，口，刀，牛，羊」；等他懂了「人，手，口，刀，牛，羊」，當然要教他別的。這是知識教育。文藝教育則要配合知識教育的。根據知識教育的水準，選文藝上界限的多寡與簡繁（不是文藝的高低）給他們欣賞。但這類編選是教育的工作，不是文藝作家的工作。毛澤東先生既然也知道一處普及了，已經在提高，一處還沒有普及；其實不但是「一處」，而且是「每個人」。「每個人」的程度是不同，因為不同，所以有學校，有班級。要編選這些教本去適合如此的層次，這是教育工作者的責任，不是文藝作家所能辦到的。你說他不合人民的標準，他說合於已經提高了的人民的標準。比方我說，毛澤東的〈沁園春〉不合於人民大眾的水準，毛澤東先生可說這是他為這樣水準的人民寫的。那麼所談的普及與提高還有什麼意義？而且毛澤東先生又說：

除了直接為群眾所需要的提高以外，還有一種間接為群眾所需要的提高，就是幹部所需要的提高。幹部是群眾的先進分子，他們一般都已受過群眾的教育，他們的接受能力較高，因此他們不滿足於當前的和群眾同一水準的普及工作，不能滿足於〈小放牛〉等等。比較高級的文學藝術，對他們是完全必要的，忽視這一點是錯誤的。但是這個需要，暫時還只是幹部的需要，而不是群眾的普遍需要；適應這種需要應該是一個方針，但是不應該成為今天的整個方針或今天的中心方針。同時應該瞭解，為幹部，也完全是為群眾，因為只有經過幹部才能去教育群眾，指導群眾。如果違背了這個目的，如果我們給予幹部的不能幫助幹部去教育群眾，指導群眾，那麼我們的提高工作就是無的放矢，就是離開了我們為人民大眾的根本原則。

但是毛澤東先生的政權是「下級服從上級」的，幹部當然有下級也有上級，上級上面還有上級。比較高級的文學藝術，幹部既然完全需要；則更高級的文學藝術，更上級的幹部當然也完全需要的。自然到了最高級的毛澤東先生，也還是需要最高級的文學藝術的。幫助幹部去教育群眾，指導群眾是需要的，那麼幫助高級以至最高級的幹部去教育幹部，指導幹部的當然也是需要的。那麼是不是這就是「百貨吃百客」呢？是不是說，任何高級的文學藝術都有欣賞者存在呢？到了最高級的，他人都無法欣賞？

在文藝的欣賞上講，我以為群眾與幹部並不是標準，因為共產黨並不是以文藝欣賞能力來選幹部的。一個鄉下的農民也可能比毛澤東先生更有欣賞能力。以文藝的界限的超能力上講，雖然個別的說，下級也不見得低於上級，但一般的說，就算幹部勝於群眾，上級勝於下級，那麼都是「知識」上的問題，而這些知識正是統治階級所專有，群眾為什麼要幹部「教育」、「指導」，而不能直接要求這些「知識」呢？不能直接要求有自己教育的機會呢？對不起，毛澤東先生，群眾要的是教育，同你一樣的讀小學，中學，同你一樣的可以到大學去旁聽，如果共產黨的政權真是為工農大眾的話，那麼工農大眾所需要的是提高生活水準，是有受教育與知識的自由。

總之，在「普及」與「提高」的課題中，毛澤東是把社會的教育的問題纏到文藝創作上來，所以始終沒有說出一個頭緒。我不知道這是毛澤東先生糊塗，如果說另有用意，那麼這用意也不難解釋。

實際上毛澤東所要的不是文藝，而是標語與傳單。因為在標語上講，如貼標語給群眾看，要貼群眾看得懂的標語，標語的普及，及普及後的提高。毛澤東的理論就可以很講得通。在寫傳單上講，發傳單給幹部，要幹部抄傳單上的話去做標語，毛澤東的理論也就可以講得很通。這也是為什麼毛澤東在講到幹部的時候，就不講上級的幹部了。

譬如說，今天貼了「工農兵是無產階級」；明天又貼「無產階級是人民的領導階級」；貼了十天以後，於是貼「共產黨是無產階級的先鋒」；又貼了十天，於是貼「共產黨萬歲」；又貼了十天，再貼「歡迎共產黨英明的領袖毛澤東同志」；貼了十天以後，再貼「毛澤東同志萬歲」；於是群眾就被教育與指導，從普及到了提高，大家都知道毛澤東同志與無產階級是在一起了。於是為無產階級的都為了毛澤東，為人民的也都為了毛澤東。這大概就是文藝為什麼人，向什麼人普及，從什麼人提高的真正意義了吧？自然，幹部們是不滿意這個水準的，因為他們天天這樣貼，到處這樣貼，為滿足他們，比較高級的傳單是需要的。根據傳單他們可以寫較複雜高級的標語，如「工人農民努力生產嚮應毛澤東同志的號召」……了。

這種手法，所根據的是心理學所謂交替反應律來的。心理學上的交替反應律是巴夫洛夫（Ivan Pavlov）所發現，到行為主義心理學勃興後，實驗上更有重大的收穫。大部分這類實驗是對動物做的，我在這裡當然不能詳談交替反應律，但是我可以舉兩個實驗的例子來比較共產黨的標語教育。

一、我們以食物餵狗，狗在見到食物時就流口涎。這是原來的刺激喚起狗的反應。但現在我們每次於食物餵狗時先敲小鑼，日子久了，狗一聽到小鑼即使不餵牠食物也流口涎了。這就是說，狗原是見食物流口涎的，經過訓練後，聽到小鑼聲，也會流口涎了。

二、有一個實驗，是實驗者養了一缸魚。這只缸很大，不是玻璃缸。這魚也是有一定的種類的，我一時忘了是什麼魚，好在實驗者的目的是試驗這類魚對於顏色的辨別，而我的目的則只是在說明交替反應律的造成。實驗者餵魚以食物，這魚自然就游到水面來吞食，但實驗者每次於餵食物時，先揮揚紅旗。日子久了，魚一見紅旗揮揚，即使不餵食物，也就浮到水面。可是如果你揮揚綠旗，魚可決不上來。這就是說，魚本來為食物而游到水面，經過訓練後，見到紅旗就游到水面來了。

共產黨標語「教育」，也就是這樣。

他一次兩次告訴你「無產階級是人民的領導階級」，又一次兩次告訴你「共產黨是無產階級的先鋒隊」，於是你就會相信「共產黨是真正為人民的政黨」了。

他一次兩次告訴你「為人民服務」，又一次兩次告訴你「共產黨是人民的領導階級」「毛澤東是英明的偉大的共產黨的領袖」，於是你不知不覺就會相信「為毛澤東服務就是為人民服務」了。

他一次兩次告訴你「無產階級是人民領導階級」、「窮人翻身」，又一次兩次告訴你「史達林是無產階級的恩人」，於是不知不覺的你以為「叫史達林萬歲」就是叫「中國人民萬歲」一樣的自然了。

這個心理學上的原則，事實上在我們教育上是常用的，看圖識字也就是同樣辦法。我們看到圖畫上的馬，旁邊寫一個「馬」字，日子久了，我們看到「馬」字就知道是這樣那樣的一種動物。但是「馬」字是社會所公認的。我問你借馬，寫了「馬」字給你，你不會借我一輛汽車的。如果你始終在馬的圖畫旁邊寫個「牛」字，告訴我這是牛，我學會了把「牛」當馬，結果我會變得比沒有受這教育還要愚蠢。現在說「無產階級」，根據馬克思的說法，是沒有工具，沒有恆產，每天必須被剝削做工的一批人民，這是很清楚的。現在共產黨就用這個交替反應的辦法，使人民來相信一群有權、有勢、有銀行、有工廠的官僚是無產階級；馬克思理想無產階級的政權是為無產階級謀福利。現在共產黨就用這個交替反應的辦法，使人民相信無產階級為共產黨做牛做馬是在為無產階級謀福利。

這種欺騙的訓練，當然不是教育，是馬戲班訓練動物時用的，使動物相信訓練者是他們的恩人。自然，在催眠人民的意識是有效力的。

而毛澤東所說「普及」與「提高」就是這個。

可惜這不是為人民的教育，不是文藝；是為黨、為領袖、為剝削集團的宣傳，其普及與提高可說是標語的普及與提高。

自然，有人說：「一切文藝都是宣傳」。文藝是不是宣傳曾經有過論戰，有人說文藝是「共鳴」，是「同感」，是「傳導」。我覺得這是名詞之爭，概念之爭，沒有什麼意義的。因為我們不妨說一切「共鳴」、「同感」、「傳導」也只是「宣傳」的效果。但即使文藝是一種宣傳，宣傳則不一定是文藝。

標語與傳單同文藝的分別，在前者是要人對現實信仰，後者則是要人對現實懷疑；前者是要你「聽從」，後者則要你「感受」；前者是給人「走的路」，後者是給人「想的路」。蹩腳文藝也往往只剩標語的作用，但這一定是失敗的文藝。

因此，統治階級的文藝，往往是傳單與標語，那就是周揚先生所說的「概念化」、「公式化」。統治階級的文藝，如果說有時也有一二本像樣的作品，則也是畸形的。在過去，往往是辭藻華麗，或者聲調鏗鏘，而內容與形式毫不調和，往往連篇累牘，洋洋大論，而完全是空話。現在共產黨的特務文藝，如果有好的作品，則往往是在過細地描寫風景，或者是精確地描寫工廠的機器的結構，而這些描寫，似乎寫得很好，但與主題無關，整篇讀來，覺得要不要那些描寫都沒有關係。如果單獨地把這些描寫拆下來，也許倒還是一篇可讀的散文。但放在一起就不倫不類。那麼為什麼不拆下來獨立成一篇散文呢？這因為拆下來就沒有「宣傳」的作用。在戰爭以後，蘇聯也有作品裡把戰爭的場面寫得很好，但與標語傳單湊在一起，就像式樣很好的褲子，褲腳筒伸出兩隻手一樣的牽強，使我們連褲子的式樣都看不出是如何的好了。

談到標語與傳單，我們很容易想到教會裡所發的傳教的文字。我相信讀我這篇文章的人，一定也同我一樣的曾經在路上碰到一個不相識的人，遞給你「天國近了」一類的傳單，曾經在醫院在旅館裡碰到有人給你封面上畫著十字架的小冊子這類東西，有的也寫得不壞，但為什麼我們不當它是文藝，因為它是叫你「信仰」，叫你「聽從」，它是給你「走的路」，並不是給你「想的路」。但也有真正信仰宗教的人，教會裡稱他為「聖人」或「聖女」的人，寫出他的信仰的由來，寫出他在信仰中懷疑，在懷疑中掙扎，在痛苦中掙扎又獲得信仰的傳記一類的書，使我們讀起來覺得是一本有文藝價值的作品。這是為什麼呢？這因為前者是照概念公式而寫，後者則是照自己所感而寫。那麼共產黨的特務文藝是不是會產生這類的東西呢？照理論，應當是有的，但是竟沒有！這又是為什麼呢？這因為特務文藝的作家都是奉命的，而人民大眾自己所感的始終是覺得自己是被壓迫與榨取，又何從能有真正的信仰？談到信仰，我不得不談談孫中山先生的說法，因為這與我們要談到的問題有很多關聯。孫中山先生在三民主義裡說：「大凡人類對於一件事，研究其中的道理，最先發生思想，思想貫通以後，便起信仰，有了信仰，就生出力量。」孫中山是政治家，政治家總愛叫人「信仰」，或者說是叫人「信他」，所以他後來講到知難行易，講到「先知先覺」是發起人，「後知後覺」是贊助人，「不知不覺」是實行家。就更覺得牽強了。

原因是他忽略了「懷疑」。「信仰」是「行」的力量；「懷疑」則是「知」的力量。所謂「思想貫通」這句話是非常模糊的。我們在大學中往往以為思想貫通了，但多看點書，多經歷些人生，對於貫通的思想又會懷疑，懷疑以後又會重新思想，思想了以後又會貫通，貫通了以後又會懷疑……。信仰是必須在懷疑中掙扎出來的，沒有經過懷疑，談不到信仰。

孫中山先生叫人信仰三民主義，信仰了以後叫人「行」。於是就說出知難行易，先知先覺的道理，他說：「……所以繪圖的工程師是先知先覺，看圖的工頭是後知後覺，砌磚蓋瓦的工人是不知不覺。」以這個比喻來說，就非常不能自圓其說。因為實際上，繪圖的工程師也可以說是不知不覺。而砌磚蓋瓦的人也可以說是先知先覺。譬如我們可以說：「發明力學原理的人是先知先覺，把力學應用到建築的人是後知後覺，而實際繪圖的工程師是不知不覺。」我們也可以說：「砌磚蓋瓦的工人是先知先覺，認為這房子可以住入的人是後知後覺，搬進去住的人是不知不覺。」

孫中山先生還說：「……所以先知先覺的人，是世界上的創造者，是人類的發明家。第二種人叫做後知後覺，這種人的聰明才力，比較第一等人是次一第的，自己不能夠創造發明，只能夠摹倣，第一種人已經做出來了的事，他便可以學到。第三種人叫做不知不覺，這種人聰明力量是更次的。凡事雖有人指教他，他也不能知只能去行。照現在政治運動的言詞說，第一種是發明家，第二種是宣傳家，第三種是實行家。」

這裡孫中山先生的意思就是說他是三民主義的發明人，是先知先覺；後知後覺的人應當宣傳三民主義；不知不覺的人應當實行三民主義。以後國民黨的失敗，則在宣傳三民主義的人太多，實行三民主義的人太少。問題倒變成「知易行難」了。

事實上，歷史的進步正如個人一樣：孫中山的三民主義，一大堆的見解，其來源不一，遠可以推到蘇格拉底與孔子。如說先知先覺是蘇格拉底與孔子，則盧梭、馬克思是後知後覺，孫中山不過是不知不覺而已。如果人類的發明家是先知先覺，而後知後覺不過是摹仿地做，那麼人類歷史就不會有進步。人類歷史之所以進步，就因為有後知後覺者對先知先覺不斷的懷疑，因懷疑而反對或補充貫通，就成了新的先知先覺，於是又被後知後覺懷疑，又由懷疑而被反對或補充。這是一點。

其次，人無所謂發明家，摹仿家，實行家。每個人都是發明家，也都是摹仿家，也都是實行家。其智愚之差別，不過是在量之多寡，質之深淺而已。這是二點。

還有，知與行是很難分的。知是行的一種，行也是知的一種。愛因斯坦寫出一個相對論方程式是行。如果寫不出，他知了等於不知。孫中山先生講出或寫出一部三民主義是行，如果講不出寫不出，知也等於不知。實行家只是實行，也是不可能的。砌磚蓋瓦的工人，他必須知道如何砌磚不倒，如何蓋瓦不漏，而一切技術的熟練，就具有千萬種的知，沒有這個「知」就不能「行」。我曾經在木匠那裡學刨木，要把一塊木頭刨直、刨平，就要先知道如何握刨，如何下刨，如何用力，所以還是需要「知」。這是三點。

這因為人是人，不是神鬼，也不是植物。神鬼如有，也許可能有不行的「知」，植物的枝葉伸向陽光、發芽、開花、結果也許是無知的「行」。是人，是決無不「行」的「知」與無「知」的「行」的。

國民黨黨員信仰三民主義，國民黨同志就都是後知後覺；以後，後知後覺就只有摹仿著「知」。從此，一方面對先知先覺的三民主義不懷疑，因而也無補充、無反對、無發揚；而一方面既自認為「後知後覺」，以為反正有「不知不覺」者去實行，自己也不必實行。於是日子一多，後知後覺者就變成只有標語口號，而成了十足的不知不行的人了。而人民，在國民黨以為是不知不覺者，也就成為大智若愚，想行不敢行了。這可以說是國民黨失敗的最基本原因。

共產黨則不然，他們是講知行有辯證的統一的。但是他們叫人只「知」共產黨要他去「行」的，也只「行」共產黨要他「知」的。這等於叫人變成機器。譬如鋸木的機器，共產黨要它鋸木，它的機能就只知鋸木；共產黨給它鋸木的機能，它就永遠只在那裡鋸木。標語與傳單的教育就是這個意義。比方說，共產黨今天要人叫毛澤東萬歲，他就教你毛澤東是人民大眾的恩人，所以我們要歡呼毛澤東萬歲。本來你不告訴人民毛澤東是人民大眾的恩人，而叫人民叫「萬歲」，人民在槍桿之下哪有不叫之理，但是他要你「知」，他以為「知」而「叫」是自發的叫，是人民自動的叫。比方說：共產黨告訴你，你鄰居是一個地主，地主是可清算的，因為地主是剝削你的人（知）；於是你去清算這個地主（行），這是對的。如果你自己知道剝削你的人是共產黨或共產黨要用的人（那不是共產黨給你的知），而你要去清算共產黨或共產黨要用的人（行），那就是不正確了。共產黨叫你種田（行），你極力求種田的「知」（方法技術），這是正確的。如果你竟想知道國家大事，那就是知識階級的劣根性子。共產黨告訴你爸爸是資產階級，資產階級是可恨的（知），你馬上就恨，去檢舉你爸爸（行），這是正確的；如果你「知」而不「行」，明知你爸爸是資產階級，你不檢舉，那就是小資產階級的溫情主義了。

因此，共產黨是叫人拚命「行」共產黨熱給你的「知」，也叫人拚命「知」共產黨要你的「行」。但是不許「行」他所給你的以外的「知」，也不許「知」他所要你的以外的

「行」。他要你敬愛毛澤東及共產黨（行），他所以盡量供給你這方面材料書籍（知），但不許你看到相反的或其他的材料與書籍。你可以拼命研究槍砲，改良種子（知），因為他要你製造槍砲，努力生產（行）。但不許你研究槍砲的用途是否正當，與穀物的去處是否合理。在個人服從組織，下級服從上級的原則下，黨對人民對黨員都是一樣，不過是所要的「行」所給的「知」在質量上大有不同而已。

國民黨只是叫人「信仰」，共產黨則叫人信仰它以外，還叫人不斷的懷疑自己。懷疑自己是否將共產黨給我的「知」，「行」得正確；懷疑自己是否將共產黨要我「行」的「知」得充分。——如未然，則不是自己有知識階級劣根性，就是有小資產階級的溫情主義，或者還有殘留的封建思想，或資產階級的意識。此外，他還要叫你時常懷疑鄰居是否是資產階級的走狗，父親或兒子是否有美帝的毒素……。

「懷疑」假如不是人的本能，也一定是人在求進步中必須的動力。共產黨是把人的「懷疑」移植到鄰居親屬與自己的身上，剩下的信仰就獻給共產黨與毛澤東。這是共產黨的教育政策，因此他們標語與傳單的作用，就是要使人懷疑自己與同階級的人，而獨信仰共產黨及其領袖。

共產黨怕人對共產黨的理論與其實踐懷疑，所以要反對知識分子。他們認為知識分子是散漫自由，意識模糊，意志薄弱，容易動搖，也容易投機取巧。這種說法，就是現在要把知識分子徹底改造的理論基礎。

其實馬克思主義對於知識階級的動搖性，是根據他對於無產階級的說法而來。無產階級，在馬克思的理解中，是沒有恆產沒有生產工具，除了出賣勞動，而且在勞動可被剝削為資本時以外，無法生存的階級。又因為資本的集中，分工的細碎，一個工人是沒有脫離工廠而轉換工作的可能，所以他是淨聽剝削的階級，是除了革命以外別無生路的階級，因此他對於革命是堅決的，意識是清楚的，團結力最堅固的。而知識階級則沒有這些決定性的條件，他可以改變自己的環境，有向上爬出自己的出路的可能，所以他是動搖的。

但是一百年來事實上證明馬克思對於無產階級的想像是錯誤的。無產階級淪入馬克思想像的境界，則在共產黨的統治下方才證實。現在在民主國家，無產階級都有私產，也極有爬上去的機會；而在中國，當人民已全部變成馬克思所想像的無產階級的境界，淨聽共產媒剝削，還要相信被剝削是為人民服務，那麼知識就很自然的就成了叛逆，於是對於知識分子，就非要徹底改造不可了。

但是所謂思想改造，並不是說思想真能夠改造，思想可以從懷疑推進為信仰，但多一分推動，也就從信仰推進為懷疑。根本不懂共產黨思想的，一句「為人民服務」已經夠說服他們了。如果已經有「為人民服務」的信仰，再一思想，接著就有了共產黨是否在為人民服務的懷疑。所以共產黨所謂思想改造，並不是真要改造人的思想，而是叫不信他們的知識分子跟他們的說法作思想的表現。其方法很簡單，完全是依照馬戲班訓練獅、虎的辦法，不斷的給你痛苦與飢餓，一次兩次以至數十次，一直到獅、虎依照訓練者的話來表現為止。即使被改造者的本身並不以此為然，而觀眾則從他們的表現中看到他們的確被改造了。這就是為什麼一篇一篇自我檢討與思想總結的文章要出現的原因。但除了兒童以外，觀眾都知道指揮獅、虎表現的人，他手裡握著鞭子，身邊或幕後還暗藏手槍的。

所可惜的是知識正也不是共產黨所能夠廢除。共產黨的統治者，一再強調無產階級的文化，無產階級的文學藝術，但到處還是離不開知識。知識在限度內是信仰，可是稍稍超越這限度，就很自然的會產生懷疑。因此，在共產黨統治了如許長久的蘇聯，還是要依賴特務的暴力來壓制與殘殺懷疑的波浪。所以共產黨的文化教育就此希望人民只是到了懂得信仰的限度，超過了限度共產黨就害怕了，他必須把你打擊與清除。

其實共產黨本身就是知識分子的產物。馬克思、列寧是知識分子，他們自己從懷疑之中建立了信仰，以後就不希望人家對他們懷疑，因此就討厭別的知識分子。這因為知識原是無窮盡的，而且永遠是進步的，人類的文明所以能高於其他的動物，就因為人類的知識是累積的，因累積而有進步，因進步也自然就有懷疑，也只有從懷疑而有新的進步，有新的進步當然對於舊的又有懷疑。

但是知識變成信仰以後，很自然的有排外性。這也不光是馬克思、列寧為然，一切哲學的體系都是從信仰出發而有自然的排外，但是學術上的排外不會衍成罪惡，因為有不同的派別的排外、對立，也就有新的學派為他們綜合折衷調和。如儒教在唐朝是排佛的，而到宋朝，就吸引了佛教的理論，而成為理學。但是，在統治階級，信仰的排外，就會演成了暴力的殺害與妨礙歷史的進步，這在歷史上的例子很多。孫中山先生的學說，也是要人家信仰，而不希望人家懷疑的。

共產黨一再以辯證法為思想的武器，但是辯證法的武器也正是共產主義自殺的武器。在辯證法的正反合發展的原則下，馬克思學說的神聖是無法存在的。一百年來，如果人類的知識與思想永遠要停止在馬克思的信仰階段，那麼共產黨應當更早而更徹底來毀滅知識與文化，更早更徹底的來對一切知識分子改造，然而現在已經太晚了。

共產黨所未能改造的，正是它手上的武器，辯證法。因為根據辯證法，知識中也是有矛盾的本質，而知識在信仰中成長，量的增加會起了質變，必然的會產生懷疑。

而我們所要的民主主義的教育，則恰與共產黨相反，是必須使人有信仰與懷疑的自由。必須使人人是知識分子，會懷疑，會信仰，有懷疑與信仰的能力。

但是一個人的發展，建立信仰不難，懂得懷疑則實在不易。信仰可以說是一種惰性，懷疑則是一種創造。我們從小學會了跟著祖先的傳統與習慣以及別人的說法來信仰，但我們的懷疑，則多半是受異端來啟發的，這就是說我們普通的懷疑也只是信仰的比較。由比較而變動或轉移，至於真正有自發的自動的懷疑，那就是需要有創造的力量與更多的知識與智慧。

因此，我們在提倡個人人格覺醒中，我們要人人有自發的、自動的懷疑，比要人人有信仰的習慣還重要。

而文藝的任務就在此，文藝並不一定可以解決懷疑或答覆懷疑，但文藝則永遠是提出懷疑。

這是文藝的本質。倘若民主的本質是要使個人覺醒，人人都有獨立的尊嚴，則與我所要說文藝的本質正是符合的。

而這文藝的本質，很明顯的是無法為一個只叫人信仰的主義所能容納的。政治是不斷的叫人信仰，科學與哲學也許是叫人如何從懷疑到信仰，但文藝則是不斷叫人從信仰到懷疑。文藝如果是叫人信仰，那一定是空中樓閣，事實上也是對於現實的懷疑。文藝對於人生都抱懷疑的態度，不用說是對於現實的政治。文藝所表現的一定是矛盾、衝突與曲折。即使是落難公子中狀元一類庸俗文藝，公子也還要暫時「落難」。以特務文藝來說，裡面也還出現了意識不正確或有官僚主義作風的同志，使一個無產階級暫時受些委屈。這一類起伏與曲折，儘管是結局如何團圓與「光明」，但很容易使人想到假如這個「公子」竟在

「落難」時，不支身死；或那個無產階級受委屈時一氣而夭折。那麼這政權要給人民的團圓與光明的結尾也沒有了。

幾千年中外各國的文學遺產，裡面都沒有離開過人生的痛苦，而每種人生的痛苦，都可以使人想到是社會的紊亂與政治的黑暗，而統治者的面目永遠無法逃避讀文藝欣賞者的略一思索的。而文藝，奇怪的是也只有在懷疑政治的態度中顯出偉大。文藝也只有對於現有的傳統與空氣的懷疑才使它有進步。大戰時候最偉大的作品是反戰的作品。我記得魯迅有一篇小說，似乎是叫〈傷逝〉，是敘述一對因自由戀愛而脫離家庭的男女，在經濟的壓迫下，戀愛的美夢就此破裂的。這篇小說，現在看起來很平常，但在當時千篇一律讚美戀愛自由的作品中，這篇小說的確提出了進一步的問題，這就是娜拉出奔以後的問題。這種「澆冷水」與「悲觀」的態度，正是對於當時空氣的懷疑態度。這懷疑，就是對於社會對於政治有進一步的要求。文藝的要求往往是比政治走前一步，也就是文藝是領導時代的原因。因為文藝所反映的正是傳統的現存的制度與空氣下人生的痛苦與求進步的想像。

我們的新個性主義文學就是要文藝直接由個人反映時代，而並不是通過組織與領導來反映時代。我們要求這個時代、這個環境的個人，都有權直接反映時代，無須乎通過政治的組織與領導。西歐在宗教革命以前，人必須通過教會才能接近上帝，宗教革命就是使人能直接接近上帝。現在中國的反共的政治集團，國民黨以及一切政治人物對文藝的希望，似乎都是要文藝通過他們的原則組織與領導來反映時代，這就是要把文藝從土地移植到他們自己的花盆的要求，這是一種不懂得文藝的本質，而使文藝陷於無從生長發展的命運。新個性主義文的要求，就是要每個作家，都直接而充分自由的獨立的反映這個時代。

那麼我們的新個性主義文藝，是不是有它的階級性與民族性呢？有的，我們是人，人離不開人性，但我們是中國人，就有他的民族性；時代的苦難，人生的苦難是凡人都感到的，但一個民族的苦難是只有一個民族感到的。而我們是被統治階級，我們還有我們被統治階級的苦難。

一談到階級，我們很容易想到共產黨所分的階級，什麼無產階級，小資產階級，資產階級，地主階級，富農階級，貧農階級。共產黨要把人民分成這許多階級，其用意就在叫人民彼此懷疑，仇恨，衝突，爭鬥。是在人民中製造矛盾製造仇恨，使人人專對共產黨信仰的辦法。共產黨不但製造階級，還要製造階級的意識，使每個人過去的自我與現在的自我分裂成二個階級，有矛盾，有衝突，有爭鬥，使現在的自我懷疑過去的自我，現在的自我仇恨過去的自我，處處而時時提防著殘留的過去的自我的復活。這是一種心理戰術，使人對於自己對於親屬對於同胞都失去信心，而不得不相信共產黨的領導，依賴共產黨的領導了。

共產黨對於個別的人，對於人民的製造矛盾與仇恨是同國際間，民族間製造矛盾仇恨是一樣的。要反抗與抵禦這種心理戰是不難的，但是你必須恢復你的自信與人格的尊嚴。

有這個自信與人格尊嚴，就可以問問共產黨及其領導人，自己是什麼階級？恩格斯與馬克思曾經說過「存在決定意識」，無產階級的存在就該只有無產階級的意識，為什麼在三反五反運動中，在整風運動中，中共的幹部可以有如此可怕的貪污現象與可怕的官僚主義行為呢？（這是他們自己招認的。）如果這些人是「無產階級」的先進，就不會有，也無法有這些貪污與舞弊，既然這些行為是「官僚主義」的行為，那麼他們已經是「官僚階級」了。在這以前幾篇文章裡，我曾經分析毛澤東的階級的成分，我也曾經論到朱元璋、劉邦一類的人做了皇帝以後的階級意識之變化，如今即使假定共產黨的人物真是無產階級，但當掌握了政權以後，毛澤東先生及其黨徒還有無產階級的意識，而人民大家淪為無產階級以後偏偏都有資產階級或封建階級的意識，這難道是可以理解的嗎？如果說毛澤東先生及其黨徒的非無產階級成分是過去的殘留，那麼這個政權，自始就非無產階級的，而這成分在幾十年的火熱爭鬥以後，還殘留著如此濃厚的非無產階級意識，那麼所謂無產階級的領導原來一直是一句謊話而已。

實際上，馬克思在十九世紀看到的情形而想像的無產階級——沒有恆產，沒有生產工具，除了出賣勞力使勞力可以被剝削成為資本，沒有別的生存辦法，一天的工作獲一天的生存，因工作的專業化，離開了這類工作，無法就其他工作的無產者。——而推論到這個階級的革命性，是因為馬克思覺得他們，只有他們是可以對革命毫無保留毫無考慮的。讀過馬克思對於無產階級的描寫的人，是無法相信，這群現代共產黨的要員與無產階級有什麼聯繫。只有根據馬克思無產階級的標準，才可以說農民因其還有私有的生產工具而缺乏革命性的。如果農民因私有了生產工具就已經不能領導無產階級的政治，請問史達林與毛澤東於掌握了整個社會的生產機構，整個國家的經濟權以後，還說可以領導無產階級的政治，這究竟是從何說起？站在馬克思所描寫的無產階級的立場說農民沒有革命性，有封建與資產階級的殘餘意識，也許還是唯物辯證法所講得通的；但站在「個人服從組織」，「全黨服從中央」的統治階級來不斷的批評人民，或叫人民自己批判自己說有「封建殘餘」、「資產階級殘餘」的意識，這不是太可笑了嗎？

如今，全國的人民在中共統治與剝削下已經都淪為無產階級，也就是被統治階級。我們的階級劃分是非常清楚的，一個就是被統治階級，一個就是統治階級，前者大眾階級，後者官僚階級，前者是被剝削階級，後者是剝削階級。

我們的個人都是大眾的一員，是被統治階級，不是官僚的一員，不是統治階級。因此，我們的文藝，新個性主義的文學就是大眾文學，也就是被統治階級的文學。這以外就是統治階級的文學，裡面包括著巫女文學與特務文學。前者是自然的、有生機的、呈現各種姿態的文學，後者則是死的、人為的、千篇一律公式化的文學。

那麼毛澤東先生的文藝作品呢？他的〈沁園春〉一類的詩詞，你不是說過他是個人主義的文學嗎？那麼是不是也是可算你的新個性主義的文學呢？

我的答案是這類文學只是舊個人主義的文學。新個性主義文學與舊個人主義文學就在時代性。舊個人主義文學，在形式在內容都反映舊的時代，所以我們要說它是舊的。它雖是舊的，但它是獨立的、自發的；並不是根據公文命令而作的，我們的文藝運動是文藝自由運動，我們並不反對任何文藝的存在，舊個人主義文學自有它自己的命運，而我們還相信它在與時代接觸之中，會有所變化。舊個人主義文學也是由土地上長起來的花草，不過是去年的花草的殘留而已，它會死去，死去了還是今年花木的養料。我們反對的是冒充花草的紙花，是封澆花草的水泥，那是巫女文學與特務文學，它雖叫文學，但是假的。所以我們要拆穿它，不要它。毛澤東先生是不許別人寫他所寫的個人主義文學的，而我們不但允許，而且是擁護的。如大陸上的人民，人人可以有毛澤東的自由，自由地寫毛澤東〈沁園春〉一類的文學，發表毛澤東〈沁園春〉一類的文學，印行毛澤東〈沁園春〉一類的文學。那麼很自然，我相信，直接反映時代的新個性主義的大眾文藝就會產生。所可惜的毛澤東只許自己寫這類文學，而號召別人的則是寫巫女文學與特務文學。他的作品與他的理論是矛盾的。根據他的理論批評他的作品，則是有被他的理論放逐到西伯利亞勞動改造的榮譽。毛澤東先生之不許別人寫作這類作品，正如過去父親自己不斷地娶姨太太而不許自己女兒自由戀愛一樣的行為。這原因是什麼呢？這因為毛澤東如果允許人民真有這寫作自由，發表自由，人民也就有了思想生活與政治生活的自由；如果是這樣的話，人民才可說是與毛澤東同一階級，所可惜的是這樣一來，共產主義的本身理論就完全破產，而共產黨的政權也就動搖了。

很明顯的，新個性主義的大眾文學是要毛澤東所享受的寫作自由的特權交給每個平常的人民。新個性主義的大眾文藝是要人民大眾個個都有毛澤東一樣的有人格尊嚴，是人人都有權像毛澤東一樣的叫別人尊敬他的「人格尊嚴」。人格尊嚴的覺醒，他必是自知他具有創造的先知先覺，摹倣的後知後覺，與實行的不知不覺的獨立的完整的人格的尊嚴。

現在再回到「普及」與「提高」的課題。我們很清楚的說出，在政治、在社會、在教育上，我們第一要「普及」與「提高」的是人格尊嚴的覺醒。

要使人人相信他是具有「創造」、「摹仿」與「實行」的才能的完整的人格，而同時也相信人人具有與他同樣尊嚴的獨立人格；知道尊敬別人人格的尊嚴，也知道尊敬自己。只有人人有人格的覺醒，他才會有懷疑，才會有信仰，才會在解放的過程中不至於被人利用、強姦與欺騙。過去中國人民被政黨的利用、強姦欺騙，在政黨交替的過程中始終是為人打天下，而打來的政權，總是落於新的統治階級的手，就因為大眾沒有人格的覺醒。

所謂人格尊嚴，歐洲在十八世紀已有盧梭、孟得斯鳩一類學說提倡，以後一直有人在推動、發揚、實施，但真使個人的人格尊嚴在社會上普遍地被公認，在教育上普及，則是二十世紀的事情。馬克思在十九世紀在歐洲所見的資本主義發展的情形，正是有人格尊嚴的主張，而還未有普遍覺醒。馬克思從這人格尊嚴、個人解放的學說主張中改換為階級革命的學說。他從剩餘勞動的剝削觀點，看到在資本主義的發展中，無產階級個人是無法解放，必須是一個整個階級的革命。奇怪的是他在研究歷史過程中，很清楚的看到資產階級的革命是一個一個的生長，並不是整個階級的解放，怎麼就可以斷定無產階級的革命是無法個別的抬頭呢？馬克思以後，歐洲的個人尊嚴的運動逐漸地在社會中發展，在教育上，人民有普遍的覺醒，所謂無產階級的情形逐漸地改善。馬克思所估計的無產階級的悽苦情形並沒有生長，反而消滅；而資本主義最發達的國家，馬克思所估計以為應當發生階級革命的並沒有發生，也再不會發生了。

所以人格尊嚴的覺醒與公認是人類進步的一個樞紐。但歐洲自從十八世紀的提倡到二十世紀才有真正的成就，也足見這是很不容易的事情。這是為什麼呢？這因為人格尊嚴的運動是需要「普及」與「提高」，因為「普及」，方能公認，因為「提高」，方有覺醒，而這不是短時期所能成就的。

歐洲因人民的人格覺醒與公認，馬克思的學說與運動並沒有開展成為禍害，而到俄國才生了根。我國因為沒有個人的人格尊嚴的公認與覺醒，所以就被階級覺醒的說法所誘。階級真的有覺醒本沒有什麼不好，因為階級並沒有真的覺醒，所以很快的就被野心的政黨所操縱、強姦、欺騙，接著就被他們所統治了。中國歷代帝皇的更易，也都因人民在民不聊生之中有所覺醒，但是革命之後，政權仍落於新帝皇、新朝代之手，也是同樣的道理。因有這種覺醒不是人格的自發，是被幻景所誘，是鋌而走險的一時的衝動，不是真的覺醒。真的覺醒，必是先有個人的覺醒，而後有集團或階級的覺醒。如個人並未覺醒，其所謂組成的集團或階級的覺醒行動，必是有人以利誘、威脅、操縱、把持，結果是被人出賣、利用而已。

要人民不被野心家所利用、操縱、欺騙，我們必須要求人民大眾人人有人格尊嚴的覺醒，而人人承認個人都有人格的尊嚴。因此，我們要在教育上對人格尊嚴的理論需要「普及」與「提高」。而人格尊嚴原是現代人民最基本的公民教育。

中國自民國以來，小學裡有「修身」一課，裡面大概是些父慈子孝兄愛弟敬，以及講公德、尊國旗一類的德行。這大概就是模仿西洋公民教育的開始。後來「修身」一科沒有了，改為別的名目。有許多教會學校則用聖經裡的材料，告訴學生怎麼做好人，也有學校裡用《孝經》來做課本，作為做人道德的基礎。我在初中時代有「公民」一科，大概就是繼續如何做人、做好人的一種教育。現在回憶起來，這「公民」教科書是相當深的，它好像已經教我們許多政府的組織與憲法一類的知識，我當時的年齡與程度似還無能吸收。此後北伐成功，改用「黨義」，大學也有「黨義」是必修科。這些教人如何做人、如何做好人、如何做好公民的教育原沒有什麼不好，雖然很不完全。「公民」裡也未始沒有告訴學生有個人人格尊嚴的材料，「黨義」裡有民權主義。但是為什麼學生對這門功課沒有看重，學校對這門功課，也只是因為教育部、教育廳有這個規定所以設在那裡，實際上也不把它看重呢？這原因很簡單，因為這些書本裡所講的道德、權利、義務，社會上並沒有當他一回事。如果一個人根據書本裡的道德到社會上去做人，那不但到處吃虧，別人還要叫你傻瓜。「守法」原是一個公民最基本的要求；但在中國，到處守法，則到處碰壁。所以，要人格尊嚴的教育普及，同時也要社會的公認。自尊與尊人原是由覺醒公認，而成為習慣的。許多很小的例子就可以看出，譬如排隊，先到在先，這是很有道理的原則，但必須公認，如人人不照此做，則一個人排在那裡，就會永遠挨不到你的。因此，公民教育與社會風尚是必須配合進行，公民教育可以改社會風尚，社會風尚也可以糾正公民教育。國民黨講黨化教育，但是他們黨的風尚沒有建立，這教育就毫無效果了。三民主義與國民黨有一個基本的矛盾，就是三民主義到處講「民」，而國民黨偏偏講「黨」。學校教育是人民的，講的當是「民義」，不是「黨義」才對。黨員既然是「為民先鋒」，則應先搞通了「民義」再去搞「黨義」。孫中山先生理論基本的缺點是他以自己為先知先覺，要黨員為後知後覺，以人民為不知不覺。要以人民為不知不覺，又何以教人民以「黨義」？教人民以「黨義」，則目的在使不知不覺為後知後覺，要人民變成黨員而已。既要人民變黨員，則何以不講「黨權」而講「民權」？

這因為孫中山先生限於他的時代與環境，他始終未注意民主的基礎。民主的基礎就是個人人格尊嚴的覺醒，要人人對自己的人格尊嚴覺醒，而同時承認別人的人格尊嚴。至於如何建立民主政權，採用什麼制度，這是後一步的事情，因為這就是要根據人民的覺醒基礎彼此研究討論而設立的。所謂要人人有個人人格尊嚴的覺醒，就是要人人是知道自己是先知先覺，也是後知後覺，也是不知不覺。要承認每個人都有這三種的潛能。他是獨立的，可以自由發展，也可以自由發揮。有人愛研究，有人愛旅行，這是憑他自己的選擇與愛好與他生長的環境影響而來，並不是因為他智慧高低而來。智慧高低是有的，但這只是大小深淺性質的不同。我們說物理學定理的發明者智慧高於工程師機械上的發明，工程師機械上的發明高於木匠在工具上及運用工具技巧上的發明，但都有先知先覺成分。其次，人雖有智慧上的高低，但修養與努力的因素則大於智慧。因此，如果一個木匠從小肯研究、肯努力也可以成為物理學家。而民主的政治就是要給人人有這個機會。現在先進國家的基本義務教育已推行到高中。這就是說，假如你有興趣、肯努力、有獻身於成為所謂先知先覺的決心，你一定已有所表現，而高中成績好的，又很容易得獎學金等去升學。孫中山先生提倡民權，在他的時代本是有政治眼光的見解，但因未注意民權的基礎，所以他對於民權始終看得太輕易。他以為民權可以像一隻橘子一樣，從帝皇手裡交給人民的。他的國民黨就是想擔任這個任務，從帝皇手裡把政權取來，雙手交給人民。國民黨把這過程分為三個時期，第一是軍政時期，第二是訓政時期，第三是憲政時期。這不能算什麼不對，但是所謂訓政時期就是要訓練人民來接受政權的，理應找到民主的基礎把人民訓練成個個有人格尊嚴自尊的健全的公民了。但是，國民黨的訓政的使人民從「不知不覺」變成「後知後覺」的黨員。（可惜並沒有成功，這因為三民主義裡偏偏又講民權。）既然訓政以後到憲政時期，是要把政權交給人民了，那麼所謂實行辦法及制度也應當由人民來決定了。偏偏又規定了「五權憲法」。人民還得依照國民黨的辦法。所以三民主義是時代上一部註定失敗的傑作。孫中山先生因為未想到民主需要民主的基礎，更沒有想到民主的基礎是什麼，因此他不明白「民主制度」只是實現「民權」的辦法，因此他對於民主國家的民主情形下了很膚淺的結論。他在民權主義裡講：

……外國的物質文明，一天和一天不同，我們要學他，便很不容易趕上，至於外國政治的進步比物質文明的進步是差得遠的，速度是很慢的。像美國革命，實行民權，有了一百五十年，現在能夠實行的民權，和一百多年以前，所實行的民權並沒有多大分別。現在法國所行的民權，還不及從前革命時候所行的民權。法國在從前革命的時候，民權是很充分的，當時一般人民以為不對，大家要去反抗，所以至今一百多年，法國的民權還是沒有大進步……。

孫中山先生這裡所說，美國在一百五十年前的民權同現在差不多，想是指憲法裡所規定的東西：說法國大革命時的民權比現在法國的民權充分，大概是指現在的憲法較有規定限制。事實上美國在一百五十年前的情形，單看選舉一樣就可以知道，政客壟斷，惡霸包辦，流氓威脅，財主利誘；現在的情形又是怎樣？法國大革命時的紊亂不安騷動恐慌，人民受狡猾有能的政客所煽動操縱的情形，怎麼可以同現在相比？

我不敢說現在的議會政治一定是最好的民主政治，但至少現在沒有比這個制度更好的。但是以民權論，基本的問題倒並不在制度的形式。兩黨與多黨，五權與三權孰優孰劣是次要問題。基本的問題還在人民人格尊嚴的覺醒。中國也曾有幾次實行議會政治，三權也行過，五權也行過，制度沒有什麼不好，但是行不好。這因為人人個人沒有人格尊嚴的覺醒，代表人民的議員之類也沒有人格尊嚴的覺醒。一百五十年以前的美國與大革命時代的法國，其制度雖同現在相仿，但是人民人格尊嚴的覺醒程度——其普及與提高的程度——是無法同現在相比的。人民對於一票選舉的重視，一百五十年前的美國與大革命時代的法國同現在的美國法國相比，是不能以道里計的。以這個同物質文明的進步相較，原是不可能的事。一輛汽車在我們面前駛過，一架飛機在我們頭上飛過，我們已可以知道他們日新月異的進步，但是「民權」，並沒有這樣易見。以制度的形式論，中國也許可以說早就趕上了他們，但是按之實際，其中還有十萬八千里的差別。

孫中山先生以自己的五權憲法為先知先覺，以國民黨倣行五權憲法為後知後覺，以為這樣，只要不知不覺的人民來投票選舉，就可以有比美國、法國還完備的民主政治，這實在是捨本就末的想法。他不知道選舉這一件事，選民就要有先知先覺的智慧的。只有每個人民把他的一票選舉權有先知先覺創造的權威，才有理想的民主政治。美國、法國的政治並未達到充分民主的理想，但的確是向這面進步。這因為，他們的確是不斷地在「普及」與「提高」個人人格尊嚴的覺醒。

國民黨執政二十餘年，三民主義不但並沒有為人民奠定一個基礎，而且也沒有使黨員有人格尊嚴的覺醒，這是共產黨之所以成功的基本理由。一切國民黨在政治上之腐敗、貪污、靡爛，可以說完全因為從來都沒有設法在「普及」與「提高」人民人格尊嚴的覺醒的緣故。

孫中山先生的三民主義雖是一部時代的失敗的傑作，但是其用意原是好的。有人以為國民黨的失敗是沒有照三民主義做，我覺得三民主義哲學基礎的不穩，「黨」與「民」的矛盾，是註定國民黨不會也無法照三民主義做的。三民主義的完成已經幾十年，照例國民黨英俊之士也該對它有所修正補充，其所以未果者，還是因為這些英俊之士，根本沒有人格尊嚴的覺醒。為什麼？因為他們都只是「後知後覺」，奉命照辦。而人格尊嚴的覺醒，則必須有先知先覺創造的自尊。

說到這裡，有人一定要問：「那麼共產黨呢？共產黨不是以馬克思的一套在奉命照辦嗎？」我說這是不確的，共產黨對於馬克思的學說，不知道有多少曲解、歪曲、補充，他們的說法是革命應當根據實際情況來實踐。馬克思從未說過無產階級革命會在落後的國家爆發，但他們自認為無產階級革命。馬克思並未說過社會主義在一國可以實行，但他們自認在實行社會主義。這所以對遵守馬克思的學說的，共產黨反要斥為「教條主義」。

孫中山的民權是還政於民的意思，其用意是好的，但與「黨」義相矛盾。共產黨講黨權，不講民權，所以他沒有矛盾。共產黨對於黨員的訓政與對於人民是不同的。對於人民，他要求有政治意識，上政治課，其目的只是對人民宣傳共產黨政權就是人民政權，他始終不說他的政權是黨的政權，更沒有想到「還政於民」。

因此，共產黨最不許人民有人格尊嚴的覺醒，因為只有這個覺醒才會知道共產黨的政權並非是人民的政權。

本來在不承認個人人格尊嚴的社會中，一定會產生別種的組織以維護個人人格尊嚴的，如同鄉會，如幫會，如同善社，如氏族等。在氏族社會中，內部的糾紛，族長一言可定案，對外則由氏族維護個人的尊嚴，所以個人小事可產生氏族的械鬥。在幫會中，內部的糾紛，則憑「老頭子」一句話，對外則幫會可以保護同幫的個人尊嚴。在南非，現在有一個祕密黑社會叫「冒冒」，是專門反對白人的。在美國中國城，會堂的組織到現在還存留著。在有中國人的各地，中國人同鄉的團結就很強，其原因都是統治者不尊敬被統治者個人人格的尊嚴。在共產黨的統治下，既然更不尊敬個人人格的尊嚴，因此也更怕人民有氏族、有幫口、有宗教……等的團結，所以必須用特務政策。他們的手段是在人民中劃分階級，叫你們永遠彼此鬥爭；在個人中製造階級意識，使你人格分裂，永遠檢討自己，悔恨自己。

我們要人人有人格尊嚴的覺醒，就是要我們每個人站得起來是一個整個的人。我所謂整個的人，是一方面要反對分裂我們人格的教育。我們的個體是一個有機體，從出生以來，就不斷的生長，一直到死亡方才停止。在生長過程中天天有錯誤，天天在校正，這是整個的運動蛻化，並不是有過去的我與現在的我的劃分；另一方面，我們也要揚棄孫中山先生對人的先知先覺、後知後覺、不知不覺的分類，我們是整個的人，整個的人就具有完整的人格，完整的人格就具有先知先覺的天賦，後知後覺的本能，以及不知不覺的勇氣，儘管量有大小，質有深淺，但是這三種是不可分也無法分的。

馬克思所形容所想像的無產階級革命，在歐洲因政治之改進社會之進步與個人人格尊嚴之覺醒，所以並沒有產生；在中國，即以唯物史觀的觀點來說，資本主義並沒有發展得有個無產階級，過去窮人都有轉業的自由，都市的工人可以是鄉下的地主，富庶之區的貧農也有是貧瘠之區的地主，兼之人情溫暖，可依賴社會關係甚多，所以根本談不到有馬克思式的革命。中國的革命向來是被統治階級向統治階級革命，只是革命以後，為新統治階級所統治，每個新統治者（無論它出身是農民，是流氓）總是馬上就變成大地主、大富翁、大軍閥。以前每個皇帝是如此，國民黨也是如此，共產黨也是如此。這就因為中國人民沒有個人人格尊嚴的覺醒。現在在共產黨治下，整個的被統治階級更是完全一樣，而且一律成了十足馬克思所形容的無產階級。因此我們每個人只是被統治階級的一員，是大眾的一員。大眾間並沒有階級，我們只有工作與職業的不同，但都是大眾的一員，誰也不比誰高，人人都是平等，沒有一種職業不該有它的尊嚴，沒有一種工作不具有他的高貴。其性質都可以不知不覺的幹，也可以後知後覺不斷的摹仿，先知先覺的創造。大眾以外，只有一個階級，那是壓迫我們、剝削我們、操縱我們、催眠我們、分裂我們的統治階級。

這是我們由個人人格的覺醒出發的階級的覺醒。階級的覺醒，只有站在個人人格尊嚴的覺醒上面，才不會盲從，不會被少數人所操縱利用。共產黨他們不要有個人人格尊嚴的覺醒，但他們要在別人的政權下煽動階級的覺醒，目的就是要操縱，利用人民的意志。

孫中山先生三民主義的理論，比較成功的是民族主義，民族主義就是民族的覺醒；但民族的覺醒也應當以個人人格覺醒為基礎，如沒有這個基礎，理應在民族革命成功時，馬上喚起個人人格覺醒。中國因為沒有這方面的啟迪與努力，所以一方面滿清崩潰後，軍閥紛起，於是別的民族就利用軍閥的矛盾，實行了經濟、文化甚至軍事的侵略，這些軍閥打來打去，都是外國買來的軍火。人民的痛苦，無異於在滿清的治下。一方面無個人人格尊嚴的覺醒，民主政權始終不能確立，所以在北伐成功後，政權只是造成新的統治階級。而共產黨獲得政權後，整個的民族又被蘇聯所宰割了。

現在在東南亞，共產黨所號召宣傳的也是民族的覺醒。他們所要的民族的覺醒，也是不要個人人格的覺醒的，因為只有在無個人人格覺醒的民族覺醒，他們才可以操縱利用。這樣的覺醒，是一面覺醒一面投入蘇聯的掌握，在你剛剛擺脫了別人的統治，就馬上又被另一個更可怕、更專制的外國人所統治了。

民主國家如果要反共，要挽救人類的文明，照例是應當特別在社會上、在政治上、在教育上、來提倡個人人格的覺醒才對。但是除了少數進步人士有這種理解以外，多數還是以舊殖民地政策來統治當地的人民。所謂舊殖民政策，有許多地方是與共產黨的政策相仿的。共產黨在人民中分階級，殖民地政策則不是將殖民地的複雜民族中製造矛盾，就是將人民無形中分成懂洋文與不懂洋文兩類。共產黨在殖民地主張民族革命，這就是說要你們民族有仇恨，他可以來操縱把持。舊殖民地政策，如使印度教與回教不睦，使僑民與土居互忌，可以使統治者操縱利用。程度雖有不同，手法如同一轍。共產黨以同情被統治壓迫者之口吻來宣傳，所以有民族覺醒的人民很容易受其蠱惑。在二十世紀的下半世紀，要民族不覺醒可以說是決不可能，民主的先進國家，如以友善的心與清明的智慧來協助落後民族在個人人格尊嚴的覺醒中覺醒起來，那麼這些人民都會是他們的朋友，否則這些人民將都會被共產黨所爭取去的。

什麼叫友善的心與清明的智慧呢？那就是要克服無恥的優越感，絕對平等的來尊敬所有人民人格的尊嚴。「提高」並「普及」完全的人格尊嚴覺醒的教育。應該有計畫的使人民在教育上有哲學與政治的常識，對於共產主義的真面目有所認識。

在東南亞在臺灣，現在是不許任何共產黨書籍進口的，我覺得這是不智的行為。我在南洋的時候，發現道聽塗說一知半解的人大都有點相信共產黨的宣傳，倒是徹底瞭解共產黨是怎麼一回事的人，他們就不再相信了。因為對沒有讀那一類書的人，一張傳單，就會發出神祕宣傳的作用。如果我們在教育上使他們有步驟地瞭解共產黨的理論與其實施之虛偽與醜惡，見到傳單就會毫不神祕了。這等於性教育一樣，應當依照著年齡使他們逐漸地有性方面的知識，如若諱莫如深，用蒙蔽之法，則很容易流入邪途的。人是政治的動物，沒有政治常識的人等於沒有種牛痘的人一樣，碰到細菌，一發是很危險，所以我們必須每年替兒童種痘。我所謂共產主義書籍，並不是指共黨的宣傳品，而是指理論書籍。我們之不禁止共產主義的理論書籍，應如先進的民主國家之不禁這些理論書籍一樣才對。我們既不願像共產黨一樣的要人民沒有思想，沒有文化，對人民的一切作特務的控制，那麼我們就需要讓人民知道一切瞭解一切。共產黨是不敢讓人民接觸自由的思想，他們用絕對愚民的政策來控制人民，我們則要用教民的政策，使人民可以接觸任何的思想而有自己的見解。

以民族的覺醒來說，如今中國的人民都該知道現在劫掠中國、控制中國、操縱中國、侵略中國的是蘇聯；而共產黨要中國人民知道我們的敵人是美、英。美、英如以中國人民為友的話，應當一面給我們真誠坦白的友誼，一面要給人民知道共產黨與蘇聯的真相。

說這些話，是說我們要人民有個人人格尊嚴的覺醒，也同時要人民要有階級的覺醒，與民族的覺醒。只有人民有個人人格的覺醒，那麼，他的階級的覺醒與民族的覺醒是可靠的，是主動的，是真正屬於人民自己的，而在覺醒了以後，不會被另一黨派、另一民族所操縱、強姦與統治。

只有政治配合社會，社會配合教育，人民才有真正的覺醒，這覺醒的人民才是民主政治的基礎。在臺灣，在東南亞，學校教育雖不夠普及，但各課程度都不低，不過這只是知識的程度，不是人格尊嚴覺醒的程度。過去在中國也是一樣，國民黨的統治者，雖也有人受過很高的教育，但並沒有真正受到應有的完全的公民教育，所以很容易有官僚主義，買辦習氣，而所有貪污腐敗，投機納賄，什麼事情都會做出來了。

所謂完全公民教育，必須是以人格尊嚴的覺醒為基礎，有了人格尊嚴的覺醒，當然也就知這個人的尊嚴與民族的尊嚴的關係。中國許多有學問、有成就的學者以及許多國家所培養的人才，往往就一直流落在國外，而為別國服務，這就因為他們沒有好好受公民教育，這是一個國家教育最大的失敗。我認識許多這些人，這些人在國外，也明明感到被人歧視的不舒服，也覺得在異國只有職業沒有事業的悲哀，他們並不能忘去他們是中國人，也時常在關心中國，可是他們沒有人格尊嚴的覺醒，沒有中國公民的覺醒，所以始終對自己的民族沒有理想，而也不認識他自己對於自己民族應盡的責任。

在這個民主與獨裁，科學與迷信爭鬥的時代中，民主的科學的公民教育，所謂人格尊嚴的覺醒是特別要使人有個人與民族、與世界的責任與理想。

我曾經在東南亞各地遊歷，覺得先進的民主國家，並沒有在民主精神上給人民以民主公民的健全教育。這就是說，在公民教育上還是知識教育，並沒有意義教育，有人以為殖民地被共產黨利用的民族解放意識，是由於人民太窮，祇要提高一點他們生活水準就會太平。這種幼稚的想法，我在上面已經論述過。還有一種對於殖民地自治的想法，在我接觸的英國殖民地行政當局的人，都表示同樣的意見。前殖民地秘書葛列裴斯（Jane

Griffiths）在一次演講中也表示了相同的意見。

他說，英國政府深願殖民地有自治的政府，但憲法的推動，如不能在實際上被接受是沒有意義的。現在這方面的進步雖不夠快，但確在進步中。葛列裴斯就認為殖民地所需要的是人民的基本教育與增加適當的技術教育。如殖民地的人民未具必需的掌理國政的才能，則把殖民地的政權交與自治是沒有好果的。

這意見是非常開明的。但是所謂基本教育與適當的技術教育，現在在實施的是什麼呢？我可以回答說，所謂基本教育只是知識教育，不是意義教育；而所謂技術教育則只是謀生教育，不是科學教育。在民主反共的立場上，這兩者不但無法抵抗共產主義，反而會成為共產主義的溫床的。為什麼呢？

這因為第一步知識的基本教育，剛剛是使兒童有知的能力與求知的慾望，而還沒有「知」。在他的理想抱負長大的時候，共產主義的宣傳就被吸引為「知」的對象了。第二步技術教育只是使人有一技之能去謀生，但沒有更高的人生目標與意義，一接觸共產主義，就很容易以這共產主義為他們更高的人生目標與意義了。

這種教育可以說與孫中山先生所說的「多數人不知不覺」的意見一樣，是把殖民地的人民當作不知不覺的一類來教育而已。但是人有先知先覺的人性或者說是本能，他有更高的人生理想與意義的追求，於是在瞎摸盲撞之中，共產黨的宣傳就吸引了他們，這所以殖民地的有為有志的青年，尤其因為感到被統治之悶窒，很容易就傾向了共產黨了。這種教育是把人民訓練成熟的膠片，但不給它正當照相之用，一遇漏光，裡面就有了共產黨宣傳的黑影了。

先進的民主國家的基本教育都有民主的意義教育，即個人人格尊嚴的覺醒，在社會中個人有自覺的神聖權利與義務。基本教育上的教育，即使是技術教育，也都有科學精神與理性的培養。最基本的就是有懷疑獨立與自信的精神。理性是科學的基本要求，它使人對於一切事物要求有論理的解釋不會對一切作衝動性盲目的迷信。

殖民地的教育，過去與現在都缺乏這些素質。我們看到各地華僑，他們都從洋學校畢業出來，會說流利的英語，穿著西服，但是他們的頭腦還是未從舊禮教封建解放，遵守著傳統的奇怪的迷信；這使我們覺得他們似乎都沒有受過中國五四運動洗禮。在中國同他們同樣年齡的青年，早已擺脫的束縛似乎還緊緊的束縛著他們。這就是他們缺乏意義教育與科學教育的明證。

我在上面講到國民黨治下的中國，已經講過教育的精神原是要有社會的文化的來配合，如果社會上壓抑著人民個人的覺醒，那麼這些教育出來的人民也馬上會發覺教育之無用，逐漸地為適應社會而改變了自己；所以個人人格尊嚴的覺醒要有社會的公認，在尊人之中方才可以自尊，有自尊之修養方才可以尊人。殖民地的社會正沒有重視個人人格的風尚，這所以共產黨的一套，很容易的被純潔有志的青年所吸收了。

如果先進的民主國家真要領導各地的人民反共，那麼就要有非常重要的覺悟，使殖民地的教育多著重意義教育與科學教育，一面在社會上要提倡個人人格尊嚴的風尚。我們知道共產黨非常注重思想武裝，他們所謂思想武裝是要把人民教育成不可理喻「迷信」，迷信共產黨是無產階級的政黨，迷信共產黨以外的學說與思想都是資產階級的代言人，都是反動的、落伍的；一切對共產黨揭發的殘酷、暴虐都是造謠，我曾經遇到這類青年，他們似乎像肺結核菌一樣，有一種任何藥物都不能進入的蠟裝，他們不願讀一切其他的書籍，認為都是站在惡意的不正確的反動的立場。

我們對於青年則決不想叫他們來迷信什麼，我們應當使他們有個人人格的覺醒，使他們有獨立的懷疑的精神，我們應當使青年有科學的態度，有批判、辨別的能力。

共產黨在他們區域裡絕對禁止他們一套以外的書籍，但我們則不必禁止他們的學說與理論，因為我們要我們的青年會辨別這些理論的幼稚、愚蠢與撒謊。我們不但不禁止共產黨的學說，而且還要教青年們如何去辨別這些學說之落伍、幼稚與撒謊，我們應當以科學破除迷信，以智慧掃除愚妄，以人性揭穿獸性。

總之，我所謂意義教育就是要求個人人格尊嚴的覺醒，有獨立的懷疑精神，創造精神，發揚人所固有先知先覺的本能，因為這是民主的基礎，也是真正反共的力量之所在。

我們要求社會與文化與道德精神有適當的配合，而我們的文藝就是要從這個精神出發，文藝所要求於普及與提高的也就是這個精神。

我在這裡要說的雖是文藝的新運動，但因為文藝運動必是與社會以及教育相聯繫的，只有社會上公認個人人格尊嚴，我們的意義教育才會有效，也只有發動意義教育，逐漸地使社會有新的尊重別人與尊重自己的風氣，則我們要提倡的文藝，才會在整個運動中湧起，蓬勃。

我們所要求普及與提高的就是這個意義教育，而這是真正以民主為理想的社會人士，與東南亞以及臺灣當局所應當覺醒而提倡的。

但為配合這樣的運動，我們的文藝工作者應當儘先對自己人格尊嚴有真正的覺醒。只有我們自己對自己的人格尊嚴有瞭解、覺醒，我們才能創造新的文藝。這文藝是大眾的文藝，也是新個性主義的文藝，是大眾的新個性主義文藝，也是新個性主義的大眾文藝。

但是，這當然不是一天兩天的事情，這是現在文藝工作者的一個使命，也是一個事業。我們特別希望在大陸有作者懷著苦悶的情緒響應我們的呼喚，偷偷地在寫作，十年、二十年以後發表，也還是我們大家的產業。我們希望在東南亞各地、在各國、在臺灣的作家，響應我們的呼喚來創造新的文藝。一切舊的個人主義文學，只要站到我們大眾的立場就是新個性主義文學；內容空虛概念化公式化的反共文藝的題材都應該拋去，因為這樣的反共文藝是沒有意義的，而市儈文藝的作家，應先有自己個人人格尊嚴的覺醒，認清文藝的使命與自己工作的尊嚴。

而這不是口號標語的問題，而是埋頭苦幹，切實工作的問題。文藝所要表現的正是政治、社會所未注意的問題，是不滿於社會、政治的呼籲，因為文藝對於個人人格尊嚴的覺醒的要求，不光是對於社會、政治的義務，而也是文藝與文化本身的一種權利。

所謂個人人格尊嚴的覺醒，只是公民教育的一部分。但這是最基本的教育。自然我們文藝與藝術教育也不夠普及與提高，但這則是學校教育中的偏差，以為我們所缺少的人才是實用科學方面的人才，這是從五四以一直偏差下來的。因為不注重個人人格尊嚴的覺醒，這樣造就出來的人才，於社會於國家貢獻很少，有的就一直流落在國外，被人家在用，有的就很快的被共產黨所誘惑利用，始終沒有一個人有偉大的人格尊嚴，在這時代中發揮照耀歷史的光輝的。

我們現在要個人人格尊嚴覺醒的文化，也就是文化本身也有他的尊嚴，政治必須以文化為基礎，並不是如共產黨所說的文化要服從於政治。這因為文化是大眾的，政權往往是政黨的。共產黨要大眾服從政黨，我們則要政黨服從大眾。

文藝就是我們整個文化覺醒的先鋒，也是鼓勵我們整個文化的覺醒號角。因此，我們要「普及」的是這號角的聲音，我們要「提高」的也是這號角的聲音。在本書結束之前，我想一定有人會說，像這樣的呼聲在海外發動是沒有意義的，可是我可以解答的是歐洲的文藝復興，也是在東羅馬君士坦丁堡亡後，一群文人、學士，流亡到荒蕪的半島上奠定的。當日本人侵略中國，珍珠港事變以後，熱鬧的上海文壇不知所從，當時有許多文人作家留戀著他們耕種很久的園地，其中有一位詩人寫了一首詩寄給他們，這詩，我們現在讀起來竟覺得有新的意義，我現在謹抄錄在這裡轉獻給讀這本書的朋友：

可是耶路撒冷的女子，
守那已亡的古城，
向勝利的外寇賣笑，誇言：
「在聖地的都是聖人」？
這可笑的荒誕的問句，
現在已是我們的鏡子；
莫笑鏡中人的醜陋，
有時鏡子裡竟是你自己呢。
宇宙有萬千的星星，
地上有萬千的名城，

莫留戀現成的花朵吧，
因為花原是人種的。
東羅馬君士坦丁堡亡後，
逃避在荒蕪半島上的學者們，
曾奠定了文藝復興的光榮，
朋友，記取，那也是我們的鏡子。

〈在文藝思想與文化政策中〉再版版記

徐訏

作者在著手前並沒有計劃寫成一本書，祇是寫了第一篇以後，隨著思想與問題的發展，陸續寫成聯貫的篇章，多半還是朋友的鼓勵與應報刊獨立的發表之用。因此，在成了一本書的現在，讀起來就覺得有些地方論證是重複的，因無法改動，謹佈歉意。

本書所有外國名詞，都是沿用中國普通慣用的譯名，所以不註原文，有一二個名詞，因為譯名還不普遍，因此不得不在譯名下註出原文。

作者在不安定的生活中，手頭參考資料不多。有許多在記憶中尚有可引証的材料，因為一時找不到的緣故，也就無法引証。書中疏忽之處難免，尚祈海內外人士指正。

徐訏文集・評論卷03　PG1594

在文藝思想與文化政策中

作　　者	徐　訏
責任編輯	洪仕翰
圖文排版	周妤靜
封面設計	王嵩賀

出版策劃	釀出版
製作發行	秀威資訊科技股份有限公司 114 台北市內湖區瑞光路76巷65號1樓 電話：+886-2-2796-3638　傳真：+886-2-2796-1377 服務信箱：service@showwe.com.tw http://www.showwe.com.tw
郵政劃撥	19563868　戶名：秀威資訊科技股份有限公司
展售門市	國家書店【松江門市】 104 台北市中山區松江路209號1樓 電話：+886-2-2518-0207　傳真：+886-2-2518-0778
網路訂購	秀威網路書店：http://www.bodbooks.com.tw 國家網路書店：http://www.govbooks.com.tw
法律顧問	毛國樑　律師
總 經 銷	聯合發行股份有限公司 231新北市新店區寶橋路235巷6弄6號4F 電話：+886-2-2917-8022　傳真：+886-2-2915-6275

出版日期	2016年7月　BOD一版
定　　價	380元

Printed in Taiwan

國家圖書館出版品預行編目

在文藝思想與文化政策中 / 徐訏著. -- 一版. --
臺北市 : 釀出版, 2016.07
面 ; 公分. -- (徐訏文集. 評論卷 ; 3)
BOD版
ISBN 978-986-445-112-8(平裝)

1. 文藝評論 2. 言論集

812.07 105006813

讀者回函卡

感謝您購買本書，為提升服務品質，請填妥以下資料，將讀者回函卡直接寄回或傳真本公司，收到您的寶貴意見後，我們會收藏記錄及檢討，謝謝！

如您需要了解本公司最新出版書目、購書優惠或企劃活動，歡迎您上網查詢或下載相關資料：http:// www.showwe.com.tw

您購買的書名：______________________________

出生日期：________年________月________日

學歷：□高中（含）以下　□大專　□研究所（含）以上

職業：□製造業　□金融業　□資訊業　□軍警　□傳播業　□自由業

□服務業　□公務員　□教職　□學生　□家管　□其它_____

購書地點：□網路書店　□實體書店　□書展　□郵購　□贈閱　□其他

您從何得知本書的消息？

□網路書店　□實體書店　□網路搜尋　□電子報　□書訊　□雜誌

□傳播媒體　□親友推薦　□網站推薦　□部落格　□其他__________

您對本書的評價：（請填代號　1.非常滿意　2.滿意　3.尚可　4.再改進）

封面設計____　版面編排____　內容____　文／譯筆____　價格____

讀完書後您覺得：

□很有收穫　□有收穫　□收穫不多　□沒收穫

對我們的建議：______________________________

____

____

____

請貼
郵票

11466
台北市內湖區瑞光路 76 巷 65 號 1 樓
秀威資訊科技股份有限公司　　　收
BOD 數位出版事業部

（請沿線對折寄回，謝謝！）

姓　　名：________________　年齡：________　性別：□女　□男

郵遞區號：□□□□□

地　　址：________________________________

聯絡電話：(日) ________________ (夜) ________________

E-mail：________________________________